KB195023

까마귀 장례식

SEOMIAE
COLLECTION 3

까마귀 장례식

서미애 지음

엘릭시르

차례

누군가 죽는 이유

"갈 겨?"

전화를 받으며 창문을 열어보니 생각대로 눈이 하얗게 쌓였다. 이 정도라면 산에 오르기 딱 좋다. 자리에서 일어나 쌓인 눈을 본 한석도 같은 생각을 했을 것이다.

농사일도 다 끝난 겨울. 딱히 할일도 없고 허구한 날 방구들만 뭉개고 있는 것도 지겹다. 몇 해 전부터 마을회관은 아줌니들 차지가 되어버려, 안골 정구네가 새 아지트가 되었지만 지난여름 그놈이 베트남 젊은 여자를 데려다 장가드는 바람에 그나마도 갈 곳이 없어졌다. 며칠 얌전히 박혀 있었으니 아마 눈이 오지 않았다면 다른 핑계를 대서라도 전화를 했을 것이다.

"정구도 가는 겨?"

"전화 안 해봤는디…… 워디 가겄어? 마누라 궁둥이 두들기는 재미에 빠져 있을 것인디……"

"오살 맞을 놈, 내가 니눔 속을 모를 줄 아냐?"

"내가 어쨌다고 그랴? 다 지눔 생각해서 하는 말인디……"

"침이나 발러가며 그짓말하고, 사람 봐가면서 능을 쳐라 이눔아."

연변 여자를 데려다 결혼식을 올리고 일주일 만에 패물이며 현금을 몽땅 털린 경험이 있는 한석은 정구가 베트남 여자와 결혼한다는 말을 들었을 때 누구보다 반대했다.

경험자 얘기를 들으라고 따라다니며 정구를 설득했고, 마을 회관에서 잔치를 할 때도 낯선 사람들에 둘러싸여 잔뜩 겁먹은 베트남 여자의 얼굴을 도망간 마누라 쳐다보듯 해 정구네 어른들에게 지청구를 들었다.

하지만 한석이 우려했던 일은 일어나지 않았다. 까무잡잡한 피부에 이마가 훤한 베트남 처녀는 '안니옹하세요?' 한마디만 배워서 시집왔지만 수더분한 성격에 붙임성도 좋은 편이라 금세 시어머니가 가르쳐주는 말들을 따라 하며 조금씩 정구네 식구가 되어갔다.

"우짤 겨? 갈 겨, 말 겨?"

속내를 들킨 한석이 잔뜩 부은 목소리로 재촉했다.

"알었다. 회관 앞에서 보자."

육시랄 놈, 그래도 니는 나보다 낫잖여, 며칠이라도 마누라 시중받아가며 사내구실도 해보고. 몽달귀신 다 돼가는 나도 있는디. 입속으로 투덜거리며 정구에게 전화를 걸었다.

"안 그래도 전화 올 줄 알았다. 한석이 놈은?"

"그놈 때문에 깼다."

정구는 그럴 줄 알았다며 낄낄거리고 전화를 끊었다. 아마도 한석이 자길 떼어놓고 갈 생각을 한 줄 알면 서운해하겠지. 이럴 땐 입 닫고 있는 게 최고다.

대충 옷을 찾아 입고 툇마루에 나와 앉아 신발을 신는데, 부엌에서 아침 준비를 하던 어머니가 고개를 내밀고 "아침 다 됐는디……" 한다. 금방 다녀오겠다며 서둘러 집을 나섰다.

회관 앞에 가보니 한석이도 정구도 벌써 와 있다. 그리고 정구 옆에는 베트남 여자, 아니 이제는 정구의 아내가 된 흐엉이 옷에 파묻혀 두 눈만 빼꼼히 내놓고 서 있었다. 힐끗 한석의 표정을 살펴보니 흐엉 앞이라 차마 내색은 못하고 애꿎은 돌부리만 툭툭 걸어차고 있는 게 영 못마땅한 눈치다.

그녀의 이름은 흐엉. 한자로는 향香이라고 한다. 그 이름이 맘에 들었던지 정구는 그녀를 부를 때 꼭 '우리 향이'라고 부른다. 마흔 줄이 넘어 이제 갓 스물을 넘긴 여자를 아내로 들였으니 안 먹어도 배가 부를 것이지만, 터진 팥자루처럼 헤벌린 얼굴을 보고 있자면 한석의 기분도 어느 정도 이해는 갔다.

나도 놈을 따라 베트남에 다녀왔다면 저런 여자를 색시로 맞을 수 있었을까?

누군가 그랬다. 여자를 고르는 것은 지뢰밭을 걷는 것과 같다고. 여자는 겪고 난 뒤에야 지뢰인지 아닌지 알게 되는 것이다. 지뢰를 고르고 만신창이가 된 뒤에 후회해봐야 아무 소용 없다. 내가 정구와 함께 베트남을 가지 않은 건 한석이 지뢰를 밟고 피투성이가 된 꼴을 봤기 때문인지도 모른다. 지레 겁을 집어먹고 도전도 해보지 않았으니 누구를 원망할 수도 없다. 그저 모든 게 내 복이겠거니 할밖에.

정구가 향이의 옷을 꼭꼭 여며주며 또다시 염장을 지르자, 한석이 슬쩍 귓가에 대고 속삭인다. 안 들어도 놈이 무슨 소리를 할지 알 수 있다.

"상필아, 니가 말 좀 혀라."

"뭐라고?"

"우덜끼리 가도 솔찬히 고딜 턴디. 어디 개시라도 허겄냐? 거다 만만한 사이도 아니잖어."

"그라도 가보겠다고 따라나섰는디, 워찌 말린다냐?"

하지만 우리의 걱정은 기우였다. 정구는 산 쪽을 가리키며 다녀오마 하고 향이를 들여보내고 있었다. 자기네 안마당에서 끝내도 될 일을 굳이 회관까지 데리고 나와 우리 앞에서 마누라의 배웅을 받는 모습을 보여준 것이다. 손을 흔들고 집을 향해 총총걸음으로 뛰어가는 향이를 보다가 우리에게 돌아서는 정구의 모습이 그렇게 밉살스러울 수 없었다.

"데설궂기도 하다. 그렇게 우리 속을 디집어야 쓰겄냐?"

"아녀, 나가 와 그러겄냐? 우리 향이가 나와보고 싶다고 혀서 같이 온 것뿐이여."

"아, 안 올라갈 겨? 곰이 가재 잡듯 계속 그렇게 뭉개고 있을 겨?"

정구의 말에는 대꾸도 하지 않고 한석이 먼저 발걸음을 옮긴다.

"저놈은 위째 저렇게 승질을 부리고 그런다?"

뒤따라 걸음을 옮기는 정구도 짐짓 정색을 하고 한마디해보지만 표정은 여유롭기만 하다.

어릴 때부터 우리가 배운 건, 눈 온 뒤 뒷산에 올라가 토끼를 잡는 것이었다. 아니, 사실 토끼는 핑계일 뿐이었다. 토끼는 잡든 못 잡든 상관없었다. 칼바람 부는 겨울이라고 집안에만 갇혀 있는 게 갑갑해서 뭐라도 핑계를 대고 콧바람을 쐬러 나오는 것이다. 어떤 날은 감자나 구워먹을 요량으로 올가미 같은 건 아예 들고 나서지도 않았다. 사십 년이 넘는 동안 이곳에서 빠지지 않고 하는 겨울놀이인 것이다.

마을 안쪽 산길을 따라 걸음을 옮기는데, 검은색 자동차 한 대가 우리 앞에 멈춰 섰다. 창문이 열리고 안을 들여다보니 운전석에는 경태가 앉아 있었다. 아무래도 오늘 일진이 좋을 것 같지는 않다.

어찌 보면 경태는 우리에게 천적 같은 존재다. 학교 다닐 땐 십 년이 넘는 세월 동안 공부로 우리의 기를 꺾어놓았고, 서울로 떠난 뒤로는 어쩌다 한번 내려와 이런저런 걸로 우리를 주눅들게 했다.

도도하면서도 세련된 아내와 영민하게 생긴 자식들, 그리고 이름도 낯선 자동차. 명절 때면 양복을 말끔하게 차려입은 경태의 모습에 은근히 초라해지는 기분을 느끼곤 했다.

경태가 다녀갈 때마다 어머니는 "너도 공부만 지대로 했으면 시방 을매나 폼나게 살겠냐? 이 촌구석에 처박히니 장가도 못 가는 거 아녀?" 하며 혀를 찼다. 그럴 때면 평소 무뚝뚝하던 아버지가 오히려 내 편을 들어주며 어머니의 입을 막았다.

"시끄러, 굽은 나무가 선산 지킨다는 말도 못 들어봤어? 잘났다고 서울로 떠난 놈들이 어디 자식 구실이나 지대로 혀? 명절에만 삐쭉 얼굴 내밀고 선물꾸러미 하나씩 앵기면 지 할 도리 다 한 줄 알지…… 아무리 대가리 굵었다고 혀도 부모 자식 간에 그라는 기 아니여."

사실 아버지가 경태를 못마땅하게 생각하는 건 다 이유가 있다.

경태 아버지와는 둘도 없는 친구 사이라 서로 못하는 이야

기가 없는데, 땅 팔아 사업자금 대달라는 경태 때문에 경태 아
버지가 속상해하는 걸 들은 것이다. 팔아라, 못 판다. 부자가
그렇게 싸우다가 결국 경태는 발길을 끊고 몇 년 동안 내려와
보지도 않았다.

"산에 가나? 토끼 잡으러? 니들은 참 아직도……"

뒷말이 이어지지 않았지만 경태가 무슨 말을 꺼내려 했는지
알 수 있었다.

'아직도 철이 안 들었구나, 한심한 놈들. 그러니 촌놈 소리
를 듣지……'

하지만 경태의 입에서 나온 말은 생소했다.

"너희는 야생동물 보호법도 모르냐? 토끼 같은 동물 잡으면
감옥 가는 거 몰라?"

"무슨 소리여? 토끼 한 마리 잡았다고 왜 감옥엘 가?"

"괜히 되도 않는 소리 시부리지 말고 가던 길이나 가라,
잉?"

물끄러미 우리를 쳐다보던 경태는 피식 웃음을 흘렸다.

"덤 앤 더머가 따로 없구나."

덤 앤 더머? 그게 뭐지? 셋 다 어리둥절한 표정을 짓자 경태
의 얼굴은 어린 시절 그때로 돌아가 있었다. 100점짜리 시험
지를 자랑스럽게 들고 50점도 안 되는 점수를 받은 우리를 도

무지 이해할 수 없다는 듯 쳐다보던 그 얼굴.

"그나저나 웬일이여? 저번에도 온 거 같드만, 또 내려온 겨? 요즘엔 자주도 오네? 바쁘신 몸이 어쩐 일이랴?"

배알이 꼴린 정구가 한마디 쏘아주자 뭐라 대꾸를 하려던 경태는 애써 미소를 지어 보이며 "다음에 보자" 하더니 차창을 올리고 떠나버렸다.

"염치도 좋구먼. 발길 딱 끊을 때는 언제고, 땅값 좀 올랐다니께 문지방이 닳도록 들락거리는구먼."

정구와 한석, 나는 쓴 입맛을 다시며 멀어지는 경태의 자동차를 바라보았다.

행정수도가 충청도로 옮겨진다는 발표 뒤로 땅값이 무섭게 뛰었다. 동네에서 멀지 않는 곳이라 땅 가진 웬만한 사람들은 모두 허파에 슉슉 바람 들어가는 소리를 들었다. 자고 나면 평당 만 원 하던 땅이 십만 원이 되고 이십만 원이 됐다.

몇 년 동안 발길을 끊었던 경태가 다시 나타난 것도 그때부터였다.

그동안 철이 바뀌고 우여곡절이 있었지만 한번 오른 땅값은 쉽게 내려가지 않았다. 평당 이십만 원이 돼버린 밭에 배추를 심으면서 경태는 "이거 한 평만 팔믄 올 김장은 끝인디……" 하는 우스갯소리를 했다. 그러나 평당 이십만 원이라 해도 배추가 저 혼자 자라지는 않는다.

16

남편이 나고 자란 집을 구질구질하다며 꺼리던 경태의 아내도 생글거리며 얼굴을 비쳤다. 할아버지 할머니는 냄새나서 싫다고 눈앞에서 코를 막고 도망가던 경태의 아이들도 어찌된 일인지 할아버지, 할머니 목에 매달려 때늦은 재롱을 부렸다.

가을 가뭄이 길어져 배추밭에 물을 뿌리고 있을 때 경태가 우리 아버지를 찾아왔다. 과묵하면서도 누구보다 바른 소리를 잘하는 아버지를 어려워하던 경태였는데, 그날은 어찌된 일인지 먼저 인사를 하며 살갑게 대했다.

"……어쩐 일이냐?"

"아버지 일로 상의 좀 드리려고요."

경태의 얘기인즉 이제 부모님이 연로해서 여기 땅을 다 팔고 서울로 모실 생각인데, 두 사람이 이곳을 안 떠나겠다고 고집을 피우고 있다는 것이다.

"아버지가 아저씨 말씀은 누구보다 새겨들으시잖아요? 어머니 다리도 불편하신데 두 분 같이 서울 올라가라고 말씀 좀 드려주세요."

묵묵히 경태의 얼굴을 쳐다보던 아버지는 딱 한마디만 했다.

"니 아버지여!"

그러고는 경태의 바지에 흙먼지가 튀도록 물을 뿌려댔다. 어찌지 못한 경태가 물러나 돌아간 뒤, 아버지는 호스를 집어 던지며 기어코 참았던 역정을 쏟아냈다.

"뱀은 혓바닥이 두 개라 그렇다 쳐도 지놈은 사람 새끼 아녀? 거죽은 사람인디 말은 뱀 혀로 하는구먼……"

"뭔 일이래유? 경태네 무신 일 있었시유?"

역정을 내는 모습이 아무래도 심상치 않아 물어보자 아버지는 한숨을 쉬면서도 경태의 일에 대해서는 함구했다. 더는 물어볼 수 없어 나 역시 입을 다물었지만 경태와 경태 아버지 사이에 무슨 일이 있었던 게 분명했다.

생각에 빠져 말없이 산길을 걷던 우리는 어디선가 들리는 비명소리에 고개를 들었다.

산 위다. 우리는 누가 먼저랄 것도 없이 산을 향해 달리기 시작했다. 역시 몸이 재빠른 한석이 가장 앞서나갔다.

비명소리가 들리던 곳에 도착해보니 정구네 옆집에 사는 황영감이 눈밭에 쓰러져 신음을 내고 있었다. 그 옆에는 도사견 만한 몸집의 노루가 피를 흘리며 쓰러져 있었다. 겁에 질린 노루의 입에서 거친 입김이 쏟아졌다.

"아이구 어르신, 웬일이래유? 워디 다친 데는 없으시대유?"

한석이 재빨리 황 영감의 곁으로 다가가 팔을 부축했다. 올가미에 걸린 노루를 잡으려다 놀란 놈의 발길에라도 차인 듯싶었다. 한석의 팔에 의지해 일어서려던 황 영감은 끙 소리를 내며 다시 주저앉았다. 그러곤 허리를 다친 듯 잔뜩 얼굴을 찡

그러며 허리를 짚었다. 나는 얼른 황 영감의 남은 팔을 부축했다. 하지만 황 영감은 손을 내저으며 꼼짝도 하지 못했다.

황 영감을 사이에 두고 한석과 눈이 마주쳤다. 아무래도 우리 중 누군가 황 영감을 업고 마을로 내려가야 할 판이다.

한편에 어쩡쩡하게 있던 정구는 노루 쪽으로 다가가 거친 숨을 내쉬는 놈의 상태를 살폈다. 올가미에 걸린 뒤 심하게 몸부림을 친 듯 철사가 살 속으로 파고들어가 있었다. 노루는 죽음에 대한 공포가 어려 있는 그 커다란 눈으로 주위를 두리번거렸다.

"누가 올가미를 쳤댜? 이러니께 애먼 사람까지 다치는 거 아녀. 누군지 몰러도 경찰서로 끌려가봐야 정신을 차리지……"

한 손으로 허리를 누르고 있던 황 영감의 얼굴이 일그러졌다.

"나가 했다 와? 어쩔 겨?"

그제야 정구는 사태를 파악했다.

황 영감은 노루목에 올가미를 쳐놓고 하루에 한 번씩 놈이 잡혔는지 보러 왔다가 이런 일을 당한 것이다. 편을 들어준다는 것이 오히려 면박이 되어 돌아오자 정구도 당황한 모양이었다. 가끔 녀석은 너무도 뻔한 상황을 읽지 못하고 엉뚱한 소리를 해서 우리를 기겁하게 만들었다. 황 영감의 까칠한 성격을 아는 나는 얼른 말을 돌렸다.

"그럴 만도 하시지유, 저놈들 때문에 산 아래 배추 농사 다

망치셨잖어유?"

정구를 향해 잔뜩 눈을 부라리던 황 영감은 그제야 조금 기분이 풀어진 듯 한숨을 내쉬었다.

"나가 한두 번이면 말도 안 혀. 작년 내내 농사진 거 다 망치고, 올해도 옥수수는 멧돼지떼가 와서 헤쳐놨지, 배추는 저것들이 다 짓밟았지…… 워디 열불나서 해먹겠냐 말이여."

"그라믄유, 즈이 집 앞 호두나무도 청솔모들이 극성을 피우는 바람에 승질나서 그냥 베어버렸잖어유."

한석도 황 영감의 하소연에 장단을 맞추며 기분을 풀어주려고 애썼다. 혹여라도 또 말실수를 할까봐 정구는 아예 입을 다물기로 했는지 묵묵히 듣고만 있었다.

"……나라에서 잡지 말라고 헌 거 누가 몰러? 그렇다구 내 농사 다 망치는데 보고만 있으라는 겨? 그기 도대체 무슨 법이여? 사람보다 짐승이 중하다 이거여? 잡지 말라고 허니께 수는 자꾸 불어나고, 결국 우리집 앞마당까지 내려와서 이러는디 그래도 구경만 허고 있어야 하는 겨? 경찰? 오라 그려, 하나도 안 무서운께. 나도 할말 많은 사람이여."

"어르신 말씸이 다 옳구먼유. 법 만드는 사람들도 산 아래 밭농사 한번 지어보믄 그런 소리 못한다니께유."

"그나저나 어쩌신데유? 이렇게 다치셔서. 움직일 수 있으시것슈?"

"움직여봐야지. 눈도 바람에 흩날리는 거 보니께 금시 추워지겠구먼. 자네들도 언능 일봐야 하고……"

한석과 나의 부축을 받으며 조심스럽게 몸을 일으키던 황 영감이 또다시 꼼짝도 못하고 표정을 일그러뜨리자 정구가 얼른 황 영감 앞에 등을 내밀었다.

정구가 황 영감을 업고 앞서 내려가자 난감해진 건 우리였다. 한쪽에 쓰러져 거친 숨을 내쉬던 노루는 이제 제풀에 지쳤는지 고개도 들지 못하고 혀를 늘어뜨리고 있었다. 아무래도 이대로 내버려두고 가면 너구리떼에게 뜯어먹힐 형국이었다.

"토끼 잡으러 왔다가 노루 잡아서 내려가겄네? 이거 운이 좋은 겨 아님 나쁜 겨?"

"근디 괜찮겄냐? 올라오기 전 경태 놈 얘기도 맘에 걸리고."

"됐어. 우선은 가지고 내려가봐야지. 나머진 어르신이 알아서 허시겄지."

어찌되었든 노루를 잡은 사람이 황 영감이니 무슨 문제가 생긴다면 그것 역시 황 영감의 몫이다. 이런 생각이 들자 우리는 노루를 가져가는 쪽으로 결론을 지었다. 만약 그 결정이 며칠 뒤 엄청난 사건을 몰고 올 줄 알았다면 우리는 뒤도 안 돌아보고 산을 내려왔을 것이다.

눈발이 얼굴을 스쳐도 30킬로그램 남짓 되는 축 늘어진 놈을 들고 산을 내려오자니 너무 힘이 들어서 이마에 땀이 맺혔다. 덕분에 불어오는 바람이 시원하기만 했다.

　마을회관 앞에 도착하자 모여 있던 노인들이 기다렸다는 듯 노루를 건네받았다. 이미 노루를 나눠서 누가 가져갈지도 정한 듯싶었다.

　"영감님은……?"

　"시방 회관에서 수건 찜질중이여. 걱정 안 혀도 되는구면. 근육이 놀란 거뿐이라니께."

　"큰일 했구면, 욕들 봤네. 자네들 없으면 워쩔 뻔했어?"

　"그러게 말이여. 참말로 고마워서 어쩐댜?"

　동네 어른들에 둘러싸여 칭찬을 듣고 있자, 정말 큰일이라도 한 듯싶어 어깨가 으쓱해졌다.

　회관 문이 열리더니 정구가 나왔다. 노인들은 정구의 어깨를 툭툭 치며 또 한번 덕담을 하고는 노루를 들고 마을회관 뒤로 사라졌다. 우리의 계획과는 전혀 다른 산행이었지만 기분은 나쁘지 않았다.

　"이대로 가는 겨?"

　"그럼, 뭐 할일이라도 있댜?"

　다시 산을 오르자니 시간도 그렇고 기운도 빠져버렸다. 그렇다고 이대로 헤어지자니 아쉽기도 해서 어쩌지 못하고 머뭇거리는데 멀리 마을로 들어오는 경찰차가 보였다. 불빛을 번쩍이며 다가오는 경찰차를 보자 우리 모두 바짝 얼어버렸다.

"워쩌냐? 벌써 알고 온 겨?"

"설마 그러겄냐? 그냥 다른 볼일이 있어 들린 것이겠제."

"니들 들고 오는 거 보고 누가 신고한 거 아녀?"

우리는 모두 일제히 입을 다물고 서서히 마을로 들어서는 경찰차를 바라보았다. 자동차가 갈림길 앞에 다다랐다. 저기서 정면으로 직진하면 마을회관, 오른쪽으로 꺾으면 정구네가 있는 안골. 왼쪽으로 틀면 우리집이 있는 정승골이다. 갈림길 앞에 다다른 경찰차를 보던 우리는 순간 다들 침을 꼴깍 삼켰다. 경찰차는 어느 쪽으로도 방향을 틀지 않고 마을회관을 향해 곧장 다가왔다.

"침착혀, 침착. 아직 뭔 일인지도 모르잖여."

경찰차가 도착하기 직전 우리 셋은 마치 엄청난 음모라도 꾸미다 들킨 사람들처럼 서로 시선을 주고받았다. 마누라 때린 날 장모 온다고, 하필이면 노루를 지고 내려온 뒤라 지레 겁을 집어먹은 것이다.

"야, 근디 회관에 있는 어른들께 알려야 하는 거 아녀?"

정구의 말에 그제야 노루를 들고 회관 뒤로 사라진 노인들이 생각났다. 날이 퍼렇게 선 칼을 가지고 갔으니 지금쯤 껍질을 벗기고 있을 터였다. 하지만 이미 늦었다. 경찰차는 어느새 우리 앞에 멈춰 섰다. 운전석에서 최 순경이 내렸다. 평소에도 엄살 많기로 유명한 최 순경은 내리자마자 잔뜩 어깨를 움츠리며 몸을 떨었다.

"날씨 한번 겁나게 춥구마? 근디 뭔 일이랴, 이렇게 모여갖고?"

"최 순경이야말로 뭔 일이랴? 눈이 와서 길도 영 시원찮을 것인디."

한석이 은근히 최 순경을 떠본다. 이 안쪽 마을까지 들어온 이유를 묻고 있는 것이다.

"나야 지구대 사무실에 앉아서 땃땃한 난롯불에 오징어 구워 먹어가며 있고 싶제. 허지만 워쩐다냐, 이런 날은 또 이런 날대로 관내를 돌면서 할 일이 있는 것인디."

딱히 급해 보이는 얼굴도 아닌 것이 그의 말대로 일상적인 순찰인 모양이었다. 그제야 우리도 조금은 맘이 놓여 긴장했던 어깨가 풀어졌다.

"동면에서 노루 잡다가 신고가 들어간 모양이여. 우리 관내도 혹시나 싶은지, 소장님이 한 바퀴 돌아보라고 하잖여."

풀어졌던 어깨에 다시 힘이 들어갔다. 정구가 불안한 듯 힐끗 회관 쪽을 바라보자 한석이 얼른 너스레를 떨며 최 순경의 시선을 돌렸다.

"뭔 소리여. 우리 동네에 그럴 사람이 어디 있다고. 최 순경도 알잖여. 여기 산 탈 만한 사람이라곤 우리밖에 없는디."

"잡으믄 워떻게 되는디?"

불쑥 정구가 한마디 던진다. 가슴이 철렁해져서 정구를 쳐다봤다. 그런데 정구는 정말로 궁금했는지 최 순경의 얼굴을 빤히 바라보고 있었다. 기껏 최 순경의 관심을 돌리려던 한석은 기가 막힌 듯 얼굴이 일그러졌다.

질문을 받은 최 순경도 순간 당황한 듯 머뭇거렸다.

"야, 너 몰라서 묻냐? 청년회에도 공문이 내려왔잖여…… 왜 그랴?"

얼른 정구의 어깨를 툭 치며 태연히 넘기려고 했지만 이미 분위기는 묘하게 흘러가고 있었다.

"노루 한 마리 잡으믄? 우리한테 쇠고랑이라도 채우겠단 얘기여 시방?"

"왜 승질은 내구 그랴? 나가 뭔 소릴 혔다구?"

"말이 그렇잖여, 우리가 뭐 죽을죄를 진 것도 아닌디 순찰까지 나와서 감시를 하느냔 말이여."

"아니, 누가 감시를 했다고 그랴."

갑작스럽게 화를 내는 정구를 보자 최 순경도 당황한 듯 허둥거렸다.

"니들은 승질도 안 나냐? 시방 우리를 완전히 범죄자 취급하는디?"

"그렇게까지 야그하믄 나가 서운하구마. 그란 것이 아니고."

당황한 최 순경이 할말을 찾고 있는 것을 보며 그제야 정구의 의도를 알아차렸다.

남들은 다 화를 낼 만한 일에도 큰소리 한번 낸 적 없는 천하태평 정구가 갑자기 성질을 부리는 것부터 이상했다. 한번 엉덩이를 붙였다 하면 웬만한 일 아니고선 일어나지 않는 최 순경이니, 혹여 몸이라도 녹이자고 회관에 들어갈까봐 정구가 미리 손을 쓴 것이었다.

한석도 정구의 생각을 눈치챘는지 맞장구를 쳤다. 이럴 때 보면 삼총사가 따로 없다.

"그런 것이여? 참말로 확 뚜껑 열려부네. 최 순경 그렇게 안 봤는디 사람이 너무허네?"

"아따 미치것구먼. 어째 사람 말을 그렇게 들어먹는다냐? 소장님이 한마디허는디 계속 뭉개고 있으믄 잔소리할 거 아녀? 나는 그래서 기냥 시늉만 하러 나온 거뿐이여."

"그란디 하필이면 의심 가는 마을이 우리 마을이다, 이런 얘기 아녀 시방?"

나까지 가세해서 몰아붙이니 최 순경은 답답하기도 하고 억울하기도 한 표정이다. 그 얼굴을 보고 있자니 웃음이라도 샐까 싶어 어금니를 꽉 깨물었다. 더이상 있다가는 진짜 감정 상하겠다 싶은지 최 순경이 차를 세워둔 곳으로 발길을 돌렸다.

"혹시라도 오해헐까 싶어 하는 얘긴디, 나가 여기만 온 것도 아니여. 오늘 관내 죄다 돌아다닐 기여. 나중에 물어보라니께?"

정구의 의도대로 최 순경은 서둘러 마을을 나가려는 듯 차문을 열었다. 눈이 잔뜩 묻은 구두를 탁탁 털고 발을 차 안에 넣으려는 순간, 회관 쪽에서 정구를 부르는 소리가 들렸다.

"정구, 여적 있는가?"

노루를 들고 회관 뒤로 들어갔던 노인 중 한 명의 목소리다.

그 순간 우리 셋은 그대로 얼어붙어 뒤돌아볼 엄두도 내지 못했다. 변화무쌍하게 변하는 최 순경의 표정으로 모든 것을 알 수 있었다. 놀라는 얼굴, 그러다 우리를 쳐다보며 알겠다는 듯 여유를 되찾고는 입가가 슬쩍 올라간다. 차 안으로 엉덩이를 디밀었던 최 순경은 회심의 미소를 지으며 다시 내렸다. 그는 앞을 막아선 우리를 밀치고는 기운차게 회관 쪽으로 걸어갔다.

몸을 돌려보니 아니나 다를까 김 노인이 한 손에는 피가 묻은 칼을, 다른 손에는 더운 김이 펄펄 나는 살코기를 들고 서 있었다. 우리가 노루 잡는 데 일조를 했으니 생고기 회라도 먹으려고 서둘러 나온 모양이었다.

생각지도 못한 최 순경의 모습을 보자 김 노인은 미처 손을 감출 생각도 못하고 멍하니 서 있기만 했다. 그야말로 딱 범행 현장을 들킨 것이다.

"어이구, 이게 다 뭐래유? 동네 잔치라도 하시나부지유? 돼지 잡으슈?"

이미 우리의 태도로 모든 상황을 눈치챘으면서도 최 순경은 능청스럽게 김 노인에게 다가가 손가락으로 생고기를 뒤적거린다. 느물거리게 우리 쪽을 향해 웃어 보이는 최 순경을 보며 우리는 낮게 속닥거렸다.

　"이제 워쩐다냐? 우리 속을 훤히 알아부렀으니."

　"영감님은 하필 그때 나오셔가지구. 할 수 없지. 일단 부딪쳐봐야제."

　"지난번에도 지가 말씀드렸잖어유, 이러다 단속에 걸리시믄 저희도 어떻게 못혀드려유."

　어느새 김 노인의 손에 이끌려 회관 아랫목을 차지하고 앉은 최 순경이 짐짓 마을 사람들 생각이라도 해주는 척 한마디 한다.

　우리도 서둘러 최 순경 주위로 자리를 잡고 앉았다. 조금 전에 허세를 부린 것도 있고 해서 영 말을 꺼내기가 민망해 다들 최 순경이 입을 열기만 기다리고 있었다.

　"참, 난감하네. 보고도 못 봤다고 할 수도 없구. 그렇다고 그냥 넘기자니 내 업무가 또 그것이 아닌디."

　최 순경은 한번 더 우리 들으라는 듯 대놓고 시선을 맞추며 뻔한 소리를 해댔다.

　우리는 모두 최 순경의 시선을 피해 애꿎은 양말이나 주무르고 어색함을 피하려고 괜히 헛기침을 했다.

"요즘엔 단속이 심해서 개구리만 잡아도 바로 잡혀간다니께, 자중들 허시지 않구."

"이게 잡을라고 잡은 것이 아니여. 아, 지금이 보릿고개 넘던 시절도 아니구, 먹을 것이 지천인디 이런 맛도 없는 고기를 워디 쓰자고 잡것는가."

"근디 왜 잡으신대유? 사람 입장만 난처허게."

"그냥 올가미에 걸려서 죽은 거 가져온 거여. 그냥 내버려두믄 아깝잖여. 그래도 관절염에는 이거만한 것이 없다는디."

관절염에 좋다는 김 노인의 말에 최 순경의 눈이 번쩍 뜨인 모양이다. 최 순경은 싱글거리며 우리를 쳐다보더니 이내 그 시선이 김 노인에게 꽂힌다.

"그기 참말이유? 이게 관절염에 그렇게 좋아유?"

"그렇다니께. 그러니께 노루 잡은 몽둥이 삼 년 우려먹는다는 속담도 있질 안 혀?"

"아이고 그라믄 진작 우리 장모님 좀 해드릴 것인디. 우리 장모가 관절염 때문에 쩔쩔매시잖어유. 이제는 법으로 잡지도 못허고. 워디서 이 고길 구헌댜."

대놓고 달라고 할 염치는 없었는지, 알아서 주길 바라며 밉살스러운 말을 쏟아내는 최 순경을 보다가 결국 김 노인이 황 영감의 눈치를 본다. 어찌되었건 노루고기의 주인은 황 영감이니까 그의 허락을 기다리는 것이다.

노루 발질에 허리를 다쳐 회관 한쪽에 누워 있던 황 영감은 대충 돌아가는 꼴을 보다 영 배알이 꼴린 표정으로 일어나 앉았다. 이참에 공짜로 고기 좀 얻어보겠다고 속보이는 넉살을 떠는 최 순경이 영 못마땅한 얼굴이다.

"워쩌까? 다리 한쪽 나눠줘?"

김 노인이 황 영감의 허락을 구하자 최 순경도 기대에 찬 눈으로 황 영감을 쳐다본다.

"나눌 사람 다 정했잖여? 다들 약 한다고 안 혔어?"

"뭐, 우리야 안 먹으면 어뗘? 최 순경이 장모님헌티 효도 한 번 허것다는디, 양보혀야제."

"됐어. 그 장모, 지난번 잔치 때 보니께 팔팔하기만 허드구먼."

혹시나 하는 기대로 황 영감을 보던 최 순경의 얼굴이 순간 확 달아올랐다. 넉살 좋게 밀어붙이다 이렇게 눈앞에서 차이기도 처음일 듯싶었다. 그래도 속이 안 풀리는지 황 영감은 기세를 늦추지 않고 최 순경을 몰아붙였다.

"니 시방 뭐하는 짓이여? 노루 좀 잡았다고 시방 우리 협박 허는 겨? 너 같은 놈 하나도 안 겁나니께 잡아갈 거면 을매든지 잡아가. 내가 잡았다 이눔아, 워쨀 것이여?"

꼬장꼬장한 황 영감의 기세에 결국 최 순경은 끽소리도 못해보고 그대로 돌아갔다. 혹시나 황 영감에게 안 좋은 일이라도 생길까 싶어 돌아가는 최 순경을 잡고 싶었지만 정작 당사자인 황 영감은 태연하기만 했다.

"걱정 말어. 행여 지눔이 날 찔러도 소장이 누구여? 그눔이 내 육촌동생 후배 아녀."

그렇게 치자면 소장은 내 초등학교, 중학교 동창이고 정구네 먼 친척뻘이다. 이런 시골 동네에서 혈연, 학연 따지다보면 얽히지 않는 사람은 은퇴 후 이곳에 집을 짓고 살러온 의사 선생네뿐이다.

최 순경이 돌아가고 회관에서는 이른 점심이 잔칫상처럼 거하게 차려졌다. 이장이 마이크를 잡고 회관으로 모이라고 방송까지 하는 바람에 안골과 정승골 사람들까지 모두 모여 북적거렸다. 노루고기 맛없는 건 다들 알고 있었지만 그래도 여러 사람 모여 왁작대며 분위기를 돋우니 커다란 솥으로 하나 가득 끓인 고깃국이 바닥이 났다.

언제 왔는지 정구의 색시 흐엉도 시어머니 옆에 앉아 난생처음 보는 음식을 거침없이 비워댔고 그 바람에 또 한바탕 웃음소리가 터져나왔다. 정구는 자기 색시가 사람들과 어울리는 모습에 입이 벌어졌고, 그 모습에 또 배알이 꼴렸는지 한석은 온다 간다 말도 없이 사라져버렸다.

동네 사람 모두 한 그릇씩 먹고 난 뒤 남은 다리 세 짝은 황 영감과 김 노인, 혼자 사는 영실네 할머니가 각각 차지했다. 영실네 할머니가 약을 내리러 간다고 하자 모두 그편에 읍내로 보냈다. 회관에서 식사를 마친 부모님을 모시고 집으로 돌아오는 길, 어머니 표정이 영 개운치가 않았다.

"엄니, 안색이 영 안 좋은디, 괜찮으슈? 혹시 체하신 건 아녀유?"

"글씨 말이여. 여가 꽉 맥힌 게 영 답답허네."

"그라니께 내키지 않으믄 먹질 말지."

아버지 얘길 들어보니 어머니는 처음부터 노루고기를 먹는 게 영 맘에 걸렸던 모양이다. 그렇게 불편한 맘으로 음식을 먹었으니 속이 편할 리 없다.

"읍내 가서 약이라도 좀 지어올까유?"

"아녀, 기냥 뜨뜻한 데 배 깔고 누워 있음 낫것지."

"미련허기는. 그러다 괜히 경치지 말고 일찌감치 손이라도 따든지 소화제라도 먹든지 혀."

아버지 말대로 어머니의 속은 집에 와서 더 안 좋아져 결국 손을 따고 찬 동치미 국물로 속을 달래야 했다. 기진해서 누운 어머니의 손을 주무르는데 멍하니 천장을 바라보던 어머니가 어릴 적 겪은 일이라며 〈전설의 고향〉에나 나올 법한 이야기를 꺼냈다.

"그띠는 노루사냥을 이렇게 겨울에 안 혔어. 노루가 새끼를

낳는 것이 단오 무렵인디, 그띠 노루를 잡을 띤 피리사냥이라고, 노루 새끼 우는 것 같은 소리가 나는 피리를 부는 것이여…… 그라믄 그 소리를 들은 노루들은 지 새끼가 길을 잃고 우는가 싶어 주위도 안 살피고 기냥 막 달려오는 겨. 그렇게 경계심 많은 노루도 지 새끼 일에는 앞뒤 안 가리는 것이제. 아무튼 그렇게 노루를 잡았는디, 어쩌다보니 아직 새끼를 안 낳은 암컷을 잡은 모양이여. 배를 턱 가르고 보니 새끼까지 들어앉아 있으니 월매나 찜찜했겄냐. 그랴도 이왕 잡은 거 노루 잡은 사람들끼리만 알고 그냥 동네 사람들헌티 괴기를 돌렸지. 그런데 말이여. 그 노루괴기를 먹은 사람들이 하나둘 급살을 맞은 거모냥 죽어나가기 시작한 것이여.”

“뭐여, 거 시덥지 않은 소리 하는 거 보니께 그래도 조금 기운이 나는 모양인개벼?”

방문 앞에 신문지를 펴놓고 연장통을 꺼내 정리하던 아버지가 한마디했다.

“시덥잖은 소리가 아니라니께유, 지가 어릴 때라 세세헌 건 기억이 가물가물허지만서두 마을에서 상여가 몇 번이나 나가는 걸 봤는디 그걸 워떻게 잊었시유…… 그때 동네 어른들 얘기가 노루가 영물인디, 거다 새끼까지 품은 놈을 잡아먹어봐서 그런다고 허드라고…… 나도 몇 점 먹은 게 있는디 그 소릴 들으니께 월매나 겁이 났겄냐. 그길로 성황당에 가서 빌고 또 빌었제…… 지발 용서해달라고……"

"기도가 효험이 있었나비네요. 이렇게 잘 살아 계신 거 보믄은."

나 역시 어머니의 얘기를 그렇게 심각하게 받아들이지 않았다. 전래동화에나 나오는 오래된 이야기일 뿐이었다.

"그란디 오늘은 워짠 일로 또 받아묵어서 이 고생을 했디야?"

"내 말이 그 말이유. 나이가 먹으니께 그런 것도 잊어부러지네…… 머리는 깜빡혀는디 워쩨 몸은 안 잊고 기억을 허는지 몰러."

어느새 어머니의 이야기는 나이와 함께 뼈랑 마음에도 구멍이 숭숭 뚫린다는 넋두리로 옮겨가고 있었다.

그사이 날은 어둑어둑 지고 집 앞 전봇대에는 뿌연 보안등이 켜졌다.

바람에 지난밤 내린 눈발이 날리더니 아니나 다를까 날씨가 무섭게 차가워졌다. 추운 겨울날이 저무니, 그렇지 않아도 조용한 마을에 인적조차 보이지 않았다. 일찌감치 대문을 잠그려고 마당에 내려서는데, 산 쪽에서 바람소리에 섞여 들짐승 우는 소리가 들려왔다. 아무래도 오늘 우리 마을 사람들의 뱃속으로 사라진 노루를 찾는 무리의 울음소리일 것만 같았다.

머릿속에 몽글몽글 피어오르는 왠지 모를 불길한 기운을 애써 지워버리며 방안으로 들어서는데, 갑자기 전화벨이 울렸다. 예감이란 무서운 것이다. 그 벨소리를 듣는 순간, 나도 모르게 머리가 쭈뼛 서는 게 영 기분이 좋지 않았다. 틀림없이 좋지 않은 소식을 전하려고 울리는 것 같았다.

"뭐허냐? 언능 전화 안 받고? 니 엄니 시방 막 잠들었어."

"예. 지금 받어유."

안방의 아버지에게 한소리 듣고야 전화기를 들었다.

"여보세요?"

"상필이냐? 나여 한석이. 지금 회관으로 좀 내려와야 쓰겄다."

"뭐여, 이 시간에. 급헌 일 아니믄 내일 보자."

"자슥이, 급헌 일이께 나오라는 거 아니여?"

"뭔 일인디?"

"그건. 나와보믄 알어."

"만약 나가서 술이나 한잔하잔 소리하믄 죽을 줄 알어?"

평소처럼 태연하게 전화를 받았지만 이미 한석의 목소리에서 심상치 않은 일임을 느낄 수 있었다. 벗어두었던 점퍼를 서둘러 입고 방을 나섰다.

회관에 도착하자 황 영감, 김 노인과 함께 앉아 있는 한석과 정구의 굳은 얼굴이 눈에 들어왔다.

"도대체 뭔 일이여?"

그들의 얼굴을 쳐다보던 나도 어느새 긴장으로 몸이 굳어
졌다.

"시체가 발견됐디야."

"뭐? 그게 뭔 소리여?"

난데없이 시체라니, 아닌 밤중에 홍두깨라도 이렇게 뒤통수
를 칠 수는 없는 일이다.

"누구여? 누가 죽었단 소리여?"

"그건 아직 모르겄고. 아무래도 올라가서 확인을 해봐야 허
지 않겄냐?"

"도대체 뭔 소린지 하나도 모르겄네. 발견했다믄서 확인은
또 뭐여? 도대체 워디 있다는 겨? 좀 알아듣게 차근차근히 얘
길 혀봐."

"그건 나가 얘길 혀지."

곁에 있던 김 노인이 나섰다.

"점심 먹고 느지막이 황 영감이 올가미를 쳐둔 곳이 더 있다
믄서 그걸 치워달라고 하드라고. 이미 한 마리 잡았겄다, 거기
다 최 순경도 다녀갔으니 영 찜찜하고 혀서 늦은 거 같아두 그
냥 올러갔지. 즈기 뒷골 넘어가는 길목 안 있냐. 그 근천디. 올
가미를 거두고 막 돌아서 올르는디 갑자기 바람이 불믄서 눈
발이 휙 날리니께 사람 손이 쓱 보이는 게 아녀? 아이고 내가
을매나 놀랐던지 그거 생각허믄 아직도 사지가 다 떨리네."

"옘병, 놀래 자빠져서 뒤도 안 돌아보고 온 게 자랑이여?"

"자네 같음 안 놀랬을 거라구? 웃기지 말어. 내가 누구 심부름해주다 다리까지 삐었는디?"

"다리 삔 게 워째서 내 탓이랴?"

두 노인네가 말을 주고받더니 어째 이야기가 이상한 방향으로 빠진다. 말다툼도 말릴 겸 서둘러 김 노인에게 다시 한번 장소를 확인했다.

"뒷골 넘어가는 길이믄, 박씨네 산소 아래께 말씀하시는 거여유?"

"그려, 거기여 거기. 거기서 봤다니께."

대충 어딘지 감은 잡힌다. 문제는 이미 어두워진 산길, 거기다 눈 덮인 길을 가야 한다는 것이다. 자리를 털고 일어나자 한석이 내 손을 잡고 막아선다.

"워쩔려구? 시방 거길 가자구?"

"그라믄, 날 밝을 때꺼정 기달리자구? 그러다 조난이라도 당한 사람이믄 어쩔 겨? 아직도 숨이 붙어 있음 어쩔 겨?"

한석과 정구, 황 영감의 시선이 일제히 김 노인을 향했다.

"서, 설마. 그럴 리는 없을 것이구먼. 눈 속에 파묻혀 있드라니께."

"그라니께 확인했냐구?"

"아니, 그거야…… 확인까지는 안 혔지. 허지만."

그제야 김 노인은 기세 좋던 목소리를 낮추고 기억을 되살렸다. 하지만 본인의 기억에 영 자신이 없는 듯했다. 좀더 침착하게 확인을 했었다면 대처 방법을 찾는 것도 한결 수월했을 것이다.

"설령 이미 늦었다고 혀도 사람이 산속에 있다는디 기냥 기다리긴 좀 그러네유. 어른들은 계셔유. 대충 어딘지 감이 잡히니께 지들이 올라가볼께유."

"일단 지소에 전화해서 같이 가는 게 안 낫것냐? 우리만 가는 거 보담이야……"

정구의 말에도 일리가 있어 결국 지구대에 연락을 해 최 순경과 소장까지 도착한 후에야 산에 오를 수 있었다. 그리고 그곳에서 발견한 주검은 벌어질 일의 시작에 불과했다.

"참말로 보긴 본 거여?"

어두운 산길을 손전등 몇 개에 의지한 채 걸어올라가 입에서 단내가 날 정도로 주위를 찾아보았지만, 김 노인이 말한 사람의 손은 보이지 않았다. 이마에 땀까지 흘리며 눈밭을 헤치고 다니던 최 순경이 결국 수색을 멈추고 투덜대기 시작했다.

"우덜도 잘 몰러, 어르신께서 봤다고 허니께 그런가부다 허고 찾아보자는 것이제."

"참 나. 소장님, 시방 이 야그를 듣고도 더 찾아봐야 허는 거여유?"

"아무래도 낮에 다시 오는 게 낫겄지?"

이 근처라면 손바닥 보듯 훤하다고, 눈감고도 찾을 수 있다고 쉽게 생각했던 게 오산이었던 모양이다. 바지 안이 땀으로 축축하고 소장마저 그만 내려가자고 채근하니 더 머물 이유가 없었다.

"진수네 식당은 여즉 허겄지? 따끈허게 한잔허고 몸 좀 녹이자구."

"아이구 좋지요, 여꺼지 올라오게 만들었으니께 자네들이 한잔 사야 하는 겨, 알었어?"

술 생각에 다시 기운을 차린 듯 최 순경은 활기차게 정구와 한석의 어깨를 툭 치더니 마을로 내려가기 위해 몸을 틀었다. 그렇게 앞장서 내려가던 최 순경이 갑자기 기겁을 하고 뒤로 물러섰다.

"흐, 흐미…… 이것이 뭣이여."

더이상 앞으로 가지 못하고 주저하고 있는 최 순경을 보자 직감적으로 김 노인이 말하던 시체를 발견했다는 것을 알았다. 최 순경이 벌벌 떨리는 손으로 가리키는 곳을 향해 손전등 불빛이 모여들었다. 그곳에는 역시나 눈에 반쯤 파묻힌 사람 손이 있었다.

조금 전까지만 해도 괜한 걸음을 했다고 하품을 늘어지게 하며 술이나 한잔하자던 소장이 상체를 구부렸다. 곧 시체를 확인하더니 인상을 찡그리며 어디론가 전화를 걸었다. 시신을 인도할 구급차를 부르는 듯했다.

"도대체 뭔 일이랴? 어르신이 안 봤으면 워쩔 뻔했어?"

"그랬음 눈 녹는 봄에나 발견됐겠지."

"근디 누구여?"

시체 주위를 둘러선 한석과 정구, 나는 서로의 얼굴을 바라보며 계속 눈으로 서로를 채근했다. 우리 동네 사람인지 얼굴을 확인하라는 소리다. 결국 한석에게 어깨를 밀린 정구가 하는 수 없이 시체의 얼굴 근처에 묻은 눈을 떨어내려는데, 최 순경이 소리를 지르며 정구를 막아섰다.

"시방 뭐하는 짓이여? 자네는 뉴스도 안 봐? 사건현장보존이란 소리도 못 들어본 겨?"

"누군지 궁금혀서."

"참말로 생각이 있는 겨, 없는 겨? 그러다 이게 살인사건이면 워쩔 겨? 잘못하다 범인을 잡을 단서를 자네가 망치믄? 책임질 겨?"

이럴 땐 제법 경찰티가 난다. 최 순경의 말에 정구와 나, 한석 모두 입을 다물었다.

살인사건이라니, 거기까지는 미처 생각도 못하고 있었던 것이다.

소장은 최 순경의 말대로 이 일이 살인사건이라면 사건현장을 함부로 훼손할 수 없다고 판단했다. 결국 구급차는 아침에 다시 오기로 하고 그대로 돌아갔다. 마을에 들어왔다 나간 구급차 때문인지 회관 앞에는 동네 사람들이 모여 웅성거리고 있었다. 밤잠 없는 노인들은 모두 모인 듯했다.

"뭔 일이래? 우리 동네에서 살인사건이라니, 그 말이 참말이여?"

"산에 사람이 죽어 있다면서 워째 그냥 내려온 겨?"

"아, 날 밝으믄 다시 올라간다잖여. 그럼 알게 되겄지."

산에 올라갔다 온 우리도 딱히 해줄 말이 없었다. 신원확인을 위해 얼굴에 쌓인 눈을 치우고 불빛을 비춰보았지만 두 눈을 감은 채 꽁꽁 얼어붙은 허연 얼굴은 처음 본 낯선 이였다.

다음날 아침, 경찰서에서 파견된 형사 몇 명을 데리고 지구대 소장과 최 순경이 다시 나타났다. 두 대의 경찰차와 구급차가 마을회관을 지나 산 아래로 향하는 모습을 본 노인들은 왠지 모를 불안감에 쉽게 집으로 가지 못하고 삼삼오오 모여 새로운 소식을 기다렸다. 산 아래에 있던 구급차는 시신을 수습해 서둘러 마을을 빠져나갔고 현장조사를 마친 형사는 소장과 함께 먼저 출발했다. 뒷정리를 하고 지구대로 가려던 최 순경은 마을 사람들의 호기심 때문에 잠시 걸음을 멈춰야 했다.

"워떻게 된 일이여? 죽은 사람은 누구랴?"

"아니, 그보담 참말로 살인사건인 겨?"

"아녀유, 현장에서 농약이랑 유서가 발견됐어유."

"그려. 살인사건이 아니라니께 그려두 쪼매 맴이 놓이는구면."

하룻밤을 지새우는 동안 사건은 이미 부풀 대로 부풀려져 노인들의 입을 건널 때마다 시체 발견에서 살인사건, 연쇄살인사건으로까지 커져 있었다. 하지만 최 순경의 한마디에 그동안 긴장과 호기심으로 번뜩이던 노인들의 눈빛에는 묘하게 안도감과 실망이 교차하고 있었다.

"그렇담 자살이구면. 도대체 뭐 땀시 이렇게 추운 날 거기꺼정 올라가 죽었댜?"

"유서에 뭐라고 써 있는지는 본 기여? 누구랴?"

"그건 말씀드릴 수가 없구먼유. 수사상 비밀이라서유."

마치 엄청난 수사라도 하는 것처럼 목에 힘을 주는 최 순경의 말에 한석과 내 입에서 피식 웃음이 새어나왔다. 형사들과 함께 산에 올라가서도 소장과 형사들의 심부름에 정신이 없던 최 순경은 사실 현장에서 농약과 유서를 발견했다는 것도 귀동냥으로 들은 터였다.

"경찰서에서 파견 나온 형사들이 다 가져갔으니께, 곧 누군지도 밝혀지고 뭔 야그가 있겄지유."

한석이 상황을 이야기하며 슬쩍 현장에 있었음을 암시했다. 그런 한석을 최 순경이 힐끗 쳐다보더니 가봐야 한다며 서둘러 자동차에 올라탔다.

그날 오후가 되자 동네가 좁은 것인지 사람들의 호기심이 왕성한 것인지, 어느새 시체의 신원과 유서 내용, 자살한 이유 등이 자세히 들려왔다.

눈 속에서 발견된 사람은 박동휘라는 남자로 박씨네 둘째 아들이라고 했다. 그러니까 돌아가신 아버지 산소 앞에 와서 농약을 마시고 목숨을 끊은 것이다. 남자가 목숨을 끊은 박씨 가문 선산 너머 뒷골에는 박씨의 부인이 여전히 살고 있단다.

경찰들이 신원확인을 위해 뒷골을 찾아갔을 때 남자의 어머니는 아들이 죽었다는 소식에도 무덤덤했다. 그 반응에 경찰들은 의아했지만 이내 이유가 밝혀졌다. 지금의 어머니는 박동휘의 새어머니였던 것이다. 그가 중학생 때 친어머니가 죽고 그뒤 아버지가 새로 맞은 아내였다.

새 부인이 들어오고 이복형제가 생기자, 아버지는 공부를 빌미로 본처에게서 낳은 두 아들을 도시로 유학 보냈다고 한다. 그후로 방학 때나 이따금 내려오다 성인이 되고 나서는 일 년에 한 번 명절 때나 내려왔다고 하니 부모 자식 간의 정이 생기기는 힘들었을 것이다.

박씨 부인의 말에 의하면, 박동휘는 사업을 시작하면서 아버지에게 자주 손을 벌렸고 그때마다 거절당하자 아버지와 심하게 다툰 뒤 발길을 끊었다. 서로 얼마나 연락을 끊고 살았는지, 몇 달 전 불쑥 나타난 박동휘는 이 년 전 죽은 아버지 소식조차 모르고 있었다고 한다.

"그란디 죽기는 왜 죽는디야? 평생 아버지헌티 못헐 짓 혀서 그 앞에서 죽은 겨?"

"유서 내용을 보믄 그렇지도 않은가보드라고. 죽고 나서도 뭐 하나 물려준 게 없다고 원망하는 소리만 잔뜩 적혀 있었다든디?"

어디서 소식을 들었는지 우리 아버지를 만나러 건너온 경태 아버지는 유서 내용까지도 알고 있었다. 아버지는 혀를 차며 인상을 찡그리더니 비닐을 자르던 일손을 잠시 멈추었다. 벽에 금이라도 갔는지 방안 벽지에 물방울이 생겨 외벽에 천을 대고 비닐이라도 치려고 아침부터 공사중이었다.

아버지는 내게 차라도 한잔 타오라고 시키더니 마루에 걸터앉아 경태 아버지와 계속 이야기를 이었다.

"워째 자슥 새끼가 그 모양이랴? 부모 등골을 빼먹을려고 작정을 혀도 그렇지, 죽은 아버지헌티까지 워떻게 그런 소리가 나온디야?"

"사업이 부도나 신용불량자 되고, 카드 빚에 쫓겨서 집에도 못 들어갔던 모양이여. 오죽허믄 그렇게 독헌 맘을 먹었을 것이여?"

"독허긴, 물러터진 것이제. 젊은 놈이 뭐 헐 짓이 없어서 아버지 무덤 앞에서 그런 불효를 저질러? 어렵고 힘들수록 더 이를 악물고 일어서야제. 진짜 독헌 건 그렇게 힘들어두 살아갈려고 다부지게 맘먹는 것이여. 하여튼 요즘 젊은것들은 너무 약히빠졌다니께."

평소 성격처럼 딱 부러지게 이야기하는 아버지의 목소리를 들으며 급한 대로 인삼차를 끓여 내왔을 때, 경태 아버지는 입을 닫고 묵묵히 먼 산을 보고 있었다. 뭔가 하고 싶은 이야기는 따로 있었던 듯한데 쉽게 이야기를 못 풀어내는 것 같았다.

"왜 그려? 뭔 고민이라도 있는 겨?"

이마에 주름이 깊어진 경태 아버지를 보자 아버지도 뭔가 눈치를 챈 듯했다.

"나는 말이여, 그런 생각이 들어…… 무덤 속에 있는 박씨가 말이여, 자슥이 그렇게 죽을 만치 힘들었다는 걸 알았으믄…… 그려도 그르키 매정허게 자식 손을 뿌리쳤을까?"

박동휘의 자살은 경태 아버지에게 남의 일 같지 않았던 모양이다.

"그려서? 시방 뭔 얘기가 허고 싶은 겨?"

"경태 그놈이…… 월매나 똥줄이 타믄 그 바쁜 중에 수시로 내려오겄어? 어차피 죽으믄 짊어지고 갈 것도 아닌디, 어차피

나 죽으믄 자슥 새끼들헌티 물려줄 것인디……"

"그려서 경태 놈 주려고 땅이라도 팔겠단 얘기여, 시방?"

"그렇게라도 혀서 도와줄 수 있으믄 도와야제."

아버지는 말문이 막힌 듯 벌어진 입을 다물지 못하고 경태 아버지를 바라보았다.

철없는 막냇동생을 바라보듯 그렇게 한동안 경태 아버지를 보던 아버지는 결국 참지 못하고 입바른 소리를 시작했다.

"아주 미련을 떠는구먼. 도대체 언제까지 따라다니면서 밑을 닦아줘야 속이 시원허겄어? 그기 자슥 위허는 길인 줄 알어? 정신 차려, 이 사람아. 그렇게 달라는 대로 다 주다 자식 잃고 돈 잃고 나중에 워떡허려고 그려? 자슥 키우려믄 제대로 키워. 사자 새끼모냥 절벽에서 떨어뜨리지는 못해도 지 앞가림은 지가 허고 살게 해얄 거 아녀?"

경태 아버지가 마음이 약한 게 탈이라면 아버지는 속에 담아두는 법 없이 느낀 대로 다 말하는 게 탈이다. 설령 아버지의 말이 백번 옳다고 해도 그 이야기를 들은 당사자는 속이 편할 리 없다. 아니나 다를까, 마루에서 일어난 경태 아버지도 언짢은 표정이 되어 있었다.

"자슥마다 키우는 방법이 다 다른 벱이여. 사자 새끼는 절벽에서 밀어도 괜찮을지 몰라도 병아리 새끼모냥 허약한 놈헌티 절벽에서 떨어지라믄, 그대로 죽으라는 소리밖에 안 되는 것이여."

"병아리 새끼모냥 허약허게 만드는 기 누군디? 시방 그 땅
팔아서 준다고 경태 그눔이 자네 맘을 알아줄 것 같어? 자네가
이렇게 물렁허니께 경태 그눔이 자꾸 조르는 거 아녀?"

"그만혀. 자네 자식이나 사자 새끼로 잘 키워. 나는 더이상
자슥 새끼 개구리 짐 받듯이 허덕거리는 거 못 보겠으니께."

말을 마친 경태 아버지는 뒤도 안 돌아보고 대문 밖으로 나
가버렸다. 어른들 이야기에 뭐라 끼어들 수도 없어 어정쩡하
게 옆에 서서 듣고 있던 내게 불똥이 떨어졌다.

"아, 뭐혀? 벽 하나 바르는 데 하루쫑일 일할 껴?"

그렇게 경태 아버지를 보낸 게 마음에 걸린 듯 벽에 비닐을
치는 동안 아버지는 한 번도 입을 열지 않았다. 아버지의 안색
을 살피다 슬슬 농이라도 걸어 마음을 풀어줘야겠다 싶어 말
을 건넸다.

"아부지, 만약 지가 땅 좀 달라고 허믄 워떡하실 거여유?"

내 말에 한참 내 얼굴을 쳐다보던 아버지는 예상과 달리 "달
라믄 줘야지" 한다.

"경태 아부지헌티는 절대 안 된다고 하시믄서……"

"경태 그눔의 자슥이야, 땅이 땅이 아니고 돈이 돈이 아니니
께 그런 것이제. 그동안 그눔이 해먹은 것만 혀도 얼마여? 땅
귀한 줄 아는 놈이믄 나도 안 그려."

두 시간 만에 뚝딱 벽 두 쪽 작업이 모두 끝났다. 진작 했더라면 안방의 외풍도 막고 습기가 차는 일도 없었을 것을, 꼭 일이 벌어진 후에 뒤치다꺼리를 하게 되는 게 사람 사는 일인가 보다.

다음날 경태가 다시 마을에 얼굴을 보였다. 전날과는 달리 얼굴에 희색이 만면했다. 아버지를 원망하던 박동휘의 유서는 결국 아무 상관도 없는 경태에게 땅을 안겨준 셈이 된 것이다.

정구와 읍내를 다녀오는 길에 경태와 마주쳤다. 경태는 여전히 번쩍이는 검은색 자가용을 타고 잔뜩 기름진 미소로 우리를 처다봤다.

"어디 다녀오냐? 태워주랴?"

"일읎다. 집이 코앞인디 차는 무슨."

경태는 한 손을 흔들어 보이고는 희뿌연 자동차 매연을 날리며 우리 앞을 지나쳐갔다.

"저 자슥이 워쩐 일이여? 차를 다 태워주겠다고 허구?"

"아버지가 땅을 팔기로 하셨다드라."

"뭐여? 어쩐지. 참, 상필이 너 그거 아냐?"

"……?"

"지난번에 저놈이 말한 그 '덤 앤 더머'라는 거 말이여……"

"그기 뭔디?"

"너도 몰랐냐? 으매, 우리가 완전히 바보 취급을 당혔는디 아무도 몰랐단 말이여?"

"바보?"

"그려. 내가 우리 향이 심심할까봐 비디오가게에 안 갔었냐. 근디 거기 비디오를 쭉 보다보니께 워디서 듣던 제목이 있드라고. 〈덤 앤 더머〉. 그기 영화 제목이여."

"그런디 뭐가 바보 취급이라는 겨?"

"그기 우리말로 하믄 〈영구와 땡칠이〉 같은 그런 영화여. '덤 앤 더머'란 즉 바보라는 뜻이다, 이거여."

"그렸냐?"

침을 튀겨가며 흥분하는 자신에 비해 나의 반응이 너무 시큰둥했는지 정구가 기가 막히다는 듯 쳐다봤다.

"뭐여? 넌 승질도 안 나냐? 저놈이 저렇게 대놓고 우리를 무시허는디?"

"그만혀라. 난 왠지 저놈이 안돼 뵈드라."

"뭐여? 썩을. 저놈이 안돼 뵈면 우리 같은 놈은……"

"지랄, 우리가 위때서 그려? 집 있겠다 농사지을 땅 있겠다. 니놈은 꽃 같은 색시까지 있으믄서…… 그 죽은 박씨네 둘째 아들 얘기를 들으니께 경태 놈도 안돼 뵈드라. 도시 나가 살믄서 사방팔방에 다 뜯어먹을려는 놈밖에 읎을 것인디 얼마나 팍팍허겄냐."

"어이구, 부처님 나셨네. 저놈 하는 걸 봐라. 누구헌티 뜯겨

먹힐 놈인가. 지가 뜯어먹으믄 몰러도."

말은 그렇게 했지만 정구는 내 말을 이해하고 있었다.

마을회관에 다다를 때까지 정구도 죽은 박씨네 아들을 생각
하는지 말이 없었다. 그때 우리 등뒤에서 요란한 사이렌 소리
가 들려왔다. 뒤를 돌아보니 아니나 다를까, 구급차가 우리를
향해 달려오고 있었다. 얼른 길을 피하고 보니 구급차는 우리
마을을 향해 가고 있었다.

"뭔 일이랴?"

몇 년 동안 동네에서는 한 번도 듣지 못하던 소리를 이틀 연
속 듣게 되니 기분이 묘했다. 또 무슨 일이 생긴 것일까? 목덜
미 털이 쭈뼛 서는 기분이 들었다. 정구도 나와 같은 예감이
들었는지 굳은 얼굴로 나를 바라보았다. 우리는 누가 먼저랄
것도 없이 마을을 향해 뛰었다.

마을 입구 쪽으로 내려가보니 이미 구급차는 누군가를 태우
고 회관 앞을 돌아서 나오고 있었다. 회관 앞에는 아주머니들
이 겁에 잔뜩 질린 표정으로 멀어지는 구급차를 보며 웅성거
렸다. 어쩐지 쉽게 발길을 돌리지 못하는 모양이었다.

정구의 아내 흐엉도 시어머니와 함께 나와 있다가 정구를
보자 얼굴이 밝아져 달려왔다. 정구 역시 혹시나 하다가 아내
와 어머니에게 별일이 없는 것을 확인하고 안도하는 기색이었

다. 흐엉이 정구에게 매달리다시피 팔짱을 끼자 어느새 정구
는 입이 헤벌어져 나 같은 건 안중에도 없었다.

"뭔 일이래유?"

마침 어머니가 보이길래 다가가 물으니, 손사래를 치며 얼
른 나를 집 쪽으로 잡아끈다. 아무래도 심상치 않은 일이 벌어
진 것이 틀림없다.

"내가 그랬잖여, 뭔가 이상타고."

"뭔 소리래유?"

"그 노루가 영 찜찜혔다니께. 시방 영실네 할머니가 실려갔
어."

영실네 할머니라면 황 영감이 잡은 노루 다리를 얻어다 약
을 달여먹기로 한 바로 그 할머니다. 그제만 해도 약을 해먹는
다며 좋아라 했었는데, 갑자기 구급차에 실려가다니 무슨 일
이 있었던 것일까?

"영실네 할머니가 워쩐 일루 실려가셨대유?"

"잘못혀서 농약을 먹었다지 뭐여."

"이에? 그기 참말이어유?"

귀를 의심하지 않을 수 없었다. 갑자기 농약 사고라니, 더구
나 며칠 전 박씨네 일 때문에 농약이라면 더 조심을 했을 텐데
말이다. 의아하지 않을 수 없었다.

"양재기 빌리러 갔더니 영실네 할머니가 배를 움켜잡고 쓰

러져 있지 뭐여. 얼렁 구급차 먼저 불러놓고 물어보니께 먹은 거라곤 부침개밖에 없다고 허고. 그래서 뭘로 해드셨냐니께 싱크대를 가르키길래 찾아봤지. 근디 글씨 농약 봉지가 밀가루 봉지랑 나란히 있지 뭐여. 눈도 침침허니께 헷갈린 모양이라는디. 그게 말이 되는 소리여?"

노루고기를 먹는 날부터 뭔가 께름칙했던 어머니는 산에서 박씨 아들이 죽고 노루고기를 먹은 영실네 할머니가 농약을 먹게 된 일이 아무래도 단순한 우연은 아니라고 믿는 듯했다.

"그래서 얼마나 심각하신 거여유?"

"병원으로 갔으니 뭔 얘기가 있겄지, 안즉은 모르겄다. 아이구…… 머리 뒤숭숭혀서 살겄냐 워디."

나 역시 머릿속이 영 개운치 않은 채 어머니의 뒤를 따라 집으로 돌아왔다.

저녁 늦게 병원에서 걸려온 전화를 통해 영실네 할머니의 상태를 들을 수 있었다. 서울서 소식을 듣고 달려온 영실이 엄마가 구급차를 부른 게 우리 어머니라는 얘기를 들은 모양이었다. 영실이 엄마는 어머니에게 몇 번이나 고맙다는 인사를 했다. 어머니가 빨리 발견한 덕분에 금방 병원으로 이송할 수 있었고, 다행히 농약은 오래 방치해두었던 것이라 독성이 약해져서 며칠 속만 잘 다스리면 된다고 했다.

그제야 어머니는 가슴을 쓸어내리며 안도의 한숨을 내쉬었다. 하지만 어머니가 염려하던 일은 여기서 끝나지 않았다.

사건은 엉뚱한 곳에서 터졌다.

"준비 다 혔냐?"

이른 아침부터 한석이 심상치 않은 목소리로 전화를 했다. 아무런 설명도 없이 서울에 좀 가자며 대답도 듣지 않고 전화를 끊더니 아침상을 받기도 전에 대문을 밀고 들어섰다. 아무리 농한기라고 해도 이유도 모른 채 친구 따라 강남 갈 만큼 한가하지는 않다.

"갑자기 서울엔 왜 가자는 겨?"

"그건 가믄서 얘기혀줄 테니께, 얼렁 잠바 입고 나와."

몇 마디 더 통을 주고 돌려보내려 했지만 한석의 표정이 굳은 걸 보니 아무래도 무슨 일이 있는 듯싶었다. 결국 해야 할 일을 뒤로 미루고 생각지도 않았던 서울 나들이를 하게 되었다. 가면서 얘기해준다던 한석은 서울로 가는 고속버스 안에서도 내내 말이 없었다. 두 시간 남짓 녀석이 먼저 말을 꺼내주길 기다리며 안색을 살폈지만 한석은 창밖만 처다볼 뿐 입을 열지 않았다.

고속버스에서 내려 택시정류장을 향해 걸어가던 한석이 불쑥 걸음을 멈추더니 내게 손을 내밀었다. 그의 손에는 주소가 적힌 쪽지가 들려 있었다.

"이기 뭐여?"

"그년 주소여. 현석이가 우연히 본 모양인디…… 맞는지는 잘 모르겄다고. 뭐, 결혼식 헐 때 잠깐 봤으니께…… 확인해보라고 허드라."

현석이라면 서울에서 트럭을 몰고 다니며 채소상을 하는 한석의 사촌이다. 식당에 채소를 배달하기도 하고 골목길에 세워놓고 팔기도 하니 서울 구석구석 안 다니는 곳이 없다. 그러다 한석의 패물을 훔쳐 도망친 연변 여자를 찾아낸 모양이다.

아침부터 심상치 않았던 한석의 행동을 비로소 이해할 수 있었다. 여자의 주소가 적힌 쪽지를 만지작거리기만 할 뿐, 한석은 걸음을 옮기려 하지 않았다. 막상 서울까지 오니 찾아가기가 망설여지는 듯했다.

"찾아서…… 워쩌려구?"

"워쩌긴, 나가 가만있을 줄 아냐? 지가 한 짓만큼 다 되돌려 줄 거여. 가지고 간 돈이랑 패물도 다 돌려받고, 그리고…… 그리고…… 망할…… 모르겄다. 나도 내가 뭔 짓을 할지……"

혼자 오기가 두려웠던 건 바로 그 점 때문일 것이다.

여자가 집안까지 뒤져 도망친 것을 알았을 때 한석은 한동안 들짐승처럼 산을 헤집고 다녔다. 녀석이 산속에서 질러대던 울부짖음을 들은 나로서는 지금 그가 얼마나 힘든지 짐작이 갔다. 이제 겨우 아물어가는 상처를 다시 파헤쳐 소금을 뿌려대는 것 같으리라.

현석이 알려준 식당 근처에 도착했다. 한석은 간판을 확인하고도 쉽게 안으로 들어서지 못하고 길 건너편에서 바라보기만 했다.

"괜찮은 겨? 내키지 않으믄 돌아가든지."

내 말에 결국 마음을 굳혔는지 한석이 성큼성큼 식당을 향해 걷기 시작했다.

식당에 들어서자, 안은 점심 손님 받을 준비로 한창 부산했다. 눈으로 이리저리 여자를 찾던 한석이 누군가를 발견하고는 그 자리에 굳어버렸다. 양념통이 든 쟁반을 들고 주방에서 나오던 여자가 한석을 보더니 하얗게 질렸다. 그녀였다.

여자의 손에 들려 있던 쟁반이 와장창 소리를 내며 바닥으로 떨어졌다. 여자는 목석처럼 서 있는 한석을 바라보다 그제야 정신이 드는지 갑자기 문 앞에 서 있던 나를 밀쳐내고는 거리를 향해 도망치기 시작했다. 여자가 나가기 무섭게 한석도 그 뒤를 쫓았다. 슬리퍼를 신은 여자는 몇 걸음 달아나지도 못하고 이내 잡혔다.

"아즈바이, 이거 좀 놓고 얘기하자요."

뒷덜미를 잡힌 여자는 한석에게 사정했지만 그는 아무 말도 없이 여자를 노려보기만 했다. 지그시 입술을 깨문 것을 보니 끓어오르는 화를 간신히 억누르는 것 같았다.

식당에 있던 사람들이 밖으로 나와 말려보려다 서슬 퍼런 한석과 그에게 매달려 사정을 하는 여자를 보고는 주춤거렸다. 힐끗거리며 지나는 사람들의 눈초리는 한석을 불한당쯤으로 치부하고 있었다.

얼른 손을 뻗어 여자의 뒷덜미를 쥐고 있는 한석의 손을 잡았다. 한석이 나를 돌아보았다. 흔들리는 녀석의 눈빛이 붉었다.

"일단 이건 놓고 얘기혀. 말로 혀도 되잖여."

"말로 혀? 시방 말로 하라고 했냐? 보자마자 도망부터 치는 여자헌티 뭔 말을 혀?"

그동안 참았던 분노가, 꾹꾹 마음 깊은 곳에 눌러두었던 감정들이 터져나오는지 한석은 이마에 핏줄을 세우며 소리를 질렀다. 한석의 기세에 놀란 여자는 몸을 잔뜩 움츠리고 그 자리에 주저앉았다. 벗겨진 여자의 슬리퍼 한쪽이 길바닥에 뒹굴었다.

"그때 가져간 돈은 돌려드리겄습네다. 제발 한번만 봐주시라요."

"돈? 시방 그까짓 거 때문에 나가 여기꺼정 온 줄 알어? 돈만 돌려주면 다 끝나는 겨? 참말로 몹쓸 여자구먼. 당신이 나헌티 뭔 짓을 혔는지 알기나 하는 겨?"

돈을 돌려주겠다는 여자의 말이 한석의 심사를 건드린 모양이다. 한석은 내 손도 뿌리치며 여자를 잡고 흔들었다. 돈 때문이라면 오히려 욕 한번 하고 하늘에 대고 침 한번 뱉고 끝났을 것이다. 다른 형제들이 그의 몫으로 남겨진 땅까지 집어먹어도 싫은 소리 한마디 안 하던 한석이었다.

거칠어진 한석의 손길이 흔드는 대로 여자의 머리가 움직였다. 오히려 여자가 아무런 저항을 하지 않자 한석의 손은 맥없이 풀어졌다. 마음을 진정하려는 듯 심호흡을 몇 번 크게 하던 한석은 고개를 내저으며 손바닥을 허리춤에 문질렀다. 그렇게 자신에게 상처를 입힌 여자인데도 이 이상 모질게 못하는 녀석이다.

"……뭐 땀시 그렇게 도망을 쳤는지…… 그게 알고 싶었을 뿐이여……"

길바닥에 주저앉았던 여자가 주섬주섬 일어서더니 바닥에 뒹구는 슬리퍼를 찾아 신고 머리를 매만졌다. 낯선 땅에 의지할 사람 하나 없이 혼자 와서도 꿋꿋하게 살아갈 만큼 여자는 강단 있는 성격이었다. 한석의 손에서 풀려나자 이내 표정이 바뀌는 것만 봐도 알 수 있다.

"아즈바이한테는 미안하게 됐슴다. 하지만…… 내래 돈 벌러 왔시요."

"그라니께…… 첨부터 나허고 살 생각 같은 건 허지도 않았다 이 말이여?"

"연변에…… 아이가 있슴네다. 돈이 없어 약 한번 못 쓰고…… 여기 와서 몇 년만 일하믄 우리 아이 치료도 하고 집도 살 수 있다고 해서……"

아이…… 아이가 있다니, 여자의 말에 한석은 입을 다물지 못했다.

사기당했다는 것은 알았지만 설마 아이 엄마였을 줄이야. 한석이 걱정돼 슬쩍 녀석의 눈치를 살폈다. 전혀 생각도 못했던 황당한 사실 앞에 한석은 기가 막힌지 오히려 헛웃음을 터뜨렸다.

여자에게 병든 아이가 있다는 말에 한석은 뒤도 안 돌아보고 그 자리를 떠났다. 그대로 돌아서 가는 한석을 의아하게 보던 여자는 옷에 묻은 흙먼지를 털며 슬리퍼를 끌고 식당 안으로 사라졌다.

차라리 소리라도 지르면 위로를 하든지 할 텐데, 녀석은 말도 붙여볼 수 없게 굳은 얼굴로 혼자만의 생각에 빠져 있었다. 나 역시 딱히 할말을 찾지 못해 묵묵히 한석의 어깨를 몇 번 쳐주고 말았다.

읍내까지 온 한석은 마을로 들어가는 진입로를 지나쳐 진수네 식당으로 들어가더니 소주부터 시켰다. 술을 먹기에 아직 이른 시간이었지만 녀석의 심정이 어떨지 아는지라 굳이 말리지 않았다. 식당 안은 텅 비어 있었다.

"우짠 일이여? 해가 서쪽에서 떴는개벼, 이 시간에 술을 다 마시러 오고?"

수선스럽기로 유명한 진수 엄마가 술과 안주를 내오며 너스레를 떨다가 입을 다물었다. 밥장사 몇 년에 눈치는 있어서 금세 한석의 심상치 않은 표정을 읽은 것이다. 눈으로 넌지시 무슨 일이냐고 내게 물었지만 고개를 저어 진수네의 관심을 무시했다.

탁자 위에 빈 술병이 몇 개나 놓일 때까지 한석은 묵묵히 잔에 술을 따르고, 그 잔을 노려보다 단숨에 술을 들이켜고, 탁소리가 나게 잔을 내려놓는 일을 반복했다. 비어 있는 잔에 술을 따라주려 해도 받지 않고 자작을 계속했다. 곁을 지나며 호기심어린 눈으로 보던 진수네도 그 분위기에 압도되었는지 접시가 비면 새 안주를 내어줄 뿐 더이상 말을 붙이지 않았다.

솔직히 말하면 여자가 도망간 뒤 한석이 그렇게까지 힘들어하는 게 이해가 되지 않았다. 몇십 년 살아서 미운 정 고운 정 다 든 사이도 아니고, 기껏해야 한두 달 본 게 전부인데 왜 그렇게 괴로워하는지 알 수가 없었다. 하긴 언젠가 읽었던 『메디슨 카운티의 다리』라는 소설에서도 여자 주인공이 단 며칠을 함께 보낸 남자를 평생 못 잊었다. 하지만 그런 건 소설 속에서나 있는 이야기 아닌가.

"니 시방, 속으로 으이구 이 등신아, 그러제?"

어느새 밖은 어두워지고 그렇게 말없이 술만 먹던 한석이 문득 고개를 들고 나를 쳐다보더니 불쑥 물었다. 그 순간 나도 모르게 고개를 끄덕거렸다. 한석이 날 빤히 쳐다보더니 피식 웃었다.

"그려, 나 같은 등신이 어디 있냐. 아가씬지 애 딸린 여잔지도 모르고 사기 결혼을 혔으니."

"열 길 물속은 알아도 한 길 사람 속은 모른다잖여. 속일라고 마음먹으믄 어떻게든 당혀."

"근디 말이여…… 그 여자는 그렇다 쳐. 워떻게 죽은 엄니 꺼정 나헌티 사기를 치시냐?"

"그건 또 뭔 소리여?"

"나가 이거는 누구헌테도 안 한 소린데 말이여…… 그 여자 처음 만난 날 밤에, 꿈에 엄니가 나오셔가지고는 그러시드라니께…… 이 샥시가 니 평생 배필이여…… 이러구 말이여."

"미친놈, 그게 워떻게 엄니가 사기를 치신 겨? 지가 좋아서 혼자 쇼를 한 거구먼…… 난 또 무슨 소리 혀나 혔다."

"아녀…… 틀림없이 엄니였다니께."

문이 열리더니 정구가 불쑥 들어왔다.

"뭔 일이래? 나 빼놓고 둘이서 쑥떡쑥떡…… 아줌니, 여기 술잔 좀 줘유."

길을 지나다 식당 안에 있는 우리를 발견한 정구까지 앉자 갑자기 술자리가 시끌벅적해졌다.

"그려서 그걸 기냥 두고 왔냐? 그런 소리 듣고도 승질 안 나냐? 이놈 이거 등신이여, 부처님 가운데 토막이여?"

술이 약한 정구는 소주 반병에 우리보다 더 취해 있었다. 서울에서 있었던 이야기를 해주니 본인보다 더 펄펄 뛰며 화를 냈다.

"그만혀, 다 지나간 일이니께…… 실은 그려서 주소를 받고도 한동안 망설인 겨…… 인제 찾아봐야 뭐허나 싶어서."

가만히 짚어보니 벌써 일 년이 다 돼가는 일이다. 밤 잔 원수 없고 날 샌 은혜 없다고, 원한이든 은혜든 시간이 지나면 다 잊게 되는 법이다.

"그려, 다 잊어뿌리고 새출발하는 겨. 시상에 여자가 거기 하나밖에 읎냐?"

"여자라믄 지긋지긋혀…… 근디, 상필이 넌 워째 장가를 안 가냐? 여자가 없던 것도 아닌디."

"자슥이, 와 갑자기 화살을 나헌티 돌리고 그려?"

"궁금혀서 그려. 글 안 혀도 우리 중에서는 니가 젤 잘나갔잖여?"

한석이 멍석을 펴자 정구도 장구를 들고 덤빈다. 둘이 작정이라도 한 듯 나를 몰아세웠다.

"그라니께 말이여, 니가 지대로 테이프를 끊었으면 우리가 노총각 삼총사로 불리면서 그 구박을 당하지는 않았을 거 아녀?"

"시방 나 땜시 니들이 장가를 못 갔다는 겨? 그건 또 뭔 논리여?"

"그나마 인물도 말발도 니가 제일 나으니께, 니가 결혼을 허믄 신부 친구들이라도 어떻게 엮어서 우리도 덕을 봤을 거 아녀?"

"놀구 자빠졌네. 하여튼 핑계도 가지가지여. 덕분에 흐엉 같은 어리고 이쁜 색시 얻었잖여?"

흐엉의 이름이 나오기가 무섭게 정구의 입이 벌어진다. 이름만 들어도 좋은가보다. 어느샌가 한석과 나는 그런 정구를 놀리는 게 버릇이 되었다.

"저 봐라, 또 입 찢어지는구먼. 벌써 몇 달이여, 여적도 그렇게 좋냐?"

"시방 맴이 찢어져서 내려온 내 앞에서 꼭 염장을 질러야 쓰겄냐?"

기분이 풀린 한석도 한껏 농을 치며 정구에게 면박을 주었다. 흐엉 생각에 싱글싱글하던 정구가 난데없이 벌떡 일어났다. 그 바람에 흥청거리던 우리도 정신이 번쩍 들었다.

"워매, 어쩐다냐…… 깜빡 잊고 있었네."

"왜 그려? 뭘 잊었는디?"

"우리 향이가 아이스크림이 먹고 싶다고 혀서 그거 사러 나왔는디, 워쩌냐? 목이 빠지게 기다릴 턴디."

참다못한 한석이 정구의 옆구리에 주먹을 한 방 날렸다.

"에라 이 자슥아, 엄니를 그렇게 모셨으면 벌써 효자비 섰겠다."

"워쩔 겨? 더 마실 겨? 그만 일어나지? 벌써 아홉시가 넘었잖여?"

갑자기 뭐 마려운 강아지처럼 안절부절못하며 보채는 정구 때문에 결국 자리를 털고 일어났다. 각자 주머니에 있는 돈을 털어 술값을 모으는데 밖에서 끔찍한 소리가 들렸다.

끼이익, 급정거하는 자동차 소리. 그리고 뒤이어 뭔가 세게 부딪히는 소리.

한순간에 술기운이 달아났다. 우리는 누가 먼저랄 것도 없이 가게 밖으로 뛰어나갔다.

―끼이익.

거리로 달려나간 우리의 눈에 가장 먼저 들어온 건 요란한 소리를 내며 달아나는 자동차였다. 하지만 날도 어둡고 벌써 저만큼 달아나는 바람에 번호판도 차종도 똑바로 알아볼 수 없었다. 검은색이란 것만 어렴풋이 보였다. 주위를 살펴보니 길 한편에 찌그러진 자전거가 뒹굴었고 조금 떨어진 곳에 누군가 신음하며 쓰러져 있었다.

"뭐혀? 얼렁 신고부터 혀. 정구 너는 퍼뜩 구급차 부르고."

이 시간에 읍내를 다니는 사람이라면 우리가 모르는 사람일 리 없다. 온몸의 신경이 긴장으로 팽팽해지는 것을 느끼며 쓰러져 있는 사람에게 달려갔다. 한순간 모든 게 꿈속처럼 느리게 움직였다. 얼마 되지 않는 거리를 달려가는데 슬로모션처럼 나의 발은 느리기만 했고 주변의 모습들은 생생하게 느껴졌다.

"괜찮으셔유?"

부축을 하기 위해 다가가보니 다름 아닌 김 노인이었다. 칠순이 넘었지만 작은 체구에도 대추씨처럼 단단한 사람이 구겨진 종잇장처럼 길바닥에 내팽개쳐져 있었다. 가슴이 철렁 내려앉았다. 머릿속에 불쑥 어머니가 했던 말이 떠올랐다.

'뭔가 이상타고. 그 노루가 영 찜찜했다니께……'

"어르신! 어르신, 괜찮으셔유?"

몇 번을 불렀지만 의식이 없는지 김 노인은 신음소리만 낼 뿐이었다. 상처를 살펴보니 뺨 한쪽이 찢어지고 머리에서 피가 흘렀다. 핸드폰으로 신고를 하고 달려온 한석이 김 노인을 알아보고 놀라 입을 다물지 못했다.

"대체, 이게 워떻게 된 일이여…… 워쩌다……"

차 소리에 놀라 나와본 진수네도 기겁을 하며 달려왔다. 순식간에 읍내 사람들이 몰려나와 웅성거리고 있을 때 경찰차가 도착했다. 차에서 내린 최 순경도 김 노인을 보더니 안절부절

못했다.

"집에는 알린 겨?"

"시방 그럴 정신이 워딨어? 참말로 사람 환장허겄네. 워떤 미친놈이 이 시간에 그렇게 달린디야?"

"뺑소니라고 혔지? 차는? 번호는 확인한 겨?"

"나와보니께 벌써 저만치 달아나고 뵈지도 않드라고. 아, 구급차는 왜 안 오는 겨?"

한석의 말이 끝나기가 무섭게 멀리서 구급차가 요란한 소리를 내며 달려오는 게 보였다.

일단 나와 한석이 구급차에 함께 타고 가기로 했다. 정구도 함께 가겠다고 했지만 현장에 남아서 사고 경위를 설명해주라고 했다.

"도대체 뭔 일이랴. 어두운데 자전거는 뭐 땜시 타고 나오셨대."

호흡기를 입에 달고 아직도 의식이 돌아오지 않은 김 노인을 보던 한석이 아무 소용도 없는 말을 중얼거렸다.

사고란 그런 것이다. 하필이면 그때, 그 장소를 지나다가 맞닥뜨리게 되는 것.

평소라면 마을회관에서 다른 노인들과 고스톱을 치거나, 저녁 뉴스를 보며 까불까불 졸고 있었을 것이다. 그랬다면 우리도 구급차에 실려 흔들리고 있지 않고, 술이 거나하게 취한 채 비틀거리며 집으로 돌아갔을 것이다.

김 노인은 병원에 도착하기 전에 구급차 안에서 숨을 거두었다.

일단 병원 영안실에 모시고 최 순경에게 연락했다. 전화를 받은 최 순경은 한숨을 푹 내쉬고는 한동안 말이 없다가 곧 도착한다는 말만 남겼다. 벌써 몇 년 전에 끊은 담배 생각이 간절했다.

술냄새와 소독약냄새 때문에 머리가 아파 잠시 병원 뜰로 나왔다. 문득 하늘을 올려다보니 맑은 겨울 밤하늘에 박혀 반짝이는 별들이 유난히도 많았다. 사람이 죽으면 별이 된다는 동화가 있었다. 그땐 그 이야기를 믿었지만 어른이 된 뒤로 그 것이 사실이 아니라는 것을 알았다.

어른이 된다는 것은 재미없는 현실을 하나씩 알아가는 과정 같다. 어릴 땐 이렇게 한순간 생이 끝나버릴 수도 있다는 사실을 결코 이해하지 못했다.

"하루가 이렇게 긴 줄 첨 알았다."

한석이 옆에 와 앉으며 혼잣말처럼 중얼거렸다. 나는 아무 말도 할 수가 없었다. 긴장감으로 잔뜩 팽팽해져 있던 근육은 어느새 바람 빠진 풍선처럼 힘을 잃어버렸다. 온몸이 피로감으로 축축 늘어졌다. 최 순경이 탄 경찰차가 병원 주차장으로 들어오는 것을 보면서도 우리는 멍하니 생각에 잠겨 있었다.

한석의 말대로 서울에서 연변 여자를 만난 일이 백년 전 일처럼 까마득하게 느껴졌다.

"참말로. 이기 뭔 일인지 모르겠네. 한 동네에서 한 날, 두 집 초상을 치르게 생겼으니."

"뭐여? 시방 그기 무신 말이여? 두 집 초상이라니?"

"여즉 모르는 겨? 병원에 실려갔던 영실네 할머니 말이여. 오늘 오후에 돌아가셨구먼."

한석과 눈길이 마주쳤다. 녀석도 믿지 못하겠다는 표정이었다.

"좀 자세허게 말혀봐, 상태가 나쁜 건 아니었잖여?"

"나도 잘은 모르는디, 뭔 주사 쇼크라든가, 갑자기 그렇게 되신 모양이여."

어째 온몸이 으스스한 게 등줄기로 차가운 기운이 짜르르 흘렀다. 조금 전까지만 해도 추운 줄 몰랐는데, 갑자기 오한이 나는 게 온몸이 으슬으슬 추웠다.

"여기는 내가 지킬 테니께 그만들 가는 게 워뗘? 많이들 피곤해 뵈는디?"

최 순경의 그 말에 잠시도 버틸 힘이 남아 있지 않다는 걸 깨달았다. 우리는 최 순경을 남겨둔 채 금방이라도 쓰러질 듯 녹초가 되어 병원을 나섰다.

마을로 돌아온 한석과 나는 우선 마을회관부터 들렀다.

이미 연락을 받았는지 동네 어른 몇 명이 환하게 불을 밝혀 놓고 이야기하고 있었다. 아버지의 모습도 보였다. 병원에 다녀왔다는 걸 알고는 모두 우리 주위로 모여들었다. 진수네 가게 앞에서부터 병원에서 나올 때까지의 일들을 하나씩 설명했다. 때로는 탄식이, 때로는 안타까운 한숨이 새어나왔다.

"……참말로 그것 땜시 그런 거 아녀?"

모두 말을 잊고 황망한 기분에 잠겨 있다가 누군가 던진 그 말이 신호라도 된 듯 갑자기 이야기가 터져나오기 시작했다.

"나두 첨엔 안 믿었는데 말이여, 일이 이 지경까지 오고 보니께 영 못 믿을 야그도 아닌 거 같구먼."

"뭔 말씀이래유?"

"그 노루 말이여. 원래 산 지키는 영물이라 안 혀? 이게 괜히 노루 한 마리 잡아서 부정 탄 거 아닌지 모르겠다."

"되도 않는 소리 허구 자빠졌네."

듣다못한 황 영감이 한마디로 모두의 입을 막아버렸다. 한창 입방아를 찧던 사람들은 황 영감의 기세에 눌려 고개마저 수그러들었지만 그래도 석연치 않은 표정들이었다. 결국 안골 최 영감이 용기를 내 말을 꺼냈다.

"허지만 조용허기만 한 동네가 그 노루괴기 먹던 날부텀 이렇게 시끄러운디."

"아, 그만 못혀? 우리가 노루괴기 먹은 기 워디 한두 번이여? 어릴 때부터 지금까지 얼마나 먹었는디 그딴 귀신 풀 뜯어 먹는 소릴 하는 겨?"

"그건 황 영감님 말씀이 맞구면유, 어쩌다보니께 우연히 겹친 일 가지구 너무 크게 생각들 허시네유."

결국 아버지의 교통정리로 어수선하던 소문 이야기는 일단락이 되었다.

사실 생각해보면 노루를 잡던 날 박씨네 둘째 아들 시체가 발견되었으니 노루를 잡기 전에 박씨네 아들은 이미 죽은 것이고, 그렇다면 그건 노루와 무관한 일이다. 영실네 할머니가 농약을 먹고 병원에 실려간 일이야 아주 없지도 않은 일, 그러고 보니 지난해인가 전남 어디에서도 그런 사고가 있어 뉴스에 방송되기도 했다.

김 노인의 경우도 마찬가지다.

하루에도 몇 건씩 일어나는 교통사고, 그중 뺑소니 사고도 있을 것이다. 한적한 시골 도로에서 일어난 뺑소니 사고가 어디 김 노인의 경우뿐이겠는가? 그 사건들을 모두 노루 탓으로 돌린다는 것은 무리가 있다. 다만 요 몇 년간 가장 큰 사건이 한석의 색시가 도망간 일 정도인, 한적하고 조용하기만 하던 동네에 갑자기 이런 흉한 일들이 겹치다보니 다들 뭔가 이유를 찾고 싶었던 것은 아닐까?

"그나저나 장례 치를 일이 걱정이구먼. 영실네야 자식들이 있으니 알아서 허겠지만서두, 김 노인은 워쩐디야?"

"워쩌긴, 동네에서 치러줘야지."

참으로 박복한 노인네다. 금이야 옥이야 키운 아들은 서울 공장에 다니다 화재로 죽고, 그 바람에 화병을 얻은 아내는 평생 속앓이를 하다가 수년 전 세상을 떠났다. 며느리는 있으나 이미 개가해 남의 집 사람이고. 그렇게 하늘 아래 혈혈단신인 노인이었다. 그래도 시골 인심이 야박하지는 않아, 외로운 거 모르고 서로 어울려 하하 호호 웃기도 하고 울기도 하며 살아 왔는데, 결국 밤길에 객사를 하고 말았으니. 다들 김 노인의 사정을 잘 알고 있던 터라 그 안타까움 때문에 차마 집으로 돌아가지 못했다.

"그럼 마을에서 상을 치르는 걸로 허고, 음식은 부녀회에서 허는 걸로 허지유?"

"그려. 참, 상필이 니가 내일 읍내 나가서 부고 좀 만들어서 필요헌 곳에 돌려라."

"알었시유. 많이 늦었는디 그만 올라들 가시지유?"

다음날, 동네 사람들 모두 바쁘게 움직였다. 일단 마을장으로 상을 치르자고 결정하니 모든 일이 일사천리로 진행됐다. 김 노인은 자신이 죽을 때를 알고 있었는지, 아니면 혼자인 자신의 처지 때문에 미리 준비를 해둔 것인지 동네 이장에게 자신이 죽으면 화장해달라고 진작 부탁했다고 한다. 그만큼 누구에게도 폐 끼치기를 싫어하는 깔끔한 노인이었다.

상주가 없으니 호상은 아버지가 맡기로 했다. 덕분에 내 일이 더 많이 늘었다.

읍내에 나가 농협 과장과 보건소 등 몇 군데 부고장을 돌리는데 최 순경이 지나가다 차를 세웠다. 최 순경에게도 부고장을 건넸다.

"뺑소니 차는 워떻게, 뭔 단서라도 잡은 겨?"

"현장에 떨어진 조각이 몇 개 있기는 헌디…… 그거 가지고 뭔 소용이 있겄나? 탱자나무 울타리에 떨어진 바늘 찾기제……"

최 순경은 조수석에 놓인 서류를 몇 장 찾아 내게 건네주었다.

"부탁헌 대로 사망신고는 혔고, 이건 화장허가서여. 근디 아무리 제사 지내줄 사람이 없다고 혀도 화장이라니 좀 그려……"

"어르신이 살아생전 부탁허신 일이여. 뜻대로 해드려야제……"

어차피 죽으면 한줌 재로 사라진다. 땅에 묻혀 오랜 세월을 기다려가며 썩는 것보다는 오히려 불꽃으로 활활 타올라 허공으로 사라지는 것도 좋을 듯싶다. 아니면 몽골 어느 부족처럼 죽은 몸, 독수리에게 보시하듯 건네주고 남은 뼈는 가루 내어 땅에 거름으로 뿌려도 좋을 것이다. 이 좁은 곳에 생명도 없는 주검이 차지하는 땅이 얼마나 많은가.

　그렇지 않아도 겨울이면 마을회관은 동네 사랑방이었다. 기름값이 올라 난방비를 아끼려고 아예 마을회관에서 살다시피 하는 노인도 여럿인데, 김 노인의 상까지 치르자니 마을회관은 밤에도 시끌벅적 요란스러웠다.

　마당 한편에 걸어둔 솥단지에서는 문상객을 위한 국이 부글부글 끓고, 음식하는 아주머니들의 수다와 웃음소리, 화투패에 빠진 사람들의 시비 가리는 소리가 들리는 것이 회관 앞에 걸린 근조등만 없다면 영락없는 잔칫집이다.

　여기저기 술상을 봐주고 음식을 나르다보니 어느새 밤이 깊어 몇 사람만 남아 밤을 새우고 있었다. 큰 방 한편에 자리잡았던 황 영감은 어느새 잔뜩 몸을 움츠리고 잠이 들었다. 준비해둔 담요를 찾아 덮어주니 뭐라고 웅얼웅얼 잠꼬대를 한다. 잠시 눈이라도 붙일까 싶어 황 영감 옆에 누웠지만 쉽사리 잠이 오지 않았다.

　정구와 한석과 나, 셋이 마주앉아 술자리를 한 일. 밖에서 들리던 요란한 자동차 소리에 달려나간 일. 김 노인을 발견하고 구급차를 부른 일. 이 모든 게 바로 엊그제 일어난 일인데도 며칠은 지난 것처럼 까마득하게 느껴진다. 이런저런 생각에 심란해서 영 잠을 못 이룰 듯싶더니, 하루종일 피곤했던 탓인지 어느새 졸리기 시작했다. 이제 완전히 잠 속으로 빠져들려는 순간 황 영감이 심하게 몸을 비틀며 팔을 내저었다.

"놔라, 이 나쁜 놈, 니가 나헌티 이럴 수가 있는 겨? 못 간다 이눔, 난 못 가."

얼굴에 혈기가 올라올 정도로 흥분해서 큰소리치는 것을 보자 아무래도 안 되겠다 싶어 흔들어 깨웠다.

"어르신, 어르신. 왜 그러신대유? 뭔 흉헌 꿈이라도 꾸셨시유?"

몇 번 몸을 흔들자 황 영감이 겨우 눈을 떴다. 황 영감은 정신이 돌아오자 나를 알아보고는 휴 하고 긴 한숨을 내쉰다.

"뭔 일이시래유? 땀도 흠뻑 흘리시구."

황 영감은 한쪽에 마련해둔 제상 위 김 노인의 영정을 물끄러미 바라보았다.

"참말로 흉헌 꿈을 꾸셨나부네?"

황 영감이 말없이 김 노인의 영정을 바라보자 뭔가 머리를 스쳤다.

늘 같이 어울리고, 오랜 세월 이웃으로 지내던 두 사람이다. 그러나 이제 둘의 상황이 달라졌다. 한 사람은 불운으로 저승으로 떠나게 되었고 또 한 사람은 죽은 친구를 애도하며 배웅하게 된 것이다.

"꿈에 죽은 어르신이라도 만나신 거여유?"

황 영감은 다시 한번 구들장이라도 꺼질 듯 긴 한숨을 내쉰다. 그러고는 소매를 걷어붙이고 손목을 바라본다.

"이거 괜찮은 겨? 아무렇지 않은 겨?"

"예? 괜찮은디…… 근디 뭐 땜시 그렇게 놀라셨대유?"

"이 친구가…… 혼자 가기 싫은가비네……"

잠에서 깬 황 영감이 들려준 이야기는 이러했다.

잠자리에 누워 있는데 마당에서 누군가 부르는 소리가 들려 일어나 문을 열어보니 김 노인이 생전 모습 그대로 베개를 허리춤에 끼고 서 있더란다. 꿈속에서도 '어이구 이 친구 죽었는디, 날 데려가려고 온 것이구먼' 하는 생각이 퍼뜩 들어서 얼른 문을 닫으려는데 어느새 김 노인이 손목을 잡고는 놓아주지 않았다고 한다.

"그란디 사람 맴이 참 간사헌 것이, 외롭게 살다가서 참 안됐다 싶은디 막상 나허고 같이 가자니께 그렇게 섬뜩허고 무서울 수가 없는 겨. 하필이면 날 데려가려고 온 것이 원망스럽고 말이여……"

어느새 옆에서 자고 있던 다른 사람들이 부스스 일어나 황 영감의 꿈 이야기를 듣고 있었다. 이미 잠은 달아난 지 오래다.

"유난히 황 영감님허고는 허물없이 지냈으니께 그런 꿈을 꾸신 거겠지유. 너무 맘 쓰지 마셔유."

하지만 황 영감의 마음은 여전히 불편한 듯했다.

"무서워서, 죽기는 싫어서…… 나가 아주 모진 소리를 혔구
먼. 이 사람헌티…… 이제 먼길 가는 사람헌티…… 월매나 외
로웠으면 그랬겄어……"

그 마음을 왜 모르겠는가. 다들 황 영감의 이야기를 듣다가
숙연해졌다.

누군가 김 노인과 있었던 일을 이야기하자 그걸 시작으로
아침이 될 때까지 모두들 고인과 있었던 추억들을 하나씩 끄
집어냈다. 이렇게라도 해서 고인이 떠나는 길이 덜 어둡고 조
금이라도 위안받기를 바라는 마음이었다.

발인하는 날 아침에는 눈이 내렸다. 다들 김 노인이 마음 편
히 떠나는 것이라고 덕담을 했다. 영실네 할머니와 같은 날이
라 마을 사람들이 양쪽으로 나뉘었다. 영실네 할머니는 매장
을 하게 되어 일꾼들도 필요하고 해서 더 많은 사람이 그쪽 장
지로 향했다. 그러다보니 김 노인은 마지막까지도 쓸쓸하게
길을 떠나게 되었다.

화장장에 도착해 간단하게 제를 지냈다. 운구가 끝나고 화
구의 문이 닫히자 화장장 직원이 우리에게 모두 나가서 기다
리라고 했다. 납골당을 알아보고 건물 밖으로 나오니 한편에
서 정구와 한석이 이야기를 나누고 있었다.

"휴게실에 있지, 왜 나와 있는 겨? 안 춥냐?"

"월매나 기다려야 하는 겨?"

"화장허는 건 한 시간이면 되는디, 유골 식히고 꺼내서 가루 내려믄 두 시간은 걸린디야."

"그려……"

"뭔 야그중이었냐?"

순간 정구와 한석이 마주본다. 그러다 불쑥 정구가 말을 꺼냈다.

"뺑소니친 그 자동차 말이여…… 아무리 생각혀도 뭔가 이상허지 않나?"

"뭔 소리여? 이상허다니, 뭐라도 본 겨?"

하지만 정구는 대답 대신 한석을 향해 시선을 돌렸다. 이상하다고 이야기를 꺼낸 게 한석인 모양이었다. 한석을 쳐다보며 무슨 일이냐고 표정으로 물었지만, 한석은 아무래도 조심스러운지 말을 꺼낼지 말지 고민하는 눈치였다. 옆에서 정구가 한석의 어깨를 툭 쳤다.

"기냥 우덜끼리만 허는 야그니께, 괜찮을 겨."

무슨 이야기인지 모르지만 한석은 잠시 더 뜸을 들이다 겨우 입을 열었다.

"아녀. 아무리 생각혀도 쉽게 꺼낼 야기는 아니구먼. 좀더 확실혀지면 그때 야그헐라니께 봐줘라."

그러고는 그대로 휴게실 쪽으로 들어가버린다. 있는 대로 사람의 호기심을 자극해놓고 나중에 얘기하겠다니, 공연히 따돌림이라도 당하는 것 같아 기분이 좋지 않았다.

"뭐여? 한석이 너헌티는 허는데 나헌티는 못하는 이야기가 도대체 뭐여?"

"나도 뭔 소린지 모르겄다. 나중에 한석이가 얘기한다잖여……"

정구도 구렁이 담 넘어가듯 두리뭉실 실속 없는 대답을 남기고 사라진다.

자동차가 이상하다니 무슨 얘기지? 자동차 사고 소리를 듣고 제일 먼저 뛰어나갔던 게 누구더라? 생각해보니 한석이었던 것 같다. 혹시 녀석은 누구 자동차인지 어렴풋하게나마 본 게 아닐까?

머릿속 한편이 찜찜하기는 했지만 일 처리 때문에 바쁘다보니 한석과 다시 이야기할 짬이 없었다.

김 노인과 영실네 할머니 장례를 치르고 며칠 뒤, 아무래도 한석을 만나봐야겠다는 생각이 들어 방에서 나오는데 마침 마을회관에 갔던 아버지가 들어오면서 같이 읍내에 갈 준비를 하란다.

"읍내는 왜유?"

"니 꽃샘다방 이양이라고 아냐?"

"아부지는…… 지가 읍내 다방 가는 거 보셨시유?"

"그렇지……"

"근디 거기는 뭐 땀시 가시려구 그러셔유?"

"일단 가자니께. 가믄 알게 될 것이여."

결국 한석을 만나는 것은 뒤로 미루고 아버지와 읍내에 나
갔다.

읍내 거리라고 해봐야 2차선 도로 양옆으로 농협 건물과 보
건소, 가게 등이 200미터 정도 늘어서 있는 것이 전부다. 꽃샘
다방은 읍내에 딱 두 개밖에 없는 다방 중 그래도 손님이 많은
편인 다방이다.

"어서 오세요."

문을 열고 안으로 들어서자 기계적으로 손님을 맞는 인사
소리가 들린다. 물잔을 들고 우리에게 다가오던 여자가 자리
에 앉을 생각도 없이 멀뚱히 서 있는 우리를 보고 고개를 갸우
뚱한다.

"여기 이양이라고 있는가?"

"무슨 일 때문에 그러시죠?"

여자는 있다 없다 대답도 없이 이유를 묻는다. 하지만 그 질
문 속에서 아버지는 이미 답을 찾았다. 그제야 아버지는 자리
를 잡고 앉았다.

"잠깐 나오라고 혀. 커피 두 잔 주고."

"네."

잠시 샐쭉한 표정이던 여자는 커피를 달라는 말에 금세 주방으로 걸어가며 이양을 부른다.

주방 옆 내실에 있던 여자가 삐죽 고개를 내밀고 보더니 슬리퍼를 질질 끌며 우리가 앉은 자리로 다가왔다. 여자는 씹고 있던 껌을 뱉을 생각도 없이 우리 앞에 털썩 앉았다.

"절 찾으셨어요?"

"댁이 이양이여?"

"그런데요?"

"저기 안골에 사는 김 노인이라고 알지?"

김 노인 이야기가 나오자 그렇지 않아도 날카로운 여자의 얼굴이 대번에 뾰족해진다. 도대체 김 노인과 이 여자가 무슨 관계이길래 아버지가 이러는 것일까?

"앞날이 구만리인 아가씨가 그라는 게 아니여."

"아니, 제가 뭘 어쨌다고 이러시는 거예요?"

"김 노인이 뭐 땀시 늦은 밤에 읍내까지 나왔는지 꼭 내 입으로 말혀야 허겄는가?"

"글쎄, 그게 아저씨랑 무슨 상관이냐고요?"

"말 조심혀요. 어른헌티 그러는 기 아니지유."

하지만 여자는 일부러 더 닳고 닳은 여자티를 냈다. 여기까지 흘러온 여자라면 산전수전 다 겪었으니 그렇게 만만하게 보지 말라고 잔뜩 무장하는 것 같았다.

"그 불쌍한 어르신네 돈 뺏어서 챙기믄, 속이 편헌가?"

"기가 막혀, 누가 돈을 뺏어요? 내가 강도예요? 그 노인네하고 같이 놀아준 대가로 받은 거예요. 뭐 잘못됐어요?"

이제야 듬성듬성 구멍이 빠진 것 같던 퍼즐 조각이 대충 맞춰지는 것 같았다.

김 노인이 읍내로 밤늦은 마실을 나왔던 이유는 서른 중반은 넘어 보이는 이 여자 때문이었던 것이다. 문득 김 노인에 대해 얼마나 알고 있었는가 하는 생각이 들었다.

늘 대추씨처럼 단단한 사람이라고, 홀로 외롭게 살면서도 언제나 남에게 싫은 소리 안 들으려 양보하고 배려하는 그런 사람으로만 알고 있었다. 그런데 그동안 전혀 몰랐던 이면을 보게 되자 머릿속이 혼란스러웠다.

"같이 놀아준 대가로 집문서를 받는 사람도 있남?"

여자는 아예 아버지와 상대를 안 하겠다는 듯 고개를 외로 틀었다. 집문서라니, 갈수록 첩첩산중이다. 나는 벌린 입을 다물지 못하고 아버지가 말할 때까지 기다리고만 있었다.

"내가 언제 달라고 했냐구요? 주니까 그냥 받은 거지. 누가 뺏기라도 했어요?"

짜증 섞인 이양의 목소리에 기가 막힌 듯 아버지는 이양의 얼굴을 쳐다보기만 할 뿐이다. 그때 주방에서 커피를 내오던 여자가 기겁을 하며 얼른 이야기에 끼어든다.

"너 아직두 그거 안 돌려준 거야? 그럼…… 그래서 그날 밤도 찾아온 거였어?"

"뭔 소리야? 그날 밤이라니?"

"너 집에 다녀온다고 간 날 말이야. 가게 문 닫는데 문 앞에 지키고 서서 너 있냐고 묻길래 없다고 했지……"

"치사한 노인네 같으니. 줄 때는 언제구 이제 와서 밤에 찾아오고, 사람까지 보내서 내놓으라고 난리야?"

아버지도 나도 할말을 잊었다. 낌새를 보니 이양은 아직 김노인이 죽은 걸 모르고 있는 게 분명했다. 여자도 말문이 막힌 듯 이양을 쳐다보았다. 그제야 이양도 심상치 않은 분위기를 감지하고 한풀 꺾인 목소리로 우리에게 시선을 던졌다.

"진짜예요, 뺏은 거 아니라구요. 그렇게 받고 싶음 직접 오라고 해요."

"그만해, 이것아. 니가 며칠 동네를 비워서 뭘 모르나본데, 그날 밤 김 노인이 요 앞 삼거리에서 뺑소니 사고로 돌아가셨어."

팔짱을 끼고 새침을 떨고 있던 이양은 여자의 말에 놀라 눈이 둥그레졌다. 놀라움도 잠시, 이내 침착한 표정으로 돌아온 이양은 무슨 생각을 하는지 엄지손가락을 입으로 가져가더니 손톱을 잘근잘근 씹는다.

"그거 술김에 준 거 아냐? 뻔히 알면서 왜 아직도 안 돌려주고 그런 거야?"

"……"

"야, 뭐라고 말 좀 해봐!"

여자의 채근에 이양은 비로소 우리를 쳐다보며 입을 열었다. 하지만 그녀의 입에서 나온 말은 너무도 뜻밖의 것이었다.

"김 노인이 돌아가셨는데 왜 아저씨가 집문서를 내놓으라는 거예요? 술김이든 뭐든 난 주인에게 직접 받은 거예요. 그분이 살아 있다면 다시 생각해보겠지만 지금은 돌려드릴 수가 없네요."

땅값이 오른 뒤로 밭 몇 고랑만 팔아도 주머니가 두둑해져 갑자기 다방이나 술집 여자들에게 인심을 쓰며 허파에 바람이 잔뜩 들어간 사람들 얘기가 간간이 들리곤 했다. 그런 허깨비 같은 사람들의 돈을 노리고 이 시골까지 찾아온 여자들 얘기도 들었다. 하지만 그런 이야기는 모두 다른 동네, 남의 이야기인 줄만 알았지, 그게 김 노인의 이야기일 거라고는 생각지 못했다.

"술김에 허세 한번 부린 거 가지고 그러는 게 아녀. 더구나 그쪽 만나러 왔다 비명횡사꺼정 허셨는디, 나 몰라라 허믄 사람도 아니제……"

하지만 아버지의 그런 말도 여자의 욕심을 거두게 할 수는 없는 모양이었다. 이양은 끝끝내 집문서를 내놓지 않겠다고 완강히 버텼다.

"참말로 말로 혀서는 안 되겠구먼. 워디 사람 탈을 쓰고 그럴 수가 있댜?"

자리에서 벌떡 일어나는 아버지를 보고 나도 덩달아 일어났다. 그럴 일은 없겠지만 혹시 몸싸움이라도 나게 되면 동네가 시끄러워진다. 그러면 내가 중간에서 막을 수밖에 없다. 하지만 우리가 자리에서 일어나자, 이양은 자신이 위협받고 있다고 느낀 모양이었다. 여자 역시 지지 않고 발딱 일어나 아버지 앞에 고개를 빳빳이 쳐들고 얼굴을 디밀었다.

"말로 하지 않으면? 어디 패기라도 하려고요?"

여기까지 가면 더이상 상대할 가치가 없다. 잔뜩 그을려 검붉은 아버지의 얼굴은 더욱 달아올라 시퍼런 핏줄이 불끈 올라올 지경이 되었다. 꼭 쥔 주먹에 힘이 들어가 있는 걸 보면 최대로 인내심을 발휘하는 것 같았다. 곁에 있던 여자도 분위기가 험악하게 돌아가자 얼른 일어나 한 걸음 물러서며 양쪽을 진정시킨다.

"참으세요, 얘도 진심으로 하는 말 아니에요. 제가 잘 달래서 집문서는 돌려드릴 테니까 오늘은 그만 참으시고 돌아가세요."

"주기는 왜 줘? 이젠 임자도 없는 건데 뭐……"

이양이 또다시 성질 돋우는 소리를 시작하자 여자가 이양의 입을 막고 방으로 끌고 간다. 점잖게 이야기하려고 했던 아버지는 난데없는 봉변을 당한 뒤라 몹시 언짢은 얼굴이다.

"그만 가자."

읍내 다방에서 나온 뒤 집으로 걸어가는 동안 아버지는 내내 말이 없었다.

아무리 술김이라고는 해도 그런 여자에게 집문서를 건네줬다니…… 나만큼이나 아버지도 혼란스러운 것 같았다. 외로움이 깊으면 병이 된다고 하더니, 어쩌면 전혀 상상도 못했던 김 노인의 그런 행동은 뼈에 사무치는 외로움 때문은 아니었을까?

"다른 사람들한테는 아무 소리 말어라."

마을회관 쪽으로 가면서 아버지는 입단속을 시켰다. 외롭게 살다 죽은 김 노인을 새삼스럽게 동네 입방아에 오르내리게 할 수는 없다. 그 마음을 아는지라 나도 묵묵히 고개만 끄덕였다.

집으로 들어가려는데 한석이 나오고 있었다. 나를 만나려다 허탕 치고 돌아나오는 길이라고 했다. 그렇지 않아도 녀석을 만나 묻고 싶은 게 있었는데 마침 잘됐다 싶었다.

"워디 다녀오는 길이여?"

"그건 알 거 읎고, 니 나 좀 보자잉?"

나는 한석의 소매를 잡아끌고 방으로 들어갔다.

"그날 화장터에서 헌 야그, 그거 뭐여? 아, 시작을 혔으면 끝을 맺어야 헐 거 아녀?"

"그렇지 않어두 그것 땜시 온 기여……"

오늘은 꼭 이야기를 들으리라 단단히 마음먹고 녀석을 몰아붙일 생각을 했는데, 순순히 이야기를 한다고 하니 오히려 맥이 풀렸다.

"그려, 말혀봐. 정구랑 둘이 속닥거리던 일이 도대체 뭐여?"

하지만 이야기를 하러 왔다는 한석은 역시 입을 열기가 쉽지 않은 듯했다.

"아이구 답답혀. 니 시방 날 넘기려고 허냐?"

"아녀, 얘기헌다니께…… 그게 말이여……"

나도 모르게 꿀꺽 침을 삼켰다. 무슨 일인지 모르지만 한석의 얼굴에서 긴장감을 느낄 수 있었다.

"그 뺑소니 사고 말이여…… 아무래도 우리가 아는 사람이 아닌가 싶다."

"뭐여? 누구 말이여? 짚이는 사람이라도 있는 겨?"

"아무래도 느낌이 이상혀서 아까 가서 확인을 혔는데……"

"확인?"

이야기하기가 난감한 듯 한석은 손바닥으로 슥 얼굴을 문질렀다. 우리가 아는 사람이라니, 도대체 누구를 가리키는 것인지 짐작도 가지 않았다.

"최 순경이 발견한 사이드미러 말이여…… 그기 아무래도 경태 거 같다?"

"뭐여? 서…… 설마?"

"그래서 나도 쉽게 말을 못헌 거여. 일단 알아볼 수 있는 데 꺼정 다 알아보고 야그를 혀야겠다 싶어서……"

"그랬다믄, 경태가 그런 거라믄 김 노인인 거 뻔히 알 턴디 그냥 갔겄냐? 그건 아닐 거여……"

여전히 한석의 말이 믿기지 않았다. 나는 그럴 리 없다고, 경태의 짓은 아니라고 고개를 흔들었다. 그러면서도 이미 마음 한편에는 김 노인을 치고 당황한 경태가 뒤도 돌아보지 않고 차를 몰고 가는 모습을 그려보고 있었다. 그날 밤에 본 자동차가 낯익었던 것도 같다.

"경태네 집도 댕겨왔어. 그날 밤에 집에 다녀갔다드라."

"……경태 아버지헌티는 말씀드린 겨?"

"아직 아녀. 워쩌냐? 최 순경헌티 말을 혀야겄지?"

"……"

"상필아."

"……니, 경태 연락처 있지?"

"워쩌려구?"

"확인허는 데까정 다 혀보자며? 당사자헌티 물어봐야제. 그 게 우선 아녀?"

한석은 난감한 표정을 지었지만 결국 알았다고 고개를 끄덕였다. 경태의 핸드폰으로 몇 번이나 연락을 했지만 받지 않았다. 결국 음성 메시지를 남기고 연락을 기다리기로 했다.

"연락이 되믄…… 뭐라고 허나?"

"일단 만나야제. 만나서 물어봐야제."

"사실대로 이야기허겄냐?"

"……그건 나중에 생각허자."

연락을 기다리며 무작정 방에서 기다리는 것도 갑갑해서 우리는 정구네 집을 찾아갔다. 혹시라도 경태와 연락이 닿아 서울에 가게 된다면 정구도 함께 갈 계산을 한 것이다. 그런데 막상 정구네 집에 가보니 그럴 형편이 아니었다.

현관문을 열고 들어가보니 정구의 표정이 밝지 않았다. 마루 한쪽에서 흐엉이 울고 있고 그런 며느리를 달래느라 정구 어머니가 흐엉의 등을 어루만져주고 있었다.

"뭔 일이여?"

"베트남에서 연락이 왔는디, 장인어른이 위독하시다."

아무래도 우리가 낄 분위기가 아닌 듯싶어 마당으로 정구를 불러냈다. 정구의 이야기를 들어보니 베트남에서 온 전화를 받고 그때부터 흐엉이 울고 있는 모양이다.

늘 생글생글 웃기만 하던 흐엉이 우는 얼굴을 보자 왠지 안쓰러웠다.

"워쩔 거냐?"

"워쩌긴, 가봐야지. 나는 못 가더라도, 향이는 보내야제."

"혼자 보낸다고?"

한석이 펄쩍 뛰며 정구를 말렸다.

"같이 가믄 몰라도 혼자 보내믄 절대 안 되는 거여. 거기 갔다 맘 변하믄 워쩌려고 그냐? 말도 안 통허는 여기를 고향에 돌아가믄 다시 돌아오고 싶겠냐? 나라도 안 돌아오겄다."

"이 자슥이, 너 말 다 혔냐? 그니까 시방 우리 향이가 도망이라도 갈 거라는 거여 뭐여?"

"그니께 갈라믄 같이 가라 이 말이여. 괜히 나중에 땅 치며 후회허지 말구."

한석이 제딴은 뼈아픈 경험이 있어 정구를 걱정해서 하는 말이지만 정구가 듣기에는 기분이 나쁠 수도 있는 말이었다. 하지만 결국 한석의 말을 좋게 해석하기로 했는지 정구는 한동안 하늘을 쳐다보다가 집 쪽을 돌아보았다.

"우리집 형편에 어떻게 둘이나 그 먼 데를 다녀오냐…… 그렇다고 부모님 돌아가시게 됐다는디 자식 된 도리로 안 가볼 수는 없는 것이구…… 향이가 가겠다믄 댕겨오게 혀야제."

"허지만 그러다……"

"믿어야지. 돌아온다고 믿고 보내야지. 그거 겁나서 안 보내믄, 그런 인간을 남편으로 생각이나 허겄냐?"

그 말에 한석도 입을 다물었다. 어쩌면 낯선 땅 베트남에서 이곳까지 혈혈단신으로 건너와서도 그렇게 웃으며 정을 붙이고 살 수 있는 것도, 정구의 이런 푸근한 맘을 흐엉도 느끼기 때문이 아닐까 하는 생각이 들었다.

"성격이 운명을 만든다는 말, 워떻게 생각허냐?"

정구의 집을 나와 돌아오는 길에 불쑥 한석이 물었다. 녀석은 무슨 이야기가 하고 싶은 것일까?

"나는 말이여, 여직 그 연변 여자가 도망간 것만 원망혔는디, 그기 꼭 그 여자 잘못만은 아니라는 생각이 든다."

"뭔 소리여?"

"그니까 말이여…… 그 여자가 왜 일주일이나 있다가 도망을 쳤을까 그런 생각을 해보니께, 워쩌믄 그 일주일 동안 도망갈 틈을 노린 게 아니라, 나라는 놈을 본 게 아닐까 싶다."

낯선 사람과 사귀는 데 시간이 걸리는 한석이다. 어쩌면 그렇게 먼 곳에서 색시를 얻어야 한다는 사실까지도 한석의 마음을 불편하게 만들었는지 모른다. 그러니 결혼을 하고 부부의 연을 맺었다고 해도 남만큼이나 서먹하고 불편한 사이였을 것이다.

"너도 알겠지만 나는 말이여, 쉽게 사람을 못 믿는 편이잖여. 사실 연변에서 뭐하러 여기꺼정 시집을 왔을까 허는 생각이 맴 한구석에 있었거든. 그런 생각을 허고 보는데, 그 사람이라고 눈치를 못 챘겠냐? 믿을 사람이라고는 나 하나밖에 없었을 것인디, 그런 내가 자기를 안 믿어주는데, 워떻게 붙어 있었냐? 그러니 도망을 갈밖에……"

"그만 잊어뿌러. 그렇게꺼정 생각헐 거 읎어."

녀석의 마음에 새겨진 상처는 우리가 생각했던 것보다 훨씬 더 깊이 나 있었던 모양이다.

막 집으로 들어서려는데 핸드폰이 울렸다. 경태였다.

"웬일이냐? 나한테 전화를 다 하고?"

막상 경태의 목소리를 듣자 말문이 탁 막혔다. 전화기 너머로 들리는 경태의 목소리는 평소와 다름없이 어떤 긴장감도 느낄 수가 없었다.

"저녁에 시간 좀 있냐? 좀 물어볼 게 있어서."

"설마 나더러 거기까지 와달라는 소린 아니겠지?"

"우리가 올라갈 거여."

"우리라니?"

한석과 함께 올라가겠다고 하자 경태는 좋을 대로 하라며 서울에 도착하면 연락하라고 한 뒤 전화를 끊었다.

"뭐라고 허냐? 이상헌 낌새는 없어?"

한석이 기대했던 반응은 없었다. 내가 고개를 젓자 한석의 어깨가 조금 처졌다.

"내가 괜헌 일 허는 거 아닌지 모르겠다."

터미널 앞에서 경태를 기다리는데 번쩍거리는 외제차가 우리 옆에 다가오더니 멈췄다. 창문이 열리더니 거기에 경태가 앉아 있었다.

"차 언제 바꿨나?"

"타라, 모처럼 촌놈들 올라왔는데 내가 한턱내야지."

자동차에 올라탄 한석이 슬쩍 내게 시선을 보냈다.

"야, 이거 꽤 비싸겠다. 너 돈 좀 버는개벼?"

"자식, 우리집 사정 다 알면서. 아버지가 사업자금 보태주신다고 해서 좀 무리했다."

"전에 타고 댕기던 차는 워떡했나?"

"그거? 팔았지. 새 신발 생기면 헌 신발 버리는 거지."

청담동 어딘가에 자리잡은 고깃집으로 우리를 데려간 경태는 1인분에 몇 만원이나 하는 꽃등심을 시켜놓고 전에 없던 호의를 베풀었다. 그러나 밥을 먹는 동안 한석은 내내 불편한 기색이었다.

"너 안골 김 노인 알제? 지난주에 그분 장례 치렀다."

"그래?"

무심한 듯 아무 감정도 느낄 수 없는 대답이 돌아왔다.

"참, 죽고 사는 거 아무도 몰러. 몸보신 헌다고 노루 다리 가져다 약을 내려 먹던 사람이 뺑소니 차에 치어 돌아가실지 누가 알았나?"

경태는 남은 고기를 뒤집으며 묵묵히 한석의 말을 듣다가 고개를 들었다.

"그런데 무슨 일로 날 보자고 한 거냐?"

계속 김 노인의 이야기를 꺼내던 한석은 내 쪽으로 시선을 돌린다. 아무래도 직접적인 이야기는 내가 해주길 바라는 눈치다.

"그 뺑소니 사고 자리에 사이드미러가 하나 떨어졌는디 말이여. 그거 하나 가지고도 차를 찾을 수가 있다고 허드라."

순간 젓가락을 놓고 술잔을 들던 경태의 손이 부르르 떨렸다. 술이 넘치자 경태는 얼른 술잔을 내려놓고 물수건을 찾아 손을 닦았다. 그의 시선이 흔들리고 있었다.

"이런 말 허믄 위떻게 생각헐지 모르지만……"

의심이 가기는 하지만 확실한 것은 아직 모른다. 어쩌면 엄한 사람을 붙들고 장님 코끼리 만지는 격인지 몰라 쉽게 말이 이어지지 않았다. 그때 갑자기 경태가 무릎을 꿇고 우리 앞에 고개를 조아렸다.

"한 번만, 하, 한 번만 봐주면 안 되겠냐?"

어떻게 말할까, 뭐라고 말을 꺼내야 하나 잔뜩 긴장하고 있던 터라 생각지도 않았던 경태의 자백은 놀랍기도 하고 허탈하기도 했다. 설마 했던 일이 사실로 밝혀지자 한석의 표정도 굳어졌다. 한석도 나도 무슨 말을 해야 할지 몰라 멍하니 경태를 쳐다볼 뿐이었다.

"아직…… 아직 너희밖에 모르는 거지? 상필아, 한석아, 제발…… 제발 부탁이다, 응?"

경태는 필사적인 얼굴로 한석과 내 손을 잡고 흔들었다.

머릿속 한편으로 사고가 나던 그날 밤의 일들이 나타났다 사라졌다. 어두운 밤, 충격으로 찌그러진 자전거 바퀴가 나뒹굴고 아직 녹지 않은 눈밭 한쪽에 쓰러져 신음하던 김 노인, 그리고 어둠 속으로 하얀 연기를 날리며 사라지던 자동차.

"제발 한 번만 눈감아주라, 응? 나 좀 살려줘."

"니 시방 그걸 말이라고 허냐? 죽은 김 노인 생각은 조금도 안 허냐? 너……"

한석은 더이상 말을 잇지 못했다.

"나도 그렇게 도망칠 생각은 아니었어. 근데 사고 나고 사람들이 모여드는 걸 보니까 겁이 나서…… 아버지가 아시면 뭐라고 하시겠냐, 그래서……"

내 손목을 잡고 있는 경태의 손가락을 떼어냈다. 그러자 다시 나를 잡으려기에 그의 손을 뿌리쳤다.

"그래, 겁나야제. 겁나야 사람인 겨. 니가 얼마나 무서운 짓을 저질렀는지 니 스스로 아니께 그런 거 아녀."

내 목소리는 나 스스로도 놀랄 만큼 차갑게 변해 있었다.

"그라믄 이제 뭘 혀야 하는지도 알 텐께, 더 말할 것도 없겠구먼."

"상필아…… 한석아!"

"우리헌티 그래봐야 소용없어. 최 순경이 증거물도 가지고 있으니께, 얼렁 자수허는 게 최선인 거 같다."

오히려 나보다 한석의 목소리가 부드러워지고 있었다. 경태는 모든 것을 체념한 듯 어깨를 축 늘어뜨리고 시선을 떨어뜨린 채 말이 없었다.

"오늘 보니께 너 무섭다?"

차마 발길을 돌리지 못하는 경태를 남겨놓고 한석과 돌아나오는데, 불쑥 한석이 한마디 던진다. 머릿속이 복잡해 내내 아무런 이야기도 하지 않던 내가 부담스러웠던 모양이다.

"참, 사는 게 뭔지, 죽는 건 또 뭔지…… 그런 생각이 든다. 누군가 죽는 이유가 겨우 이런 거 때문이라믄, 인생이란 것두 별거 아니란 생각이 들어서 말이여……"

"……"

늦은 밤 고향으로 돌아가는 고속버스 안에서 한석과 나는 말없이 창밖을 바라보기만 했다. 수원을 지나면서부터 눈발이 날리더니 날벌레처럼 유리창에 붙었다 사라졌다. 마을에도 눈이 내리고 있을 것이다.

흐엉이 베트남으로 떠나던 날 읍내에서 최 순경을 만났다.

며칠 사이 흐엉의 얼굴은 반쪽이 되어 있었고 정구의 눈 밑에도 짙게 그늘이 졌다. 정구는 인천공항까지 흐엉을 배웅하고 돌아온다고 했다. 시내로 가는 버스를 기다리는데, 최 순경의 순찰차가 와서 섰다.

"아이고, 참말로 떠나네. 마침 시내로 가는 길이니께 타고 가."

차에서 내린 최 순경이 웬일로 정구와 흐엉을 태워주겠다고 한다. 날도 추운데 삼십 분에 한 대씩 오는 버스도 언제 올지 모르고 해서 결국 정구 내외는 최 순경의 차에 올라탔다. 운전석에 올라타려던 최 순경이 그제야 생각난 듯 내게 다시 다가왔다.

"뺑소니 사건 말이여, 어제 자수혔다. ……일부러 서울꺼정 다녀왔다믄서?"

"……그려, 수고혔구먼."

최 순경이 순찰차에 오르자 흐엉은 아버지가 아파 고향집에 가는 것도 잊고 어디 여행이라도 가는 사람처럼 내게 손을 흔들어 보였다. 더운 나라 사람들은 낙천적이라고 하던데, 그녀가 돌아올 때는 웃는 얼굴이었으면 했다.

순찰차가 멀어지는 것을 지켜보다 고개를 돌리니 지구대 쪽으로 걸어가고 있는 경태 아버지 모습이 보였다. 멀리서 보기에도 눈에 확 띌 만큼 갑자기 폭삭 늙은 모습이었다. 주름은 더욱 깊어졌고 희끗희끗한 턱수염은 미처 깎지 않아 지저분해

보였다. 지구대 출입구 앞에서 머뭇거리던 경태 아버지는 나를 발견하고 부리나케 다가왔다.

"상필아, 니는 알고 있었던 거여? 알고 있었제? ……그란디 워떻게 나헌티는 한마디도 안 혔나?"

뭐라 대꾸할 말을 찾을 수 없어 그저 고개를 숙였다. 서울에 다녀온 뒤 경태네 집이나 최 순경에게 얘기를 할까 싶었지만 그 문제만큼은 경태 스스로 밝혀야 한다는 생각이 들어 묵묵히 기다렸다. 이미 경찰이 증거물도 가지고 있다는 얘기를 들었으니 도망칠 구석도 없다. 녀석은 고민 끝에 결국 자수할 것이다. 그렇게 믿고 있었다.

땅이 꺼질 듯한 경태 아버지의 한숨은 이내 울음 섞인 하소연으로 변했다.

"그놈 잘못이 아니여, 다 내 잘못이여. 경태 그놈 하나 인간 새끼 못 만들고 그렇게 못난 놈으로 만든 기 다 내 탓이여……"

그날 밤 경태와 경태의 누이 경희 내외가 크게 싸웠다고 한다. 아버지를 회유해서 곶감 빼먹듯 땅을 팔아먹는 동생 경태가 늘 못마땅했던 경희는 또다시 땅을 팔 거라는 얘기를 듣고 내려와, 아버지와 동생에게 싫은 소리를 했다. 결국 아버지가 땅을 팔지 않겠다고 마음을 돌려먹자 화가 난 경태가 집을 나갔다가 그 일이 생긴 것이다.

"붙잡았어야 허는 것인디, 그럼 사고 같은 것도 없었을 것인디…… 그놈 때문에 애꿎은 김 노인만 황천으로 보내구……
동네 부끄러워서 워뜩게 사냐, 응 상필아?"

"……너무 상심 마셔유. 맘 단단히 잡숫고 기운 내셔유, 아
저씨."

그러나 내 위로 같은 건 아무런 도움도 되지 않았다. 경태
아버지의 휑한 눈은 저멀리 허공에 매달려 있었다.

마을 입구로 돌아와보니 회관 앞에서 황 영감이 올가미를
정리하고 있는 게 보였다. 설마 또다시 노루 사냥을 나서는 것
은 아니겠지? 인기척에 고개를 돌린 황 영감이 내게 가까이 오
라는 손짓을 했다.

"이건 다 뭐래유?"

황 영감의 발아래에 뒤엉킨 올가미들이 흉물스럽게 쌓여 있
었다. 황 영감은 목장갑을 벗고 허리를 두드리며 뻣뻣한 몸을
움직였다.

"동네 숭헌 일이 모두 내가 잡은 노루 때문이라잖여? 괜히
또 올가미에 걸리믄 그땐 뭐라고 헐까 싶어서 아예 싹 치워버
릴라고……"

"예…… 잘 생각허셨시유. 그렇잖아두 눈도 녹고 헌디 인자
일헐 준비혀야지유."

메마르고 앙상한 손으로 어깨를 주무르던 황 영감이 정색을
하고 내게 얼굴을 들이밀었다.

"근디 말이여, 자네도 그렇게 생각허는가?"

"뭘 말이어유?"

"진짜 김 노인이고 영실네 할머니가 그리된 게 그 노루 때문이라고 생각허느냐 말이여?"

"아녀요. 노루가 그렇게 영물이믄, 사람은 그보다 몇 배 더 영물이잖어유?"

"그려, 그렇지? 괜히 나 땜시 이런 일이 생기나 싶어서 워디 맴 놓고 잘 수가 있어야지."

"일이 우연히 그렇게 겹친 거뿐이니께 너무 맘 쓰지 마셔유."

내 이야기를 듣던 황 영감의 표정을 보니 마음이 조금은 가벼워진 듯했다. 올가미를 치운 황 영감이 돌아가자 모처럼 마을회관이 텅 비었다.

회관 마루에 앉아보니 마을을 감싸고 있는 산들이 한눈에 들어온다.

살을 에는 듯한 찬바람이 불던 게 엊그제 같은데, 어느새 쌓인 눈을 녹일 만큼 훈훈한 바람이 불어오고 있다. 동장군 기세가 아무리 등등해도 봄이 다가오면 물러나는 법이다. 여전히 동네 분위기는 어수선했지만 곧 봄이 오고 논으로, 밭으로 일하러 나가면 겨울에 있었던 일들은 잊힐 것이다.

"뭔 생각을 그렇게 허냐?"

돌아보니 한석이 외출이라도 하려는지 옷을 차려입고 내려오고 있었다.

"워디 가는 겨?"

대답 대신 한석이 주머니에서 뭔가를 꺼내 내민다. 흰 봉투에 차분한 글씨로 한석의 이름이 적혀 있다.

"돈을 보냈드라……"

"누가……?"

짐작이 갔다. 도망친 한석의 아내, 연변 여자. 불현듯 연변 여자에 대해 독하게만 생각하고 있던 한석이 조금씩 마음을 풀고 있는 게 아닌가 싶었다. 물어보지 않아도 어디를 가려고 차려입은 것인지 알 것 같았다.

"니가 그랬지, 사는 거 별거 아닌 거 같다고. 그려, 어느 날 갑자기 워떻게 죽을지도 모르는디, 누굴 미워허면서 사는 것도 한심허고 이렇게 아무 재미도 없이 사는 것도 지겹다."

"……"

"그려서…… 다시 시작혀볼란다. 과거 같은 거 묻어두고, 상처가 있음 내가 치료혀주고, 여기꺼정 혈혈단신으로 올 맴을 먹을 만치 녹녹지 않게 살아왔을 것인디, 누군가는 그 짐을 덜어줘야제. 이제부터 내가 편이 돼볼란다. 한번 믿어볼란다."

"미친놈, 근디 시방 뭐허는 겨? 해 떨어지기 전에 언능 가야 헐 거 아녀?"

그제야 한석은 씨익 웃으며 읍내를 향해 발길을 돌렸다.

짧은 겨울 해가 산등성이로 넘어가고 있었다. 머지않아 어둠이 내리고 마을은 더욱 조용할 것이다.

나뭇가지에 앉아 있던 까치가 하늘로 날아오르는 것을 보며 나도 집으로 가기 위해 천천히 걸음을 옮겼다.

까마귀 장례식

1

"흐엉이 죽었어."

핸드폰 너머로 들리는 메이의 목소리는 가라앉아 있었다. 아직도 말끝이 흔들리는 걸 보면 한바탕 눈물이라도 쏟은 눈치였다.

리엔은 잠시 말문이 막혔다. 그러다 신음 같은 깊은 한숨이 자신도 모르게 새어나왔다. 무슨 말을 해야 할지 떠오르지 않았다. 마지막으로 만났을 때 봤던 흐엉의 얼굴이 자꾸 어른거렸다.

흐엉의 죽음은 갑작스러웠지만 놀랍지는 않았다. 솔직히 애기하자면 언젠가 이런 날이 올지도 모른다고 생각하고 있었다. 그러니까 도망치라고 했잖아, 바보야.

"……어쩌다? 언제?"

"아직 아무것도 몰라. 지난주에 죽었다는 얘기만 들었어. 이 선생님이 오늘 가보기로 했대."

지난주에 죽은 사실을 이제야 알게 되다니, 문자를 보내도 답이 없던 이유를 뒤늦게 알게 된 리엔은 허탈해졌다. 다 소용없는 말을, 이미 세상에 없는 너에게 보내고 있었구나.

"내일 오전에 모이기로 했어. 올 수 있어?"

한국어 강습 교실에서 공부하던 사람들 몇이 모여 흐엉의 명복을 비는 시간을 가지기로 했단다. 머릿속에 당장 발목을 잡고 있는 온갖 일이 떠올랐지만 일단 가겠다고 하고 전화를 끊었다.

핸드폰의 불빛이 꺼질 때까지 멍하니 화면을 들여다보던 리엔은 혼잣말을 중얼거렸다.

'흐엉…… 왜 너까지 타오처럼 가버리는 거야?'

갑자기 부아가 치밀었다.

흐엉은 고작 스물한 살의 나이에 고향집에서 3365킬로미터나 떨어진 곳으로 시집왔다. 스물다섯 살이나 많은 한국 남자와 딱 두 번 만나 결혼을 결정하고 혼인신고를 마친 뒤 일곱 달이나 걸려 비자를 받아 한국에 들어왔다. 그렇게 힘들게 와

서 채 이 년이 안 되는 시간을 보내고 황망하게 생을 마감하고
말았다.

　누구보다 가까운 사이였지만, 그렇기에 자신의 충고를 무시
하고 이곳에 남아 결국 이렇게 삶을 끝낸 흐엉에게 화가 났다.
너무 착하고 너무 열심이고 작은 일에도 잘 웃던 아이. 혼자
모든 것을 짊어지고 가려던 흐엉의 사정을 아는 사람은 많지
않았다.

　리엔이 흐엉을 만난 것은 일 년 전이다. 흐엉을 처음 봤을
때 리엔은 눈을 뗄 수가 없었다. 호찌민의 부이비엔에서 죽은
동생 타오와 너무도 닮았기 때문이었다.

　활발한 성격에 쉴새없이 재잘재잘 사람들과 떠들고 놀기를
좋아해 어디에 있어도 사람들의 눈길을 끌었던 타오와 달리
흐엉은 쑥스러움을 많이 타고 조용하고 차분한 성격이었다.

　식당 문을 열고 들어와 수줍게 인사를 하고 쌀국수 한 그릇
을 주문하던 흐엉의 모습을 지금도 기억한다. 잔뜩 주눅든 표
정으로 앉아 있다가 눈앞에 놓인 음식을 바라보며 자기도 모
르게 미소를 짓던, 그리고 국물을 한 숟갈 떠먹은 뒤에는 왠지
울컥해 감정을 추스르던 모습.

　리엔은 식당 문을 열고 들어오는 순간부터 흐엉을 계속 지
켜보았다. 같이 앉아서 떠들던 친구들과의 수다가 어느새 귀
에서 멀어졌다. 뒤늦게 리엔의 시선을 깨달은 흐엉은 자신을

뚫어져라 쳐다보는 낯선 이의 시선에 어쩔 줄 몰라했다.

나중에야 흐엉의 불편함을 눈치챈 리엔은 식사를 마치고 나가는 흐엉의 뒤를 따라가 사과했다. 그러곤 핸드폰에 든 사진한 장을 보여주었다. 동생을 닮았다는 말에 흐엉은 그제야 웃어 보이며 자신에게도 언니가 있다고 핸드폰을 꺼내 사진을 내밀었다. 리엔과는 전혀 닮지 않은 얼굴이었다.

한국에 온 지 넉 달 만의 첫 외출이라고 했다. 눈에 익은 모국의 문자를 보자 반가운 마음이 들어 무작정 식당에 들어왔고 코끝을 자극하는 음식냄새에 자기도 모르게 자리에 앉아 식사까지 한 것이었다. 낯선 타국에서 가장 생각나는 건 가족과 음식이라면서, 가족이야 통화를 하면 되지만 음식은 접할 기회가 없었다고 했다.

흐엉의 짧은 몇 마디에 리엔은 금방 상황을 파악했다. 사 개월 만의 외출이라는 것과 베트남식당이 널리고 널린 요즘 세상에 오랜만에 고향 음식냄새를 맡고 식당을 들어왔다는 것 모두 흐엉의 처지를 가늠하게 하는 말들이었다.

"한국말 할 줄 알아?"

"조금, ……잘 못해요."

리엔은 지금 흐엉에게 가장 필요한 것이 무엇인지 잘 알고 있었다. 자신도 흐엉과 같은 처지로 구 년 전 한국에 들어왔고 그동안 수많은 사람을 만나왔다. 리엔은 자신의 전화번호를 알려주고 다문화지원센터라는 곳에 대해 설명했다.

"우선 한국말부터 배워. 말이 통하면 어려운 일, 힘든 일도 절반으로 줄어들어."

흐엉은 고개를 끄덕거리며 리엔의 말에 귀를 기울였다. 하지만 매주 일정한 시간에 나와서 배워야 한다는 말에 난처한 표정이 되었다. 넉 달 만의 외출이라는 말에서 어느 정도 짐작을 하고 있던 리엔은 흐엉에게 단단히 일렀다.

"한국에서 적응하고 살아남으려면 어떤 일이 있어도 와야 해. 누가 반대해도 꼭 한국말을 배우고 싶다고 해. 잘 알아듣고 싶다고 해."

혹시나 다시 못 만나게 될까봐 리엔은 흐엉의 핸드폰을 빌려 한국말로 녹음까지 해주었다.

'공부하고 싶어요. 한국말 배워서 당신을 더 이해하고 돕고 싶어요.'

무슨 뜻이냐고 묻는 흐엉에게 의미를 이야기해주고 혹시 남편이나 시댁 식구들이 반대하면 이 말을 하라고 했다. 다문화지원센터에 가면 말이 통하는 사람들이 있고, 한국말을 배우는 사람들이 많으니 도움이 될 거라는 얘기도 했다. 흐엉은 와락 리엔을 껴안으며 고마워했다.

"그냥 내 이야기를 들어주기만 해도 좋아요. 내 말을 이해하고 대화할 사람이 필요했어요. 고마워요."

간신히 눈물을 참고 있는 흐엉을 보자 명치가 아파왔다. 리엔은 흐엉을 길에 세워두고 길게 이야기할 수 없어 두 손을 잡고 몇 번이나 다짐을 받았다.

"무슨 일이 있어도 포기하지 말고 꼭 와야 해. 알았지?"

하지만 일주일이 지나도 흐엉은 오지 않았다. 일주일을 더 기다리고 한 달이 다 되어가도록 소식이 없어 거의 포기할 때쯤이었다. 흐엉이 한국어 강습 교실에 등록했다는 얘기를 전해들었다. 리엔은 수업이 끝날 때까지 기다렸다 흐엉을 만났다. 리엔은 한식조리사 자격증반에 다니고 있었지만 다행히도 한국어 초급반 수업과 같은 요일이었다. 그 일을 계기로 흐엉과는 수업이 있는 날마다 만나 둘도 없는 사이가 되었다.

"뭐해?"

남편 영석의 목소리에 그제야 정신이 들었다. 밭일을 하다가 물을 가지러 갔던 아내가 돌아오지 않자 결국 집으로 내려온 것이다.

그는 냉장고를 열어 보리차가 든 병을 꺼내며 이상하다는 듯 아내를 쳐다보았다. 말을 걸었는데도 멍하니 앉아 있기만 하는 리엔을 보자 걱정스러웠는지 아내의 얼굴을 살피며 조심스럽게 물었다.

"……괜찮아?"

리엔은 그때까지도 내일 어떻게 나가야 하나 생각하고 있다가 남편과 눈이 마주쳤다.

"머리가 아파서 빙빙 돌아요."

"왜?"

"머리가 뜨거워. 햇볕에 오래 있었나봐."

"그러게 내가 모자 쓰라고 했지?"

남편은 걱정이 되는지 리엔의 머리를 만져보았다.

"뜨겁지는 않은 거 같은데?"

"빙빙 돌아요. 어지러워."

"더워 먹었나보네."

남편은 찬물을 벌컥벌컥 마시다가 리엔에게도 물을 따라 컵을 건넸다. 리엔은 물을 한 모금 마시고는 미간을 찌푸리며 이마를 손으로 짚었다. 리엔이 찬물을 잘 마시지 않는다는 걸 남편은 아직도 모르는 듯하다.

남편은 잠시 난감한 표정으로 리엔을 쳐다보다 벽에 걸린 시계로 눈길을 돌렸다. 어느새 한시가 가까워져 있었다.

"점심 먹고 잠깐 쉬어. 계속 안 좋으면 나 일 끝나고 같이 시내 병원에 나가보든지."

이 정도면 내일 외출할 핑계는 만들어둔 것 같다. 오늘은 대충 넘기고 내일 아침 상황을 봐서 병원에 다녀온다고 하면 되겠지 싶었다.

남편은 보리차가 든 병을 들고 밖으로 걸음을 옮겼다.

"밥 먹고 해요. 금방 준비할게."

"다 차리면 불러."

남편은 다시 고추를 따기 위해 밭으로 올라갔다.

만약 둘 중에 더위를 먹는다면 땡볕에 종일 일하는 남편 쪽일 것이다. 리엔도 남편을 도와 밭일을 하기는 하지만 집안일을 해놓고 나가서 한두 시간 반짝하다가 새참을 이유로, 물을 가져온다는 핑계로 집으로 내려와 한숨 돌리곤 했다. 그래도 무던한 남편은 별말 없이 소처럼 묵묵히 일했다.

시집오기 전만 해도 리엔은 영석이 꽤 넓은 땅에 몇 동의 비닐하우스를 가지고 있고, 넓은 집에 재산도 많은 농부라고 알고 있었다. 하지만 이 집에 들어서는 순간 자신이 속았다는 것을 알았다. 호찌민 외곽의 허름한 자신의 집에 비할 바는 아니지만 어찌되었든 결혼 알선 회사의 서류에서 보았던, 자신이 상상하던 부자는 아니었다.

남편은 삼 형제의 막내로 어머니를 모시고 산다. 형님들은 모두 도시로 나가 대학을 다니고 그곳에서 직장을 잡고 정착해 살았다. 반면 공부에 취미가 없던 남편은 일찌감치 농사를 짓겠다고 결심하고 농고를 졸업해 자기가 원했던 대로 살고 있다.

남편이 밭농사를 지으면 시어머니는 그것을 가져다 시장에 내다팔았다. 허름한 가판대 하나지만 꽤 돈이 벌린다는 것은 나중에 알았다.

천안 중앙시장은 천안시뿐 아니라 천안시를 둘러싼 목천, 소정, 풍세 사람들까지 이용하는 시장이다. 말 그대로 인근의 주민들이 모두 이용하는 커다란 시장이다. 전통시장치고는 크고 활발하게 상권이 움직이는 곳이다.

시장에서 돌아온 시어머니는 저녁식사를 마치고 밤마다 남편과 그날 번 돈을 계산하고 나누었다. 나중에 알았지만 시어머니는 다음날 아침 시장에 나가면서 마을금고에 들러 전날 번 돈을 모두 저금했고 남편은 자신의 책상 서랍에 넣고 그때그때 필요하면 꺼내 썼다.

리엔은 눈치가 빨랐다. 빠르게 자신이 해야 할 일을 찾았고, 자신의 몫도 챙겼다.

할 줄 아는 한국음식이라고는 배추김치 하나밖에 없었지만 그것 하나로 많은 것이 해결되었다. 같은 양념에 배추 대신 무를 넣으면 깍두기, 열무를 넣으면 열무김치, 오이를 넣으면 오이김치. 레시피에 조금씩 차이가 있기는 했지만 한두 번의 실패 뒤에는 엇비슷한 맛을 낼 수 있었다.

베트남 며느리에게 별 기대가 없었던 시어머니는 처음 만난 리엔이 어설프지만 한국말을 한다는 것과 김치를 담글 줄 안다는 사실에 반색했다. 허리가 꼬부라지는 나이에 시장을 다니면서 밥까지 챙겨야 했던 시어머니는 부엌일에서 해방된 것에 기뻐했다.

이웃 동네에 사는 캄보디아 며느리는 한국말을 전혀 못하는 터라 서로 답답한 일이 많다고 들어서 기대치가 낮았던 모양이었다. 덕분에 리엔은 시어머니와의 첫 대면에서 조금 마음을 놓을 수가 있었다.

한국말도, 김치도 타오 덕분에 처음 접했다.

관광객 거리의 펍에서 일하던 타오는 수많은 나라에서 오는 관광객을 상대하면서 영어도 조금, 일본어도 조금, 한국어도 가벼운 대화 정도는 할 줄 알았다. 사람들과 쉽게 사귀고 그만큼 발도 넓은 타오는 자신이 자리를 잡자마자 리엔의 일자리를 찾아주었다. 덕분에 리엔은 고향을 떠나 호찌민의 번화가로 나올 수 있었다.

타오와 함께 살면서 처음으로 동생의 꿈을 알게 되었다. 타오는 한국에 가서 돈을 벌고 자리를 잡아 새로운 인생을 살고 싶어했다.

"언니, 그거 알아? 한국 남자들은 엄청 잘생기고 친절하고 멋있어."

한국 드라마에 푹 빠져 있던 타오는 드라마와 현실을 구분

하지 못했다. 당장 리엔이 일하는 마사지숍을 찾는 한국 관광객만 봐도 드라마처럼 키가 크고 잘생기고 매너 좋은 사람만 있는 것은 아니었다. 외모도 제각각이고 행실도 천차만별이었다. 매너 있는 사람도 있지만 거칠고 제멋대로인 사람도 있었고, 때로는 마사지가 끝나도 떠나지 않고 못된 손버릇으로 소동을 일으키는 놈도 있었다.

리엔은 굳이 가게에서 있었던 일을 이야기하며 타오의 환상을 깨지는 않았다. 세상 어느 나라나 좋은 사람이 있으면 형편없는 놈도 있기 마련이고 문제는 국적이 아니라, 그 인간 자체에 있으니까.

타오와 살면서 주워들었던 인사말과 일상의 몇 마디는 호찌민에서뿐 아니라 낯선 한국 생활에서도 유용하게 쓰였다.

리엔이 한국에 적응할 수 있도록 도와준 또다른 사람은 옆집 할머니였다.

시어머니는 이따금 시장에서 팔다 남은 채소를 옆집에 사는 친구에게 가져다주곤 했다. 그러면 시어머니의 친구인 할머니는 다음날 어김없이 반찬을 해서 가져왔다. 혼자 살다보니 음식을 해도 남기 일쑤라며 나물이며 김치를 해서 안겨주었다. 덕분에 리엔은 반찬을 얻어먹기도 하고 나물 무치는 법도 배우게 되었다. 배추김치 하나밖에 할 줄 몰랐던 리엔에게 다양한 김치의 세계를 알려준 것도 할머니였다.

리엔은 시어머니가 시키지 않아도 반찬거리를 들고 옆집 할머니를 찾았다.

"도와주세요. 반찬."

어설픈 말이었지만 옆집 할머니는 무슨 뜻인지 금방 알아듣고 채소를 다듬는 것부터 시작해, 반찬에 넣어야 할 양념과 만드는 과정을 자세히 알려주었다.

소일거리가 없어 텔레비전이나 보던 할머니는 제자가 생겨신이 났고, 리엔은 바쁜 시어머니를 대신해 부엌일을 알려줄사람이 있어 다행이었다.

눈으로 익히는 것만으로는 부족해 수첩을 들고 가 메모를했다. 반찬 만드는 법을 배우면서 부엌에서 쓰는 물건들의 이름을 대부분 알게 되었다. 덕분에 시어머니가 뭘 가져와라 시켜도 실수하는 일이 줄어들었다.

또 생각지 않게 돈 벌 수 있는 방법도 알게 되었다.

밭일이 바빠지는 시기에는 일흔이 넘은 옆집 할머니까지 일을 하러 나갔다. 비닐하우스에서 모종을 심거나, 수확을 할 때면 부녀회에서 일손을 구하기 위해 집집마다 찾아 나섰다. 그렇게 하루 일을 하고 받는 일당이 사만 원이라고 했다. 젊은사람은 칠만 원도 받는다고 했다. 그 얘기를 들은 리엔은 정신이 번쩍 들었다. 여기서도 돈을 벌 수 있는 방법이 있구나.

"나도 돈 벌 거예요. 돈 필요해요."

그날 저녁, 리엔은 남편과 시어머니에게 자신도 동네 밭일을 다니겠다고 말했다. 그게 얼마나 힘든 일인지 아느냐며 두 사람 다 반대했다.

"윗집 할머니도 하는데…… 저 돈 벌어야 해요."

리엔은 핸드폰을 꺼내 호찌민 외곽에 있는 부모님의 집을 보여주었다.

"엄마 아빠 집 지붕 나빠요. 비 새요. 냉장고도 필요해요."

남편과 시어머니의 눈이 마주쳤다. 리엔의 단호한 말투에 쉽게 물러서지 않을 것을 눈치챘는지, 아니면 돈이 필요한 이유를 눈으로 확인한 때문인지 시어머니는 잠시 고민하다가 생각지도 못한 타협안을 내놓았다.

집안일을 하고 있으니 하루에 만 원씩 일당을 주겠다고 했다. 그게 얼마가 되는 돈인지 몰라 머뭇거리고 있는데 남편이 리엔을 툭 치며 눈치를 주었다. 아마도 엄마 말에 대꾸하지 말고 잠자코 있으라는 뜻 같았다. 더 말을 하려던 리엔은 입을 다물었다.

저녁을 먹고 난 뒤 설거지를 하며 리엔은 시어머니가 주기로 한 돈이 베트남 돈으로 얼마인지 가늠해보았다. 사실 하루 빨리 돈을 벌고 싶은 마음은 있었지만 좀더 한국생활에 적응한 뒤의 일이라고 생각해서 참고 있었다. 막상 이 집에 살면서도 돈을 벌 기회가 있다는 것을 깨닫자 마음이 초조해졌다.

부엌일을 끝내고 방으로 들어가니 남편이 리엔의 손을 잡았다. 리엔을 보고 빙긋이 웃던 남편은 리엔의 손바닥을 펴고는 만 원짜리 지폐를 올려놓았다. 무슨 돈인가 싶어 남편의 얼굴을 쳐다보자 남편은 안방의 눈치를 보며 작게 말했다.

"오늘부터 내가 저녁마다 만 원씩 줄게. 엄마한테는 아무 말하지 말고. 대신 밭일도 도와줘야 해."

시어머니에게 받기로 한 일당이 만 원, 한 달이면 삼십만 원. 남편이 주는 돈까지 합하면 육십만 원이다. 손 위에 놓인 지폐를 만지자 리엔의 가슴이 두근거렸다. 이제 목돈을 벌게 되었다는 실감이 나기 시작했다.

고향에서는 주 엿새 여덟 시간을 꼬박 일해야 한국 돈으로 십사만 원 정도의 월급을 받았다. 호찌민 시내로 나온 뒤 마사지숍에서 손목이 시큰거릴 정도로 힘들게 일하고 받았던 월급도 이십삼만 원 정도. 월세를 내고 부모님에게 송금을 하고 나면 손에 남는 것은 한 달 빠듯하게 버틸 생활비가 고작이었다. 팁이라도 받아야 조금 여유가 있었다.

육십만 원이면 리엔 주변의 누구도 받아보지 못한 월급이다. 물론 좋은 대학을 나와 괜찮은 직장에 다닌다면 이보다 더많은 돈을 받을 수도 있겠지만, 리엔처럼 기술도 없고 특별한 재주도 없는 사람에게는 정말 큰 액수였다. 더구나 집에서 밥하고 지금처럼 지내면서 받는 돈이다. 한 달이면 육십만 원,

두 달이면 백이십만 원…… 잠자리에 누워서도 남편이 준 만
원을 들고 앞으로 들어올 돈을 계산하느라 뒤적였다. 잠이 오
지 않았다.

다음날부터 리엔은 저녁마다 만 원짜리 지폐 두 장을 받았
다. 그렇게 꼬박꼬박 모은 돈으로 일 년도 안 되어 베트남의
부모님 집에 냉장고를 사주고 지붕을 고쳤다. 그 일로 시집을
잘 갔다고 고향에 소문이 자자했다.

타오의 죽음으로 힘들었던 부모님의 시름을 조금이나마 덜
어준 것 같아 리엔도 마음이 뿌듯했다.

2

"뺑소니 사고였대. 저녁에 운동하러 나갔다 변을 당했다나
봐. 밤이 늦어도 안 돌아와서 찾아다니다 뒤늦게 발견했대."

'거짓말.'

흐엉의 집에 다녀온 이 선생의 말을 들은 리엔은 단번에 이
상하다는 생각이 들었다.

"장례는요?"

메이가 물었다.

"가족도 없고 해서 대충 치른 모양이야."

"말도 안 돼. 가족이 왜 없어? 가족과 친구들한테는 연락을 했어야죠."

"베트남에 연락은 했대요?"

리엔의 질문에 이 선생은 고개를 저었다.

"경황이 없어서 못했다고, 이제 연락할 거라고 하더라고."

"묘지는?"

"화장했다고 하던데?"

화장? 리엔은 충격으로 머리가 멍했다. 아무리 생각해도 흐엉의 남편이 말도 안 되게 서둘렀다는 느낌이 강했다. 수요일 밤에 흐엉이 사고를 당해 병원에 실려갔는데, 목요일 하루만 병원 영안실에 있다가 금요일 아침에 바로 화장터로 옮겼다는 얘기였다.

리엔은 이해할 수 없었다. 사고를 당한 날은 경황이 없어서 그랬다 쳐도 목요일에는 처갓집에 연락해 장례를 어떻게 할 것인지 상의했어야 하지 않나? 당장 달려올 수 있는 친구들에게조차 연락하지 않고 목요일 하루 만에 모든 것을 혼자 결정하다니. 더군다나 금요일에 화장까지 끝내버리다니 있을 수 없는 일이다.

"뺑소니 사고면 경찰이 와서 수사하지 않아요?"

"그렇긴 한데, 경찰도 뭐가 있어야 하지. 한적한 도로라서 목격자도 없고, CCTV도 없는 곳이니······"

리엔도 흐엉의 집을 안다. 흐엉이 사는 곳은 마죽리라는 한적한 마을이다. 산기슭에 열 채도 되지 않는 집들이 흩어져 있고 버스정류장이 있는 큰 도로까지 나가려면 십 분은 걸어야 한다.

언젠가 리엔의 남편이 시내에 나왔다가 리엔의 수업이 끝나기를 기다린 적이 있었다. 그때 리엔은 남편의 차에 흐엉을 태우고 집 근처까지 데려다주었다. 오 분 정도만 돌아가면 되는 길이라 남편도 흔쾌히 흐엉을 태워주었다.

마죽리는 면사무소나 동네 마을회관 주변을 제외하면 구도로를 따라 이어진 길에 띄엄띄엄 인가들이 있었다. 흐엉을 내려주고 집으로 돌아오면서 남편에게 들은 얘기로는 한때 꽤 많은 사람이 살던 동네였지만 자식들이 도시로 떠나버리고 부모 세대가 죽기 시작하자 주민 수가 확 줄었다고 했다. 빈집들이 늘어가면서 마을도 쇠퇴해져 이제는 예전의 절반도 안 되는 가구가 살고 있다는 것이다.

리엔은 속이 답답했다. 흐엉의 남편까지 만나고 왔다는 이 선생의 말은 온통 의문투성이였다. 그런 말을 듣고도 어떻게 그냥 돌아올 수가 있지? 그저 흐엉의 집까지 갔다 온 것으로 센터에서 일하는 자기 의무를 다했다고 생각하는 것이 아닌가 싶었다. 말로는 결혼 이민자를 지원한다고 하지만 미흡한 일이 한두 가지가 아니다.

"하다못해 흐엉의 부모님이 오신 다음에 장례를 치렀어야 죠."

리엔은 이 선생이 흐엉의 남편이라도 되는 양 목청을 높였다. 이 선생은 당혹스러운 얼굴로 리엔을 쳐다보았다.

"왜 남편 말만 듣고 와요? 몇 번이나 흐엉을 때리고 협박하던 놈이라고요. 흐엉 몸에 있던 멍자국 못 봤어요?"

메이와 후안의 표정이 굳어졌다. 그들 역시 어렴풋이 알고 있었지만 입 밖으로 꺼내지 못한 이야기였다. 이 선생은 말문이 막힌 듯 두 눈을 껌뻑이며 리엔을 쳐다보았다.

얼마 전 리엔이 흐엉의 팔에 난 상처를 알아보고 이 선생에게 도울 방법이 없는지 상담을 했었다. 그때 이 선생이 여성의 집에 피신하는 방법이 있긴 하지만 근본적인 도움은 되지 않을 거라고 말해서 실망스러웠다.

"그럼 뭘 더 어떻게 해? 누구한테 물어봐?"

"옆집에 가서라도 물어봐야죠. 이장님 집이라도 찾아봤어야죠."

"그렇게 얘기하면 섭섭하지, 나도 흐엉이 생각나서 거기까지 가본 건데. 아니, 막말로 우리가 무슨 힘이 있어. 경찰도 아니고, 그냥 사회복지사일 뿐이라고. 나도 답답해, 이것도 남편이 문을 닫으려고 하는 걸 간신히 붙잡고 물어본 거야."

이 선생은 리엔의 말이 서운했는지 자리에서 벌떡 일어나

창문을 열더니 손부채질을 하며 화를 식혔다. 아차 싶어 리엔은 입을 다물었다. 그나마 이렇게라도 따질 수 있는 사람은 이 선생밖에 없다.

"옆집에 안 가본 줄 알아? 사람이 없었어. 요즘 같은 농번기에 누가 집에 붙어 있어? 다들 일 나가고 없지."

사실 수강생이 어떻게 되든 찾아가봐야 할 의무는 없다. 그나마 이 선생은 센터를 찾는 사람들과 친하게 지내고 흐엉의 일도 알고 있으니 이 정도까지 해준 것이다. 문제는 이 정도 정보로는 갑작스러운 흐엉의 죽음을 받아들일 수가 없다는 것이다.

스물두 살의 젊은 여자가 갑자기 죽었는데, 단순히 뺑소니 사고였다는 말에, 아 그래 하고 별일 아니라는 듯 넘어갈 수는 없었다. 납득할 수 있는 설명이 필요했다.

리엔은 깊게 한숨을 내쉬며 마음을 가라앉히고 이 선생에게 질문을 던졌다.

"흐엉은 저녁에 운동을 하러 나가지 않아요. 거긴 해만 떨어져도 완전 캄캄하다고요. 가로등도 없어서 무섭다고 했어요. 더구나."

더 말하려다가 리엔은 꿀꺽 침을 삼켰다.

흐엉의 남편은 흐엉을 감금하다시피 했다. 밤에 혼자 어디를 보내준다는 건 상상도 하기 힘들다. 한국어 강습 교실에 등록을 하고 일주일에 한 번, 몇 시간의 외출을 허락받기 위해 나머지 엿새 동안 남편에게 온갖 비위를 맞추며 살았던 흐엉이다.

차라리 도망치라는 말에 흐엉은 자신의 여권도 남편이 가지고 있다고 했다. 하루라도 안 보이면 그날로 경찰에 신고해서 베트남으로 보내버린다는 협박에 도망은 생각도 못하고 있었다. 어떻게든 한국에 체류하고 있어야 취업 기회도 생기고 돈을 벌 수 있을 거라고, 그날이 올 때까지는 참을 거라고 했다.

"그 남자가 얼마나 막무가내였는지 알아? 남의 가정사에 왜 끼어드냐고, 왜 나서냐고 막 욕을 하는데 어떻게 더 물어? 내가 어떻게 해야 하는데, 응? 자기가 말 좀 해주라."

이제 이 선생은 눈에 눈물까지 그렁그렁해졌다. 아마도 적잖은 수모를 당하고 온 모양이었다. 그런 수고는 뒤로하고 다 그치기만 하니 억울하고 속이 많이 상한 듯했다.

리엔은 이 선생의 등을 다독여주었다.

"미안해요. 너무 속상해서 그래요. 이 선생님이 열심히 하신 거 알아요."

옆에 있던 수강생들도 이 선생을 달래기 시작했다. 메이가 이 선생의 팔을 잡아당겨 의자에 앉혔다.

"나도 속상해, 나도. 우리 사무실에서는 나한테 오지랖 떨지 말라고 해. 그렇게 나설 일 아니라고. 그래도 나는 다들 처지가 하도 딱하니까 뭐라도 돕고 싶어서 간 거라고."

"알아요. 미안해요."

그뒤로 다들 입을 다물었다. 고개를 돌리고 먼 곳을 바라보며 각자의 생각에 잠겼다. 아무것도 할 수 없다는 무기력함에 더 기운이 빠졌다.

리엔은 도저히 이렇게 끝낼 수 없다고 생각했다. 어떻게든 방법을 찾아보고 싶었다.

"방법이 없을까요? 누가 죽였는지, 어떻게 죽은 건지는 알아야죠. 경찰한테 얘기하면 안 돼요?"

"뺑소니 사고로 신고가 들어갔으니까 수사하고 있을 거야. 직원들한테 물어봐서 다시 한번 경찰에 문의해볼게."

이 선생은 할일이 남아서 사무실로 돌아가고 남은 수강생들은 평소 모이던 식당에 가기로 했다.

메이가 핸드폰에 있던 흐엉의 사진을 골라 인화해 왔다. 고맙게도 식당 주인인 안씨와 히엔 부부가 흐엉의 소식을 듣고 추모할 수 있도록 제단을 만들어주었다.

흐엉의 사진 아래 평소 흐엉이 좋아하던 쌀국수를 한 그릇 올리고 향을 피웠다. 흐엉이 이곳에서 처음 먹은 쌀국수였다. 그날 이후로 흐엉도 리엔의 다른 친구들처럼 이 식당의 단골 손님이 되었다.

이 식당에 모이면 떠나온 고향에 대한 이야기와 앞으로 한국에서 살아가는 일에 대해 이야기했다. 한국으로 오게 된 상황도 제각기 다르고 결혼을 하게 된 과정도, 사는 것도 제각각이었다.

식당 주인인 안기준씨는 다니던 직장을 때려치우고 동남아여행을 다니다가 캄보디아에서 히엔을 처음 만났다고 했다. 가는 곳마다 마주쳐서 얼굴을 익히고 그러다 눈인사를 나누고, 어느새 같이 식사도 하면서 친해졌다고. 그리고 마침내 집으로 돌아가는 히엔을 따라 안씨가 베트남까지 갔다고 한다.

"둘 다 첫눈에 반했다고 할 수 있지."

히엔은 둘이 처음 만난 이야기를 할 때면 눈이 반짝거렸다.

"안씨가 한국으로 돌아갔을 때는 다시 못 만날 거라고 생각했어."

이번에는 히엔이 안씨를 보기 위해 한국을 찾았다. 그렇게 서로의 마음을 확인한 두 사람은 오 년 전 결혼하고 이곳에 식당을 열었다.

리엔은 센터를 다니면서 이 식당을 알게 되었는데, 꾸준히 입소문이 나면서 베트남에서 온 사람들에게는 꼭 들러야 하는 아지트 같은 곳이 되었다. 물이 모여서 시내가 되듯 사람들이 모이고 정보가 모이자 식당에는 취업을 위한 정보나 사람을 찾는 문의까지 들어왔다.

밝은 성격의 히엔은 음식 솜씨도 좋았지만 사람들이 모이는 것을 좋아해서 누구도 가리지 않고 친하게 지냈다. 그렇게 사람이 사람을 불러들였고, 한번 왔던 사람은 또다른 사람을 데리고 찾아왔다. 날이 더워지면서 주변 가게들은 한산해졌지만 히엔의 가게는 언제나 사람들로 시끌벅적했다. 호찌민의 어느 식당 같은 느낌이 들어 리엔도 이곳을 찾아 낯선 땅에서 느끼는 외로움과 향수를 달랬다.

히엔은 남편을 기준이라는 이름 대신 안씨라고 불렀다. 그게 어감이 더 좋다고 했다. 시댁 식구들은 남편의 성만 부르는 것을 안 좋게 봐서 이렇게 편한 자리에서만 불렀다.

"안씨, 당신이 좀 알아봐줘요. 친구들 중에 경찰이랑 아는 사람이 있을 거 아냐?"

안씨는 이곳에서 고등학교를 나오고 직장생활을 했다. 분명 친구들에게 수소문하면 경찰에 줄이 닿을 거라고 말했다.

"리엔 얘기 들으니까 진짜 이상하네. 그 캄캄한 시간에 운동이라니?"

히엔이 남편의 말을 받아 리엔에게 되물었다.

"남편은 그때 어디 있었대?"

"집에 있었다는 거 같은데? 밤까지 돌아오지 않아서 찾으러 나갔다고 했어."

"알리바이 증명해줄 사람 있나?"

"알리바이?"

"평소 방문도 잠근다는 사람인데 흐엉이 밖에 나가도록 내버려두었다는 게 이상하잖아? 남편 말만 듣고 혼자 나갔다는 걸 어떻게 믿어?"

"자동차 사고라며? 차 사고로 사람이 죽을 정도면 현장에 파편 같은 것도 떨어졌을 텐데? 뭐 들은 얘기는 없대?"

궁금한 것은 많았지만 정보가 너무 없었다. 우선은 이 선생과 안씨의 인맥을 통해 정보를 좀더 얻은 다음에 이야기해보기로 했다.

대문으로 들어서던 리엔은 마당에 자리를 펴고 밭에서 따온 고추를 쏟아붓고 있는 남편과 마주쳤다. 오전 내내 쉬지 않고 일했는지 붉은 고추의 양이 엄청났다.

"이제 괜찮아?"

자리에 고추를 펴며 말을 건네는 남편을 멍하게 바라보던 리엔은 어렵게 입을 열었다.

"……사실은 병원에 간 게 아니에요."

남편이 동작을 멈추고 리엔을 쳐다보았다.

"흐엉, 다문화센터에서 한국어 공부하던 흐엉 기억나죠? 흐엉이 죽었다고 해서 다녀온 거예요."

"어쩌다? 그럼 장례식장에 다녀온 거야?"

리엔은 고개를 저었다.

"지난주에 교통사고로 죽었다는데, 주변에 연락도 안 하고 장례도 제대로 치른 것 같지 않아요. 센터에서도 어제 안 모양이에요."

"경황이 없어서 그런 모양이지. 점심은?"

"생각 없어요."

"그래도 뭐라도 먹어야지."

말을 마친 남편은 다시 자기 일에 몰두했다.

하루종일 뙤약볕에서 고추를 딴 남편의 얼굴이 고추처럼 벌겋게 익어 있었다. 7월 말부터 8월에는 고추가 빨갛게 익는 대로 그때그때 따서 찌고 말려야 한다. 이맘때는 고춧가루를 만드는 일이 가장 큰 일이다. 시어머니는 단골들에게 고춧가루 주문을 미리 받는다. 태양초라 다른 곳보다 맵고 맛있다고 꽤 많은 주문이 들어온다. 고생한 만큼 꽤 목돈이 되었다.

"초희는?"

"뭘 물어?"

리엔은 한숨을 내쉬며 옆집 할머니 집으로 향했다.

마루에 앉아 옆집 할머니와 옥수수를 먹던 초희는 엄마를 보자 쪼르르 내려와 리엔의 허리에 엉겼다. 이제 초등학교에 들어간 초희의 덩치가 어느새 엄마를 따라잡을 기세다.

"더워, 좀 떨어져."

아기 때부터 엄마를 따라 옆집에 드나들더니 이제 안 보인 다 싶으면 여기서 놀고 있다. 옆집 할머니는 싫은 내색 없이 말동무가 생겨서 좋다며 초희를 돌봐주었다.

"귀찮게 해서 죄송해요."

"귀찮게 안 했어. 내가 할머니한테 동화책 읽어줬단 말이야."

초희는 하루종일 시장에서 일하고 돌아오는 친할머니보다 옆집 할머니와 보내는 시간이 더 많았다. 그래선지 옆집 할머 니를 더 좋아했다.

"가볼게요."

인사를 하고 초희의 손을 잡고 나오려는데 잠깐 기다리라 고 하더니 아직 온기가 가시지 않은 옥수수를 여러 개 들려준 다. 초희가 할머니 품에 안기더니 내일 또 올게요 하고 인사 를 했다.

"여기 할머니가 진짜 우리 할머니면 좋겠어."

대문을 나서면서 초희가 던진 말에 리엔은 가슴이 철렁했다.

"그런 말 하는 거 아니야. 할머니 앞에서는 절대 하지 마. 알 았어?"

리엔은 초희가 어떤 의미로 그런 말을 하는지 안다. 일찍 혼 자가 된 시어머니는 직접 밭에서 일군 작물을 시장에 내다팔 며 억세게 산 세월 탓인지 곰살맞은 성격은 아니었다.

집으로 돌아온 리엔은 냉장고에 넣어둔 수박을 꺼내 초희에게 주고 남편을 돕기 위해 편한 옷으로 갈아입었다. 뭐라도 하지 않으면 마음이 진정되지 않을 것 같았다. 리엔은 모자를 쓰고, 걸치기만 해도 서늘하다는 쿨토시도 팔에 차고 만반의 준비를 한 뒤 집을 나섰다. 산기슭에 있는 고추밭까지는 100미터도 되지 않는다.

뜻밖에도 남편은 고추는 따지 않고 고추밭이 시작되는 고랑에서 산 쪽을 바라보며 멍하니 서 있었다.

"왜 나와? 집에서 쉬지."

"이제 괜찮아요. 모자도 썼어. 뭘 보고 있어요?"

"어, 저기 까마귀."

고추밭 너머 산 쪽으로 배나무를 몇 그루 심어두었는데, 아무리 봉지로 싸고 감시를 해도 배가 익을 즈음이면 까마귀들이 귀신같이 맛있는 배를 찾아내 쪼아댔다. 한 그루당 못해도 150개는 따는데, 까마귀가 한 번이라도 쪼면 시장에 내다팔수가 없다. 그래서 까마귀만 보면 크게 손을 휘두르며 휘이휘이 쫓아냈을 남편이 오늘은 이상하게 가만히 구경만 하고 있는 것이다.

"안 쫓아요?"

"장례식 끝나고."

"응?"

"저기 가운데 죽은 까마귀 보이지? 저놈 때문에 다들 모여 있는 거야. 장례식을 하는 거지."

왠지 가슴 한쪽이 찌르르 아파왔다. 흐엉 생각이 나 리엔도 가만히 까마귀들을 쳐다보며 작은 목소리로 물었다.

"까마귀도 장례식을 해?"

"까마귀들이 얼마나 머리가 좋은지 알아? 저렇게 친구가 죽으면 그 근처에 모여. 그리고 주위를 돌면서 어떻게 죽었는지, 왜 죽었는지 살피는 거야. 주변에 위험이 남아 있는지도 확인하고."

리엔은 신기한 생각이 들었다. 까마귀도 친구의 죽음을 밝히려고 한다니, 조금 전 식당에 모였던 친구들의 얼굴이 떠올랐다.

"지금은 조용하지? 처음에는 대장쯤 되는 까마귀가 울어서 동료를 불러모으고, 모이면 차츰 조용해져. 사체 주변을 돌면서 조용히 살피고 의논을 하는 거지. 이럴 때는 가까이 안 가는 게 최고야."

"왜요?"

"죽은 새 옆에 있으면 내가 죽인 걸로 오해하거든. 그러면 나를 볼 때마다 다가와서 울어대고 위협을 할 거야."

"진짜?"

"진짜라니까. 까마귀가 그만큼 영리하다니까. 어릴 때 친구 한 놈이 새총으로 까마귀를 잡았는데, 그뒤로 몇 년 동안 동네 까마귀들이 개만 보이면 와서 쪼아댔어."

죽은 친구의 주변에 모여 있던 까마귀들이 하나둘 날아갔
다. 남편은 다시 고추를 따기 위해 밭고랑으로 들어갔지만 리
엔은 남아 있는 까마귀를 쳐다보느라 꼼짝도 하지 않았다.

'나도 누가 흐엉을 죽게 했는지 밝혀낼 수 있을까?'

흐엉의 남편이 가장 의심스러웠지만 섣부르게 판단할 수는
없었다.

3

며칠 뒤 다시 까마귀들이 모였다.

한식조리사 강습이 끝나고 교실을 나서는데 메이가 기다리
고 있었다. 무슨 일인가 싶었다.

"히엔이 전화를 했어. 강의 끝나면 바로 식당으로 와달래."

어차피 수업이 있는 날이면 참새가 방앗간에 가듯 빼놓지
않고 식당에 들렀다. 그런데도 굳이 전화를 했다는 게 마음에
걸렸다.

식당으로 걸어가면서 메이가 이 선생이 한 이야기를 전했다.

"경찰이 뺑소니 사건을 수사하고 있는데, 쉽게 해결될 것 같
지는 않은가봐. 현장에 증거물도 없었고, 남편은 그 시간에 동

네 사람이랑 마을회관에서 술 먹고 있었대."

"집에 있다고 하지 않았어? 정말 확인한 거래?"

"그러니까 확인했다고 얘길 했겠지."

혼자 집에 있었다고 하면 알리바이가 성립되지 않는다. 갑자기 알리바이를 증명해줄 사람이 튀어나오다니, 리엔은 모든 게 의심스러웠다.

식당에는 낯선 사람들이 리엔을 기다리고 있었다. 오십대의 중년 부부와 리엔 또래의 여자였다. 리엔은 자기 또래의 여자가 어딘가 낯이 익다는 생각이 들었다.

"흐엉의 부모님이셔. 여기는 언니."

리엔은 그제야 흐엉의 핸드폰에서 봤던 사진을 떠올렸다. 더 티 화이라고 자신을 소개한 언니는 흐엉에게 리엔 이야기를 많이 들었다면서, 며칠 전 갑작스럽게 흐엉의 소식을 듣고 왔다고 했다.

초췌한 흐엉의 부모님을 보자 리엔은 무슨 말을 꺼내야 할지 막막했다. 그때 화이가 먼저 리엔에게 말을 걸었다.

"흐엉이 늘 고마워했어요. 친동생처럼 대해줬다고. 전화할 때마다 리엔 이야기만 했어요. 이제 한국에 있어도 무섭지 않다고."

흐엉의 엄마가 리엔의 손을 잡더니 눈물을 글썽거렸다.

"우리 흐엉을 많이 도와줘서 고마워요. 덕분에 한국말도 많이 늘었다고 들었어요."

리엔은 어디론가 숨고 싶었다. 자신이 제대로 흐엉을 도와주었다면 흐엉이 죽는 일은 없었을 것이다.

흐엉이 죽기 일주일 전 리엔은 진지하게 흐엉의 손을 잡고 어디로든 도망치라고 말했었다.

강습을 들으러 온 흐엉을 보고 리엔은 속이 터졌다. 흐엉의 팔을 잡아끌어 근처 옷가게로 데리고 갔다. 긴팔 셔츠를 입은 채 더위에 얼굴이 달아오른 모습이 안쓰러워 보였기 때문이다. 얼떨결에 따라온 흐엉은 리엔이 자신의 옷을 골라주려 하자 괜찮다며 자꾸 옷가게에서 나가려고 했다.

"날이 이렇게 더운데 왜 그런 옷을 입고 땀을 흘려. 시원하고 예쁜 옷으로 하나 사줄게."

흐엉은 리엔의 팔을 떼어내며 난처한 표정을 지었다. 그럴수록 리엔은 속이 상했다. 나쁜 놈, 어떻게 자기 마누라한테 제대로 된 옷 한 벌도 안 사줘? 저절로 욕이 나왔다.

실랑이를 하다가 밖으로 뛰어나가려는 흐엉의 팔뚝을 잡았다. 그러자 흐엉이 비명을 지르며 팔을 부여잡고 주저앉았다. 리엔은 그제야 흐엉의 거절에 다른 이유가 있다는 것을 깨달았다.

리엔은 흐엉을 데리고 센터에 있는 여성의 집 휴게실로 들어갔다. 그곳은 남편의 폭력을 피해 집을 나온 결혼이민자들이 잠시 쉬어갈 수 있는 숙소였다. 직원이 식사를 하러 나갔는지 휴게실에는 아무도 없었다.

리엔은 의자를 가져와 흐엉을 앉혔다. 흐엉의 맞은편에 자리를 잡고 앉은 리엔은 조심스럽게 흐엉의 어깨와 팔뚝을 만져보았다. 팔뚝을 만지자 흐엉의 얼굴이 일그러졌다. 리엔이 흐엉의 셔츠 단추를 풀었다. 흐엉의 손이 리엔을 잡았다.

"보여줘."

리엔의 한마디에 흐엉의 손이 아래로 떨어졌다. 셔츠를 젖히고 본 흐엉의 팔과 등은 여기저기 멍이 들어 있었다. 리엔은 입술을 깨물며 흐엉의 셔츠를 다시 입혀주었다.

"집에 가지 마. 오늘부터 여기서 지내. 내가 이 선생한테 말할게."

흐엉이 고개를 저었다.

"너 지난번에도 맞았다고 하지 않았어? 이번엔 또 얼마나 맞은 거야?"

도대체 얼마나 맞아야 이렇게 멍이 드는지 알고 싶었다. 화가 나서 부들부들 손이 떨렸다.

"그래도 화 풀리면 괜찮아. 상처에 바르라고 약도 줬어."

"괜찮지 않아. 한 번이 아니고 계속이잖아. 다음에 또 때릴 거야. 더 늦기 전에 도망쳐."

"하나씩 괜찮아질 거야. 이렇게 나 한국어 수업에도 보내주잖아?"

"너 진짜……"

리엔은 말문이 막혔다. 어쩜 이렇게 미련하게 견디고 있는지 이해가 되지 않았다. 잠시 고개를 숙이고 셔츠의 옷깃을 만지작거리던 흐엉이 낮은 목소리로 말했다.

"어디로 가? 아는 사람도 없고, 지낼 곳도 없는데. 다시 고향으로 돌아가? 언니라면 돌아갈 수 있어?"

흐엉의 질문에 리엔은 아무런 답을 하지 못했다. 만약 자신이었다면 어떻게 했을까?

"내가 한국말도 잘하고 직장도 구해서 돈 벌면 그때는 나아질 거야."

그 와중에도 흐엉은 희망을 버리지 않았다. 그때 남편에게 돌아가지 못하게 막았어야 했다는 생각이 리엔을 계속 괴롭혔다.

"미안해요, 한 가지 부탁이 있어요."

화이가 간절한 눈빛으로 리엔을 쳐다보며 말했다.

"이제 흐엉이 살던 집으로 갈 거예요. 우리는 한국말을 못해요. 우리와 함께 가줄 수 있어요?"

그렇지 않아도 그 인간의 얼굴을 보고 싶던 차였다. 직접 확인하고 싶은 것도 있어서 리엔은 바로 함께 가겠다고 했다. 흐엉의 부모님과 화이는 연신 고개를 숙이며 고맙다는 인사를 멈추지 않았다. 그럴수록 리엔의 마음은 더욱 무거워졌다.

택시를 타야 하나 고민하고 있는데, 안씨가 차키를 가지고 나오더니 기사를 자처했다. 히엔도 흔쾌히 다녀오라는 말을 건넸다.

리엔은 조수석에 앉아 흐엉의 집을 안내하기로 했다. 자동차가 주차장을 빠져나와 식당가 골목을 벗어나자 리엔은 안씨에게 고맙다고 인사했다. 사실 안씨가 함께 가겠다는 말을 하기 전까지는 약간 불안했다.

"남자가 같이 가니까 든든하죠?"

안씨는 농담을 던지며 리엔을 곁눈으로 보았다.

"한편으로 책임감도 느껴요. 남자 하나 믿고 한국까지 온 건데 이런 일이 생겨서 미안하고 화가 나요."

"안씨 잘못도 아닌데요."

안씨가 뒷좌석의 흐엉 가족을 힐끗 쳐다보며 말을 이었다.

"히엔이 많이 울었어요. 흐엉이 너무 불쌍하다고. 한국 남자 나쁘다고. 히엔도 나도 흐엉이 왜 죽었는지, 누가 죽였는지 밝히지 못하면 맘 편히 못 잘 거예요."

리엔은 자기 주변의 이 따뜻한 기운이 흐엉에게는 닿지 못했다는 사실이 안타까웠다.

슬쩍 뒤를 돌아보니 화이는 단단히 마음의 준비를 하는 표정이었다. 자꾸 눈물을 훔치는 엄마의 손을 잡아주면서도 애써 감정을 누르고 있었다.

흐엉이 살았던 마을이 보이자 리엔은 급하게 안씨에게 방향을 알려주었다. 마을 입구에 있는 흐엉의 집 앞에 차가 멈춰 섰다. 자동차에서 내린 흐엉의 가족은 당황한 눈치였다.

"……말도 안 돼."

화이는 기가 막힌 듯 자신도 모르게 혼잣말을 중얼거렸다. 리엔이 돌아보자 시선을 피했다. 자신의 동생이 이런 곳으로 시집왔으리라고는 상상도 못했을 것이다. 국제결혼 브로커 중에는 결혼을 성사시키기 위해 거짓말과 과장도 서슴지 않는 경우가 많다. 한 사람의 인생이 어떻게 되든 눈앞의 수수료를 벌기 위해 혈안이 된 것이다.

안씨가 후줄근한 집을 쳐다보다가 한 뼘 정도 열린 철제 대문을 두드렸다.

"계세요?"

아무도 없을 것 같은 조용한 집안에서 누군가 현관문을 여는 소리가 들렸다. 곧 흐엉의 남편이 대문을 열고 나왔다.

그는 눈앞의 사람들을 보고 적잖이 당황한 기색이었다. 잠깐 기다리라는 말을 하고 얼른 집안으로 들어간 흐엉의 남편은 이내 다시 나왔다. 그의 뒤로 사십대로 보이는 남자가 따라오고 있었다. 아마도 손님이 있었던 모양이었다. 깔끔한 체크

무늬 셔츠에 양복바지를 입은 남자가 가죽 서류가방을 황급히 잠그며 나왔다. 옷차림으로만 봐서는 직장인 같았다. 그는 서둘러 흐엉의 남편과 인사하고 다시 전화하겠다 말하고는 흐엉의 가족을 지나쳐 밖으로 나갔다.

남자가 가고 나자 흐엉의 남편이 대문을 활짝 열어주었다. 흐엉의 가족이 마당으로 들어서자 어색하게 고개를 끄덕여 인사를 하더니 현관문을 열고 안으로 안내했다. 낡고 허름한 집에서는 활기라고는 느낄 수가 없었다. 곁눈으로 마당을 살펴보던 리엔은 흐엉의 생활이 자신이 생각한 것보다 더 힘들었을 거라고 짐작했다.

가난은 사람을 피폐하게 만든다. 흐엉이 이 먼 나라까지 올 결심을 한 것은 가난한 자신의 집에서 벗어나 조금이라도 나은 생활을 할 수 있다는 희망 하나 때문이었다. 조금만 고생하면 베트남에 있는 가족까지 먹여 살릴 수도 있다는 말에 기꺼이 낯선 곳으로 오는 모험을 택한 것이다. 수많은 신부가 그렇게 한국으로 넘어와 새로운 삶을 살고 있다. 흐엉은…… 가장 운이 없는 케이스였다.

리엔은 흐엉의 가족과 함께 집안으로 들어섰다.

거실 한편에 놓인 탁자에는 흐엉이라는 이름이 새겨진 새하얀 항아리가 있었다. 한눈에 봐도 유골함이라는 것을 알 수 있었다. 유골함을 본 흐엉의 엄마는 참았던 눈물을 쏟으며 탁자 앞에 무너졌다. 두 손으로 유골함을 끌어안으며 "아이고 불쌍한 내 딸, 이게 무슨 꼴이니" 하며 울음을 터뜨렸다. 화이는 엄마의 어깨를 부둥켜안으며 함께 울었고 아버지 역시 고개를 돌려 눈물을 닦았다.

리엔은 들어올 때부터 흐엉의 남편을 주시했다. 그의 행동, 표정 하나까지 놓치지 않으려 했다. 어딘가에 허점이, 흐엉을 죽게 만든 단서가 있을 거라고 생각했다.

'나는 당신을 믿지 않아.'

흐엉의 남편도 고개를 숙이고 두 손에 얼굴을 묻었다. 모르는 사람이 봤다면 슬픔을 이기지 못한 그가 눈물을 흘리는 것이라 생각했겠지만 리엔은 속지 않았다. 흐엉이 이곳에서 어떻게 살았는지 모르는 흐엉의 부모는 그의 모습을 보고 경계가 조금 풀어진 듯했다.

"일이 이렇게 돼서 죄송합니다. 흐엉과 정말 잘살아보려고 했는데……"

눈물과 탄식이 지난 뒤 조금 마음을 진정시킨 가족에게 남편이 어렵게 말을 꺼냈다. 화이와 부모님의 시선이 리엔에게 향했다. 리엔은 남편의 얼굴을 쳐다보다가 그가 하는 말을 통역해주었다.

"어쩌다 이런 일이 일어났어요?"

화이가 물었다. 리엔의 통역을 들은 남편이 잠시 말을 잇지 못하다가 침통한 표정으로 이야기하기 시작했다.

"흐엉은 저녁 먹고 가끔 운동을 나가곤 했어요. 그런데 그날은 늦게까지 안 돌아와서 큰길까지 마중을 나갔다가 길에 쓰러진 흐엉을 발견했어요. 처음엔 그냥 쓰러진 줄 알았는데, 옆에 타이어 자국도 있고 흐엉도 피를 흘리고 있어서 바로 신고를 했고요. 구급차에 실려갔는데 병원에 도착했을 땐 이미…… 늦어서 손을 쓸 수가 없었어요."

리엔은 말을 전달하면서 그 장소가 어딘지 물었다. 남편은 어리둥절한 표정으로 리엔을 쳐다보았다. 리엔은 얼른 흐엉의 부모님에게 흐엉이 죽은 장소로 가서 명복을 빌지 않겠느냐고 물었다. 부모님은 고개를 끄덕이며 흐엉의 남편을 쳐다보았다.

"부모님이 흐엉이 죽은 곳에 가보고 싶어하세요. 그곳에서 명복을 빌지 않으면 영혼이 그 자리를 떠나지 못한대요."

리엔은 하지 않은 말을 지어냈다. 베트남어를 어느 정도 할 줄 아는 안씨가 리엔의 얼굴을 슬쩍 쳐다보았지만 별말은 하지 않았다. 리엔이 왜 그런 말을 하는지 이해하는 것 같았다.

흐엉의 남편을 따라 모두 자리에서 일어났다. 대문을 나와 큰 도로가 있는 쪽으로 걸음을 옮겼다.

뜨거운 뙤약볕에 흐엉의 남편을 앞세우고 걷자니 묘한 기분이 들었다. 흐엉의 부모님과 화이는 흰옷을 입었고 안씨와 리엔의 옷은 검은색이다.

고향 떠이닌에서는 누군가 죽으면 그가 살던 집에서부터 묘지까지, 많은 사람이 긴 행렬을 이루며 동네를 한 바퀴 도는 장례 풍습이 있다. 상주와 가족은 흰옷을 입고, 친지 친구들과 마을 사람들은 검은 옷을 입은 채 그 뒤를 따라 걷는다. 장례 음악인 냑 담 마Nhạc Đàm Ma를 연주하는 악사 몇 명도 함께한다. 일행을 뒤따르며 리엔은 미처 못한 장례의식을 지금 하고 있는 거라고 생각했다. 리엔은 핸드폰을 꺼내 조심스럽게 사진을 몇 장 찍었다.

마죽리에서 풍세면 가는 방향을 안내하는 이정표가 보이는 곳에서 흐엉의 남편이 걸음을 멈추었다. 그는 머뭇거리며 손가락으로 대충 주변을 가리켰다.

"정확히 어디에 쓰러져 있었어요?"

리엔이 묻자 흐엉의 남편이 마지못해 한 곳을 가리켰다. 검은 아스팔트 도로 위에는 아무것도 없었다. 흐엉이 죽은 자리인데 어떤 흔적도 남아 있지 않았다. 눈을 들어 주변을 둘러보니 옆으로 풍세천이 흐르고 뒤편으로 남천안 IC 방향 도로가 보였다. 생긴 지 얼마 되지 않아 동네 사람들만 아는 새 길이다. 한낮인데도 지나는 차량이 많지 않다. 자꾸 사진을 찍는 리엔을 흐엉의 남편이 불편한 듯 쳐다보았다. 리엔은 모른 척 주위 사진을 몇 장 더 찍고 흐엉의 가족에게 흐엉이 쓰러져 있던 장소라고 말해주었다.

가족은 두 손을 모으고 묵묵히 기도하기 시작했다.

"죽은 자에게는 마지막 순간만이 남는다"는 베트남 속담이
있다.

리엔은 흐엉의 시선으로 주위를 둘러보았다. 낮에도 이렇게
적막한데 밤이면 어떨지 상상이 가지 않았다.

흐엉은 어두운 것을 싫어했다. 그날 밤 왜 흐엉은 밖에 나왔
을까? 어떻게 나올 수 있었을까? 한낮에도 이렇게 한적한 도
로인데, 왜 하필이면 그 시각에 자동차가 흐엉을 쳤을까? 우연
인가, 아니면…… 흐엉이 보고 들었던 마지막 순간에 어떤 일
이 있었는가.

그 모든 의문에 답을 줄 수 있는 사람은 흐엉의 남편뿐이다.
교통사고에 대한 것은 아직 모르겠다. 하지만 적어도 그날 밤
흐엉이 밖으로 나가게 된 이유가 있을 것이다.

흐엉의 가족이 기도를 드리는 동안 어색하고 난감한 얼굴로
서 있던 흐엉의 남편은 자신을 계속 노려보는 리엔의 시선을
알아채고 불쾌한 듯 표정이 바뀌었다. 둘의 눈싸움을 눈치챈
안씨가 얼른 리엔의 앞을 가로막았다.

"괜한 실랑이 벌이지 말아요. 지금은 흐엉 가족도 있으니까."

안씨가 낮은 목소리로 속삭였다. 그의 말이 맞다. 지금은 흐
엉의 남편과 괜한 분란을 만들어서 좋을 게 없다.

안씨의 충고에 리엔은 눈에 담았던 분노를 겨우 풀었다. 그

날 밤 흐엉에게 무슨 일이 있었는지, 그걸 밝히는 게 우선이라는 생각이 들었다.

길 위에서의 추도를 끝낸 가족들은 다시 사위의 집으로 돌아와 흐엉의 유골함 앞에 앉았다. 흐엉의 부모님이 한동안 흐엉의 유골함을 바라보다 입을 열었다.

"흐엉의 묘는 어떻게 마련할 건가?"

리엔의 통역을 들은 흐엉의 남편은 놀란 표정으로 흐엉의 아버지를 쳐다보았다. 아내의 묘에 대해서는 아무런 대책도 세우지 않았던 듯했다. 잠시 할말을 찾던 흐엉의 남편은 머리를 긁적이다 입을 열었다.

"……이왕 오셨으니 가족들이 유골을 가져가시면 좋겠습니다. 여긴 마땅히 묻을 곳도 없고 납골당에 둔다 해도 거길 찾을 사람도 없어요."

리엔은 잠시 흐엉의 남편을 노려보다 마지못해 흐엉의 가족에게 그의 뜻을 전했다.

흐엉의 엄마가 정신이 흐려지는 듯 비틀거리자 옆에 있던 화이가 얼른 부축했다. 화이는 어느 정도 예상한 표정이었지만 흐엉의 남편을 노려보는 눈빛은 차가웠다. 묵묵히 침묵을 지키던 흐엉의 아버지가 자리에서 벌떡 일어났다. 이제껏 단 한 마디도 하지 않던 그가 떨리는 목소리로 말을 쏟아내기 시작했다. 리엔이 미처 말을 옮길 새도 없이 빠른 속도로 낯선 사위에게 소리쳤다. 침통함과 분노를 숨기지 않는 목소리에서 무슨 말을 하는지 느낌으로도 알 수 있었다.

"그게 남편으로서 할 소리냐? 흐엉과의 결혼을 아무리 하찮게 여긴다고 해도 이럴 수는 없다. 흐엉은 네놈을 남편이라고 믿고 여기까지 왔어. 그 아이가 어떤 마음으로 여기 왔는지, 어떻게 지냈는지 알아도 참았어. 걱정하지 말라고, 잘살 거니까 믿어달라고, 흐엉이 그렇게 말했으니까. 흐엉을 생각한다면 이럴 수는 없다. 흐엉을 아내라고 생각한다면 애도하는 마음이라도 가져야지. 귀찮은 짐짝 버리듯 유골을 건네줄 일이 아니다. 흐엉은 너의 아내였어!"

리엔은 한 단어도 틀리지 않도록 조심하며 아버지의 애통스러운 마음을 전하려 애썼다.

이 뻔뻔한 놈은 흐엉의 아버지가 전하는 말의 깊은 뜻을 알고는 있을까? 이 년 동안 아내로 살아왔던 흐엉에 대한 최소한의 예의도 갖추지 않고 마치 치워버리고 싶은 물건처럼 흐엉을 떠넘기려고 하는 태도에 깊은 분노를 느끼는 아버지의 마음을 알기나 할까?

흐엉의 남편은 어떤 변명도 하지 못하고 굳게 입을 다물고 있었다. 말을 마친 흐엉의 아버지는 더 볼일도 없다는 듯 서둘러 현관 쪽으로 걸음을 옮겼다. 다른 사람들도 서둘러 그 뒤를 따랐다. 리엔은 꼼짝도 안 하고 자리를 지키고 있는 흐엉 남편을 바라보다 마지막으로 그 집을 나왔다.

식당으로 돌아오는 차 안에서는 누구도 말을 하지 않았다. 흐엉의 엄마가 흐느끼는 소리만 간간이 들렸다. 리엔 역시 울고 싶은 마음이었지만 눈물을 참았다.

리엔은 탁자 위에 놓인 흐엉의 유골함이 머릿속에 맴돌아 다른 생각을 할 수가 없었다. 만약 유골함에게도 의지가 있다면 당장이라도 부모님을 따라나서지 않을까 싶었다.

식당에 도착하자 리엔은 앞으로 어떻게 할 예정인지 화이에게 물었다. 히엔에게 이런저런 이야기를 들었는지 화이는 우선 부모님을 모시고 경찰서에 가서 뺑소니 사고 수사가 어떻게 진행되고 있는지 알아볼 예정이라고 했다. 상황에 따라 한동안 한국에 머물 생각을 하고 왔다고 말했다.

리엔이 경찰서까지 함께 가서 도와주겠다는 말을 하려는 순간 가방에 있던 핸드폰이 울렸다. 발신자를 확인하니 남편이었다.

"어디야? 왜 이렇게 안 와?"

남편의 퉁명스러운 말투에 핸드폰의 시계를 확인했다. 평소라면 이미 두 시간 전에 집에 도착했을 터였다.

"일이 좀 있어서 친구 만났어요."

리엔이 통화하는 모습을 보던 안씨가 얼른 가보라고 리엔의 등을 떠밀었다. 흐엉의 부모님은 자신과 히엔이 맡겠다고 했다. 분위기를 눈치챈 흐엉의 부모님과 화이도 리엔에게 고맙다는 인사를 하고 식당 안으로 들어갔다.

리엔은 경찰서에 가서 상황이 어떻게 돌아가고 있는지, 수사는 어떻게 진행되고 있는지 직접 듣고 싶었다. 하지만 리엔에게는 챙겨야 할 가족이 있다. 아쉬운 마음으로 발길을 돌렸다. 전화를 한 남편에게 괜히 화가 났다.

4

저녁을 먹고 텔레비전을 보던 남편이 곯아떨어진 것을 확인한 리엔은 불을 끄고 조용히 방을 나와 현관문을 열었다. 혹시라도 시어머니가 깰까봐 현관문도 살살 여닫았다. 마당을 가로질러 대문을 연 리엔은 아래채로 가서 숨죽인 채 남편의 스쿠터를 끌고 밖으로 나왔다. 대문을 살짝 닫아두고 집에서 조금 떨어진 곳까지 가서야 스쿠터에 올라탔다.

슬쩍 시동만 걸었는데도 소리가 퍼져 신경이 쓰였다. 하지만 동네를 빠져나온 순간 리엔은 속력을 높였다. 지나는 차도 거의 없고 주위가 캄캄해서 무섭긴 했지만 한번 결심하면 실행해야 하는 성격이라 가만있을 수가 없었다.

흐엉이 죽은 도로는 집에서 그렇게 멀지 않은 곳이라 출발한 지 십 분도 안 되어 도착했다. 주위는 가로등도 없어 캄캄하기만 했다. 멀리 산기슭의 집에서 새어나오는 불빛 몇 개가 전부였다.

리엔은 핸드폰을 꺼내 불빛을 비춰가며 흐엉의 남편이 가리켰던 장소를 살펴보았다. 그가 뭐라고 했더라?

'……늦게까지 안 돌아와서 큰길까지 마중을 나갔다가 길에 쓰러진 흐엉을 발견했어요. 처음엔 그냥 쓰러진 줄 알았는데, 옆에 타이어 자국도 있고 흐엉도 피를 흘리고 있어서 바로 신고를 했고요. 구급차에 실려갔는데 병원에 도착했을 땐 이미……'

집에서 나와 아내를 찾다가 쓰러진 그녀를 발견했다고 했다. 이 어둠 속에서 검은 도로 위에 쓰러진 아내를 발견한 것은 그렇다고 치자. 쓰러진 아내 옆에 난 타이어 자국을 봤다고?

리엔은 핸드폰 불빛으로 도로를 비추며 타이어 자국을 찾아보려 했다. 과연 이런 불빛으로 검은 도로에 난 타이어 자국을 확인할 수 있을까? 이렇게 차들이 거의 다니지 않는 길에서 피를 흘리고 쓰러져 있는 아내를 보고 교통사고라 생각하는 게 자연스러운 일일까?

도로를 살피던 리엔은 몸을 일으켜 흐엉의 집 쪽을 쳐다보았다. 어떻게 할까 망설이다 스쿠터에 올라 시동을 켰다. 천천히 흐엉의 집을 향해 달렸다.

불이 켜져 있다. 아직도 잠을 안 자고 있나보다. 그대로 지나치려던 리엔은 근처에 스쿠터를 세우고 주위를 살피며 살금

살금 집으로 다가갔다. 무모한 짓이라는 것을 알지만 자신도
그 행동을 제어하지 못했다. 리엔은 고개를 빼고 담장 너머 집
안을 쳐다보았다.

늦은 시각에 스쿠터를 끌고 여기까지 왔다는 것부터 정상은
아니다. 그건 리엔도 잘 알고 있다. 낮에 직접 만난 흐엉의 남
편은 더욱 의심스러웠다. 어떻게 하면 그의 정체를 밝혀낼 수
있을까 하는 생각을 하다보니 여기까지 온 것이다.

열린 창틈으로 텔레비전 소리가 들렸다. 무슨 프로그램을
보는지 모르지만 연예인들의 목소리와 웃음소리가 들렸다. 프
로그램을 보며 낄낄거리는 남편의 웃음소리도 들렸다. 아내의
유골함을 거실에 놓고도 너는 태평하게 텔레비전을 보며 낄낄
거리고 있구나.

남자의 웃음소리를 들은 리엔은 자신도 모르게 입술을 깨물
었다. 흐엉이 죽은 지 얼마나 되었다고 저렇게 낄낄거리며 웃
을 수 있는 거지? 더구나 낮에는 흐엉의 부모님이 다녀갔다.
그의 눈물이 도무지 마음에 와닿지 않았던 이유를 이제 알 것
같았다.

잠시 후 프로그램이 끝났는지 텔레비전이 꺼지고 아무 소리
도 들리지 않았다. 곧 거실의 불도 꺼졌다. 집안이 조용해졌다.

리엔은 살금살금 뒤로 물러나 스쿠터가 있는 곳으로 돌아왔
다. 죽은 사람만 억울하다. 스쿠터를 타고 어둠 속을 달리자

문득 늦은 밤 호찌민의 도로를 달리던 일이 생각났다. 뜨겁고 습한 밤공기가 베트남을 떠올리게 했다.

타오가 죽었을 때 리엔은 식음을 전폐하고 몇 날 며칠을 울었다.

그날은 타오의 생일 일주일 전, 놀러온 고향 친구가 다시 집으로 돌아가기 전에 미리 생일파티를 하기로 한 날이었다. 리엔은 생일파티에 가는 타오를 위해 미리 사둔 생일선물을 건넸다. 선물을 풀어본 타오는 당장 언니가 준 옷으로 갈아입었다. 붉은 꽃무늬 블라우스는 생각보다 더 잘 어울렸다. 타오는 선물이 아주 마음에 든다며 리엔을 꼭 안아주고 집을 나섰다.

생일파티라는 말에 늦을 거라고 생각했지만 타오는 새벽이 되어도 돌아오지 않았다. 걱정스러운 마음에 전화를 걸어보았지만 그마저도 받지 않았다. 이틀 뒤 경찰에서 연락이 왔다. 사이공강 터널공원의 수풀에서 시체로 발견되었다고 했다.

타오 친구들의 증언에 따르면 파티가 끝날 즈음 누군가에게 걸려온 전화 때문에 기분이 안 좋았다고 한다. 타오와 몇 달 사귀다 헤어진 남자였는데 계속 타오에게 전화를 걸어 귀찮게 하고 있다는 것이다. 타오에게는 흔한 일이라 친구들은 별로 관심을 두지 않았다. 가게를 나와 친구들과 헤어질 때도 집으로 돌아가기 전 다른 약속이 있다는 말에 이번에는 또 어떤 남자를 만나는 거냐며 놀렸다고 했다.

친구들과 헤어진 장소에서 타오가 시체로 발견된 터널공원까지 경찰이 그날 밤의 흔적을 좇아 조사하고, 타오의 주변 남자들을 수사했지만 별다른 혐의점을 발견하지 못했다. 그날 만나기로 했던 남자가 의심을 받았지만 타오가 약속장소에 오지도 않고, 연락도 받지 않아 그냥 집으로 돌아간 것으로 밝혀졌다. 타오의 사건은 미제로 남았다.

타오의 죽음은 많은 것을 바꿔놓았다. 타오가 없는 거리는 더이상 즐겁지 않았다. 타오가 일하던 가게는 어느새 다른 직원으로 채워지고 사람들은 여전히 웃고 떠들며 술을 마셨다. 많은 사람이 타오를 기억했지만 잠시뿐이었다. 시간이 지나자 곧 타오는 잊혀졌다.

리엔은 유품을 정리하며 한국으로 가고 싶다고 했던 타오의 말이 빈말이 아니라는 것을 알았다. 한국에 대한 책자와 사진들이 있었다. 책장 사이에 국제결혼 신청서류가 끼워져 있었다.

집 근처에서 시동을 끈 리엔은 스쿠터를 끌고 대문 앞까지 갔다. 도둑고양이처럼 조심스러운 발걸음으로 대문을 열고 스쿠터를 아래채에 들여놓은 후 현관문으로 들어서는데 방문이 열렸다. 남편이 리엔을 노려보고 있었다.

"뭐하는 거야?"

"어, 깼어? 이상한 소리가 나서 밖에 잠깐 나가봤어."

"거짓말. 스쿠터까지 타고 어딜 다녀온 거야?"

남편은 스쿠터가 없어진 걸 이미 알고 있었다. 아마도 잠에서 깨어 아내를 찾다가 마당까지 나와본 모양이었다.

"……그냥, 바람 좀 쐬고 왔어."

"이 밤에, 이렇게 컴컴한데? 그걸 믿으란 거야?"

자신이 생각해도 핑계가 너무 허술했다. 하지만 흐엉의 남편이 의심스러워서 이 시간에 그의 집까지 가봤다는 말을 할 수는 없었다. 사실을 말하면 제정신이냐고 화를 낼 게 분명하다.

리엔은 서둘러 남편의 팔을 잡아끌며 방으로 들어갔다. 괜히 시어머니까지 깨울까봐 신경이 쓰였다.

"어머니 깨겠어. 들어가, 들어가서 얘기해."

방으로 들어온 남편은 자리에 앉아 팔짱을 끼고 리엔을 쳐다보았다. 남편이 생각보다 화가 많이 났다는 것을 알아챘다. 가볍게 넘어갈 상황이 아니었다. 리엔은 남편 앞에 다소곳이 앉았다.

"말해봐, 이 밤에 도대체 어딜 다녀온 거야?"

"……"

리엔은 망설였다. 계속 거짓말을 해서 밀어붙일 것인지, 아니면 사실을 이야기할 것인지. 리엔이 말을 꺼내지 못하고 머뭇거리는 모습을 본 남편이 목소리를 높였다.

"너 내가 만만하지? 모른 척 넘어가니까 진짜 모르는 줄 알지?"

"무, 무슨 소리야?"

"앞으로 센터고 뭐고 없는 줄 알아. 외출금지야."

리엔은 어이가 없었다. 갑자기 센터 얘기는 왜 나오고 외출금지는 또 뭔가 싶었다. 어린애도 아니고, 성인인 자신에게 이런 말을 한다는 게 믿기지 않았다. 황당해서 웃음이 새어나왔다.

"웃어? 너 지금 내 말이 우습냐?"

"내가 어린애야? 당신이 뭔데 외출을 금지해?"

목소리가 커지자, 누가 업어가도 모를 정도로 통잠을 자는 초희도 잠투정을 하며 칭얼거렸다. 리엔은 얼른 초희의 가슴을 토닥이며 다시 잠을 재웠다.

"센터 핑계로 사람들 만나서 노닥거리고 수시로 나가서 놀더니, 이제는 야밤에 도둑고양이처럼 기어나가? 그러고도 큰소리야?"

그렇지 않아도 센터에 나가는 날이면 남편은 수업 끝나고 제때 오라고 한마디씩 했었다. 하지만 일주일에 한 번 시내를 나가는 리엔의 입장에서는 그날만큼은 방해받지 않고 친구도 만나며 자기 시간을 가지고 싶었다. 히엔의 식당에서 놀다가 저녁을 하기 전에는 집으로 돌아왔다. 남편에게 이런 말을 들을 정도로 잘못했다고는 생각하지 않았다. 남편도 그 정도는 이해하고 있다고 생각했다.

최근에는 흐엉의 일 때문에 핑계를 대고 나갔지만 친구들과 만나는 시간까지 간섭을 받아야 하나 싶어 짜증이 일었다. 참고 사는 걸로 치자면 리엔도 할말이 많았다.

"말해봐. 도대체 이 시간에 나가서 뭘 하다 왔는데. 맨날 베트남 식당 가더니 남자라도 생겼냐?"

"지금 내가 남자를 만나러 나갔다는 거야?"

엉뚱한 곳으로 화제가 옮겨가자 리엔은 어이가 없었다.

"그게 아니면 왜 말을 못하는 건데? 또 거짓말로 어물쩍 넘어가려고?"

결국 초희가 잠에서 깨 울기 시작했다. 리엔은 얼른 초희를 품에 안고 다독이면서 눈으로는 남편을 째려보았다.

남자라고? 어떻게 그런 생각을 할 수가 있지? 서로에 대한 믿음이 고작 이 정도였나?

오늘밤 일은 자신이 잘못했다는 것을 알고 있다. 그렇지만 자꾸만 따지고 드는 남편의 모습에 기분이 나빠져 이제는 변명이든 뭐든 말을 꺼내기도 싫어졌다.

화가 난 표정으로 리엔을 쳐다보던 남편이 옆에 있던 베개를 집어던졌다.

베개에 머리를 맞은 리엔은 그동안 참아왔던 불만을 터뜨렸다. 화가 나니 모국어가 튀어나왔다. 폭포수처럼 쏟아지는 낯선 언어에 잠시 멈칫하던 남편은 점점 커지는 초희의 울음소리와 아내의 말소리를 견디다못해 고함을 질렀다.

"시끄러워, 조용히 해!"

남편의 고함소리에 기다렸다는 듯 방문이 벌컥 열렸다. 시어머니가 잔뜩 화난 목소리로 말했다.

"조용히 못해? 동네 사람 다 깨울 거냐?"

그 말에 남편도 리엔도 입을 다물었다. 시어머니는 혀를 차며 한심하다는 듯 보다가 자리를 떴다. 남편도 리엔의 옆에 떨어진 자신의 베개를 집어들더니 방을 나가버렸다. 마루에서 잘 모양이다.

리엔은 울먹거리는 초희를 안고 등을 토닥여주면서 왜 일이 이렇게 커져버렸는지 생각했다.

남편도 흐엉의 죽음을 알고 있으니 있는 그대로 말할 수도 있었다. 하지만 그게 얼마나 이상하게 들릴지 아는 리엔은 쉽게 말을 꺼낼 수 없었다. 낮도 아니고 이 깊은 밤에 외간 남자를 살펴보겠다고 집 주변을 서성거리는 아내라니, 괜히 남편에게 더 큰 오해를 살 것 같았다.

리엔도 자신의 행동이 지나치다는 것을 알고 있었다. 왜 나는 흐엉의 죽음을 받아들이지 못하고 안 하던 짓을 하는 것일까?

그것은 타오 때문이다.

스쿠터를 타고 돌아오면서 리엔은 계속 타오 생각을 했다.

누가 범인인지 잡지도 못하고 끝나버린 그 사건은 리엔의 마음속 깊은 곳에 상처로 남았다. 애써 외면하고 살던 그 상처가 흐엉의 죽음으로 인해 다시 수면 위로 떠오른 것이다. 얼굴이 닮아서인지 왠지 타오의 죽음을 두 번 겪는 것 같았다. 그리고 타오의 죽음도, 흐엉의 죽음도 자신에게 책임이 있는 것처럼 느껴졌다.

함께 살면서도 타오의 사생활은 타오가 알아서 할 일이라고 생각해서 신경쓰지 않았다. 아니, 어쩌면 그건 핑계일 뿐이었다. 리엔도 자기 일로 바빠 동생을 챙길 여유가 없었다. 타오가 죽고 나서야 후회했지만 이미 늦어버렸다.

리엔은 이제야 자신이 도망쳤다는 것을 깨달았다. 타오의 죽음을 견디지 못해 아무도 모르는 낯선 곳에 날아와 온몸에 잔뜩 힘을 준 채 살았다. 낯선 곳에 적응하고 사느라 이를 악물고 마사지를 하던 때보다 더 손에 힘을 주며 기를 쓰고 살았다. 그 덕분에 타오를 조금씩 잊을 수 있었다.

한국에서의 생활이 조금씩 익숙해지면서 긴장감이 풀어지기는 했지만 여전히 버스에서 낯선 사람의 시선을 받을 때면 목덜미가 뻣뻣해지고 숨을 쉬는 것조차 조심스러웠다. 그나마 센터를 알게 되어 같은 처지에 있는 사람들을 만나면서 외로움도 달래고 집안에서 쌓인 스트레스도 풀었다.

리엔은 남편의 빈 잠자리를 쳐다보았다.

부부라는 게 얼마나 쉽게 지옥과 천국을 넘나드는지. 작은 배려 하나에 마음이 뭉클해지다가도 날 선 말 한마디에 심장이 얼어붙는다. 일일이 들춰내지 않아 그렇지 하나씩 뾰쪽하게 가시를 세우다 또 스르르 가라앉히고 지나간 적이 한두 번이 아니다. 결혼생활을 십 년 가까이 했지만 이렇게 남편의 말에 상처받고 가시가 깊이 박힐 때면 내가 왜 이 낯선 곳에 와서 살고 있나 하는 생각이 들곤 했다. 여전히 자신은 뿌리를 내리지 못하고 수면 위에서 흔들리는 부초 같다는 느낌이 들었다. 이방인만이 느끼는 이 소외감은 말로 설명할 수 있는 것이 아니었다.

리엔은 이부자리에 누워 만약 남편이 없고, 이 집을 떠난다면 어떻게 살아갈 수 있을지를 고민했다.

메이는 남편의 술주정과 폭력에 못 견뎌 여성의 집으로 피신했다가 집으로 돌아가는 일을 두 번이나 반복한 뒤 결국 이혼을 했다. 그후 여성의 집에서 알선해준 원룸에 살며 이른 새벽부터 점심때까지 빌딩을 청소하는 일을 맡았다. 계단을 닦고 화장실을 청소하며 겨우 먹고살 정도의 월급을 받으면서도 메이는 마음만큼은 편하다고 했다. 오후에는 한국어 전문반 수업을 듣는다. 몇 년이나 계속 강습을 받는 건 앞으로 좀더 나은 직장을 잡기 위한 준비였다.

나도 메이처럼 살 수 있을까? 때로는 아무리 노력해도 문화와 사고방식이 다른 남편과 자신 사이에 커다란 장벽이 놓여 있다는 기분이 든다. 혼자 살면 차라리 마음이 편해질까?

이리저리 뒤척이며 생각을 거듭하느라 리엔은 오래도록 잠이 들지 못했다.

5

남편과 말을 하지 않은 채 일주일이 흘러갔다.

리엔은 뭍에 나온 조개처럼 입을 단단히 악물고 남편과는 가급적 시선도 맞추지 않으려고 애쓰며 일에만 집중했다.

남편은 아침에 일어나 시장까지 어머니를 데려다주고 돌아와 밭에서 일을 하거나 동네 일을 보거나 하며 바쁘게 움직였다. 그래서 둘이 함께 있는 시간은 많지 않았다. 예전 같으면 밭일을 돕거나 새참을 해서 날랐을 텐데 리엔도 아예 손을 놓아버렸다.

같이 있는 시간이 적다보니 말을 하지 않아도 불편하지 않았다. 할 얘기가 있으면 초희를 앞세워 이야기를 전했다. 그래도 마음 한편에는 남편이 했던 말들이 신경쓰여 그 주에는 한식조리사 수업도 쉬었다. 히엔과 메이에게 전화가 와도 밭일이 바쁘다며 서둘러 끊었다.

외출금지라고 말했지만 막상 리엔이 일주일이 되도록 집에서 단 한 발짝도 나가지 않자 남편도 신경이 쓰이는 눈치였다. 남편이 리엔의 눈치를 보며 주위를 맴돌기 시작했다. 리엔은 남편의 말에 서운한 것도 있었지만 자신이 흐엉의 죽임에 지나치게 몰입하고 있다는 것을 깨달았다. 가급적 흐엉의 일에서 떨어져 있고 싶었다.

점심 준비를 하고 있는데 남편이 들어오더니 리엔의 어깨를 툭 치며 조그만 상자를 하나 내밀었다. 뭔가 싶어 남편의 얼굴을 쳐다보다가 받았다. 남편은 별말도 없이 밖으로 나가버렸다.

리엔은 수건으로 손에 묻은 물기를 닦고 상자를 열어보았다. 안에는 별 모양의 펜던트가 달린 금목걸이가 들어 있었다. 배시시 웃음이 새어나왔다. 남편과 구 년을 살면서 느낀 것이지만 그는 마음이 모질지 못하다. 누구와 싸워도 자신이 먼저 얼른 그런 긴장 상태를 풀어야 속이 편한 사람이다. 어쩌면 그런 남편의 성격을 알기에 말을 안 하고 버텼는지도 모른다.

리엔은 냉동실에 있는 고기를 꺼냈다. 더위에 힘들게 일하는 남편을 위해 고기라도 구워야겠다는 생각이 들었다. 마당 한편에 있는 텃밭에 나가 상추를 따고 있는데 핸드폰이 울렸다. 히엔이었다. 받지 않을까 하다가 그동안의 일도 궁금하고 해서 전화를 받았다.

"왜 이렇게 전화를 안 받았어?"

"바빴어. 알잖아, 요즘 농촌이 얼마나 바쁜지. 무슨 일이야?"

"흐엉네 부모님, 내일 베트남으로 돌아가신대."

"뭐? 어떻게 그렇게 갑자기? 범인은 잡은 거야?"

"그건…… 경찰도 손놓은 거 같던데?"

"흐엉의 묘는 어떻게 하기로 하고?"

"그게……, 흐엉의 유골을 가지고 돌아가기로 했나봐."

"뭐? 그놈한테는 아무 책임도 묻지 않고?"

"흐엉의 남편이 죄송하다며 돈을 주기로 했다나봐. 안씨가 화이의 부탁으로 함께 만났는데, 그뒤로 마음이 좀 풀린 모양이야."

히엔의 말에 머리가 차가워졌다. 돈이 아무리 좋아도 그렇지 딸의 억울한 죽음을 풀지도 않고 그대로 가버린다니, 왠지 맥이 빠졌다.

"도대체 얼마나 큰돈을 주길래, 마음이 이렇게 금방 풀린 거야?"

"삼천만 원."

"삼천만 원?"

"그래 삼천만 원."

"갑자기 그런 돈이 어디서 생겨서?"

"그거야 모르지. 아무튼 흐엉의 부모님은 이미 흐엉도 죽고

없는데 여기 더 있을 이유가 없다고 하셨어. 더 머물 형편도
아닌가봐."

흐엉 죽음의 무게가 고작 삼천만 원인가. 물론 흐엉의 가족
은 쉽게 만져보기 힘든 큰돈이겠지만 사위에게 따지던 흐엉의
아버지를 떠올리면 입맛이 씁쓸했다. 리엔은 이 상황을 받아
들이기 힘들었다.

리엔이 뭐라고 나설 일은 아니다. 흐엉의 가족들이 남편을
용서하고 돌아가기로 했다면 할말은 없다. 하지만…… 리엔은
그만 잊어버리자고 고개를 흔들었다. 히엔과의 통화를 머릿속
에서 지우고 점심 준비에 집중하려 했다. 하지만 직접 두 눈으
로 보았던 흐엉의 허름하던 집과 후줄근하던 흐엉 남편의 모
습이 계속 떠올랐다. 당장 삼백만 원도 없을 것 같았는데, 어
디서 삼천만 원이라는 돈이 생겼는지 의아한 생각이 들었다.

"엄마 고기 타!"

초희가 소리쳤다. 프라이팬에 양념고기를 얹어놓고 상추를
씻느라 잊고 있었다. 아니, 상추도 수돗물에 담가놓고 흐르는
물을 쳐다보기만 했다. 고기는 다행히 국물만 졸았을 뿐 타지
는 않았다.

"정신 차려 엄마!"

어린 초희가 보기에도 엄마의 상태가 이상했나보다. 한소리
건넨 초희가 걱정스러운 눈길로 쳐다본다.

"아빠한테 점심 드시라고 해."

리엔은 얼른 가스불을 끄고 상을 차렸다. 곧 남편이 초희의 손을 잡고 들어왔다. 거실로 들어온 남편은 리엔의 표정을 살폈다. 선물을 줬는데도 생각보다 표정이 좋지 않자 입가에 미소가 사라졌다.

남편은 별말 없이 자리를 잡고 앉아 먹기 시작했다.

"여보, 나 부탁이 있어."

밥을 먹다 말고 남편이 긴장한 표정으로 리엔을 쳐다보았다.

"얼마 전에 흐엉의 부모님이 한국에 왔어."

남편은 말없이 고개를 끄덕였다.

"……흐엉의 유골을 가지고 내일 돌아간대. 가기 전에 만나서 인사를 하고 싶어."

"……밥 먹어."

"여보—"

"알았으니까 밥 먹으라고. 데려다줄게."

선선히 데려다주겠다는 남편의 말이 금목걸이보다 더 고마웠다.

남편의 트럭에 올라타 시내로 향하는 리엔의 마음은 복잡했다. 시선을 창밖에 두고 있었지만 무엇도 눈에 들어오지 않았다.

"……그래서 심란했던 거야?"

남편의 말에 정신을 차리고 고개를 돌리자 그가 말을 이었다.

"당신 동생이랑 닮았다고 했었지?"

남편은 흐엉을 데려다주고 집으로 돌아올 때 했던 말을 기억하고 있었다.

"맘이 많이 힘들었겠네. ……그래도 밤에 오토바이 타는 건 위험해."

남편은 리엔의 밤 외출을 그렇게 이해한 모양이었다.

하고 싶은 말이 많았지만 자신의 마음속에 일고 있는 회오리를 제대로 설명할 수 없어 리엔은 입을 닫았다. 마음 깊은 곳에 눌러두었던 타오에 대한 기억은 그리움과 후회가 뒤섞인 죄책감으로 떠올랐다. 오래도록 피하고 싶었던 아픈 기억을 다시 떠올리는 게 고통스러웠다. 타오의 기억이 흐엉의 죽음과 겹쳐 리엔을 잠 못 들게 했다.

남편은 리엔을 식당 앞에 내려주고 종묘상에서 몇 가지 살게 있다며 자리를 떠났다. 일 끝나면 전화하라는 말에 고개를 끄덕이고 히엔의 식당으로 들어갔다.

히엔이 손을 흔들며 리엔을 반겼다. 식당 한편에 흐엉의 남편과 화이, 안씨가 앉아 있었다. 점심시간이 지난 식당은 한산했다. 분짜를 먹는 커플 손님이 전부였고 그들도 곧 식사를 끝내고 식당을 나갔다.

리엔은 흐엉의 남편과 화이가 있는 테이블 옆에 자리를 잡고 앉았다. 흐엉의 남편은 리엔을 힐끗 보다가 시선을 거두고 하던 말을 계속했다.

"……와서 봤으니 알겠지만 형편이 좋지 않아요. ……이게 제가 구할 수 있는 최대한입니다. 흐엉은 고향집에 잘 묻어주세요."

흐엉의 남편이 은행 이름이 적힌 봉투를 내밀었다. 삼천만 원이 들어 있다고 하기엔 부피가 너무 작아 보였다. 그 옆에 보자기에 싼 흐엉의 유골함도 내려놓았다. 화이는 그가 내민 봉투와 유골함을 묵묵히 쳐다보았다.

흐엉의 남편은 고개를 숙이고 "죄송합니다" 하고 중얼거렸다. 한동안 입을 다물고 있던 화이가 덩달아 고개를 숙였다.

"갑작스러운 사고를 누가 막을 수 있겠어요? 부모님도 어쩔 수 없는 상황이라는 걸 이해하셨어요."

안씨가 통역하려는 걸 리엔이 옆에서 거들었다.

"화이, 정말 이렇게 끝내고 돌아가려구요? 흐엉이 불쌍하지도 않아요?"

"부모님이 힘들어하세요. 남은 사람끼리 실랑이를 해봐야 흐엉도 맘 편히 못 떠날 거라고, 고향에서 제대로 흐엉의 제사를 지내고 보내주는 게 좋겠다고 하셨어요."

리엔은 돈봉투를 가리키며 흐엉의 남편에게 물었다.

"이 돈은 어디서 났어요?"

리엔의 질문에 황당한 표정을 짓던 흐엉의 남편은 불쾌한 듯 노려보다 입을 열었다.

"친구한테 빌렸어요. 흐엉 가족도 한국 오느라 경비를 빌렸을 텐데 빈손으로 보낼 수 없잖아요? 가족도 아니면서 남의 일에 나서지 말아요."

히엔도 슬쩍 뒤로 와서 리엔의 어깨에 손을 올렸다. 그만하라는 의미였다. 그의 말대로 더이상 나서서 말할 입장이 아니었다. 흐엉의 남편이 그동안 흐엉에게 어떤 짓을 했든 그걸 유족에게까지 밝혀 또다른 상처를 만들고 싶지는 않았다. 리엔은 입을 다물었다. 흐엉의 남편이 하는 행동에 진심이 담겨 있다는 생각은 들지 않았지만 흐엉을 위해 더이상 묻지 않기로 했다.

흐엉의 남편이 먼저 자리를 떠났다. 화이도 돈봉투를 가방에 챙기고 유골함을 가슴에 안더니 부모님이 기다린다며 숙소로 돌아갔다.

그들이 돌아간 뒤 리엔은 왠지 맥이 풀려 의자에 털썩 주저앉았다. 무력함에 온몸의 기운이 빠져나가는 느낌이었다. 리엔의 표정을 읽은 히엔이 곁에 다가와 앉았다.

"리엔, 흐엉이 동생과 닮아서 더 마음이 가는 건 알겠는데, 이제는 잊어버려. 흐엉은 가족 품으로 돌아간 거야."

"고생해서 여기까지 왔는데, 왜 이렇게 끝이 나야 해? 그동안 흐엉을 괴롭히던 저 남자를 그냥 내버려두라고?"

히엔이 리엔의 팔을 감싸안고 쓰다듬어주었다. 왠지 눈물이 쏟아질 것 같았다. 흐엉의 몸에 새겨진 멍을 직접 본 리엔은 흐엉의 남편을 향한 분노가 쉽게 풀리지 않았다.

"흐엉을 때렸던 건 맞지만 그것 때문에 흐엉이 죽은 건 아니잖아?"

리엔을 위로하기 위해 하는 말이었지만 왠지 모르게 거부감이 일었다.

안개처럼 뿌연 부유물들이 시야를 막고 있어 아무것도 보이지 않는다. 이 안개가 걷히면, 흐엉의 죽음에 그가 어떤 식으로 연결되어 있는지 선명하게 보일 것만 같았다. 분명 그는 흐엉의 죽음에 책임이 있다. 그렇지 않으면 설명되지 않는 것들이 너무 많다.

그날 밤 텔레비전을 보고 웃던 그의 웃음소리가 귓가에서 맴돌았다. 그 모습을 기억하는 리엔에게는 아내의 죽음을 슬퍼하고 처갓집 식구를 위로하기 위해 돈을 구해와 고개를 숙이는 모습이 가증스럽게 느껴질 수밖에 없다.

리엔은 어떻게 해서든 그의 가면을 벗기고 싶었다. 하지만 자신의 능력으로는 한발도 앞으로 더 나아가지 못하고 있다. 타오 때처럼 또 외면하고 먼 곳으로 도망쳐야 하나? 왠지 서글펐다.

"이제 생각났어!"

갑자기 안씨가 큰 소리를 냈다. 테이블에 앉아 있던 리엔과 히엔은 깜짝 놀라 안씨를 쳐다보았다. 리엔이 들어온 뒤로 내내 아무 말이 없던 안씨였다.

"흐엉의 집에 갔던 날 기억나요?"

안씨가 리엔에게 물었다.

"흐엉 부모님과 함께 갔던 날 말이에요."

"예, 그날이 왜요?"

"내가 주차를 할 때 근처에 승용차가 한 대 있었거든요."

리엔은 전혀 기억에 없는 얘기라 뭐라 답해야 할지 몰라 머뭇거렸다. 안씨는 운전을 하는 사람이라 공터에 있던 자동차를 흘려 보지 않았던 모양이다.

"그냥 그런가보다 했는데, 아무리 생각해도 그 차가 그 남자의 차라는 생각이 들어요."

"그 남자요? 흐엉의 남편요?"

"아니, 남편 말고 그때 마주쳤던 남자 있잖아요. 흐엉 남편이 급하게 내보냈던 그 사람."

"아, 기억나요. 그 사람이 왜요?"

"잊어먹고 있었는데 돈 하니까, 거기 서 있던 차 문에 생명보험이라고 적혀 있었거든요. 그래, 우리가 다시 나와서 흐엉이 죽은 곳으로 걸어갈 때는 그 차가 없었어. 와, 왜 그 생각을 못했을까?"

리엔은 안씨의 말을 듣고도 그가 왜 이렇게 흥분하는지 선뜻 깨닫지 못했다. 흐엉의 집을 방문했던 남자와 그의 자동차를 기억해낸 것이 이렇게 중요한 일인가 싶었다.

"뭔데 그래? 좀 알아듣게 얘기해요."

히엔이 안씨를 채근했다. 그제야 정신이 든 안씨는 리엔과 히엔의 얼굴을 쳐다보다 조심스럽게 말했다.

"나중에, 확실해지면 그때 얘기해줄게요."

안씨는 친구에게 전화를 해봐야겠다며 주방 쪽으로 들어갔다. 리엔도 자리에서 일어났다. 여러 가지로 마음이 복잡해서 돌아가 쉬고 싶었다.

"갈게."

식당에서 나오자 주차장에 서 있는 남편의 트럭이 보였다.

"일찍 왔네? 들어오지 왜 밖에서 기다려……"

"일 다 봤어?"

리엔이 조수석에 올라타자 남편은 얼른 비닐봉지를 치워 자리를 만들어주었다. 리엔은 안전벨트를 매고 남편 손에 들린 비닐봉지를 받았다.

"뭐 샀어?"

"어, 이제 김장배추 심어야지."

봉투를 열어보니 배추와 열무, 무 등의 종자봉지가 들어 있다. 이제 가을농사를 시작할 때가 된 것이다. 배추는 모종을 만들어서 옮겨 심어야 하고 무는 흙을 고른 뒤 그대로 뿌린다.

"벌써 고추 다 했어요?"

남편의 밭은 한시도 쉴 틈이 없다. 어느 정도 고추를 수확했다 싶으면 아예 뿌리를 뽑아 밭을 정리하고 퇴비를 뿌려 다시 배추 모종을 심을 준비를 해야 한다.

뽑은 고춧대는 일일이 고추를 다 따서 분류한다. 붉은 고추는 말려서 고춧가루를 만들고 아직 채 익지 않은 것들은 그대로 내다팔거나 장아찌를 만들고, 더 작은 것들은 튀각을 만들어서 팔기도 한다. 몸을 움직이면 움직이는 만큼 돈이 된다.

일일이 고추를 따서 장아찌를 담거나, 쪄서 말린 고추에 찹쌀풀을 바르는 것은 리엔의 일이다. 그렇게 리엔의 공이 들어간 것의 수입은 고스란히 리엔의 차지였다. 시어머니는 아들이 지은 농사는 수입의 반을 나누어 자기 몫을 챙겼지만 며느리가 고생해서 만든 반찬의 수익은 동전 한푼 빼지 않고 건네주었다.

오는 것이 있으면 가는 것이 있다. 리엔은 그렇게 모은 돈으로 이따금 시어머니의 겨울 점퍼를 사거나 털모자를 샀다. 그러면 시어머니는 겨우내 그것만 입고 시장을 다닌다. 겉으로는 무뚝뚝해 보이지만 알게 모르게 잔정을 느끼게 했다.

집으로 돌아온 리엔은 골치 아픈 일들을 잊기 위해 냉장고

청소를 시작했다.

냉동실 안에 든 것을 하나씩 꺼내 정리하는데 몇 년씩 묵은 것도 있었다. 먹지도 못할 것들을 집어넣고 어느새 잊어버린다. 머릿속에 꽁꽁 묶어둔 기억 중에도 분명 이렇게 폐기처분되어야 할 것이 있을 테다. 언젠가 이렇게 머릿속을 싹 비울 날이 올까?

가장 먼저 타오의 기억을 꺼내 지우고 싶었다. 너무 아픈 기억을 오래 담아두었다.

아홉시가 넘어 잠자리에 들려고 할 즈음 히엔에게서 문자가 왔다. 이제 막 잠이 든 남편의 눈치를 살피며 거실로 나가 전화를 걸었다.

"무슨 일이야?"

"놀라지 마. 흐엉의 남편이 흐엉 앞으로 생명보험을 들어놓았는데, 보험금이 칠억이래."

"생명보험? 그게 무슨 소리야?"

"흐엉이 죽게 되면 흐엉의 남편이 칠억을 받는 보험을 들었다는 거야. 안씨가 보험 일 하는 친구에게 물어봐서 그 남자를 찾아냈대. 조금 전에 만나고 왔어. 기다려봐."

안씨가 전화를 건네받았다. 리엔은 아직도 히엔에게 들은 이야기가 머릿속에 완전히 입력이 되지 않은 상태였다.

"리엔, 듣고 있어요? 그 남자를 만났어요. 흐엉의 보험금을 물어보니까 처음엔 알려줄 수 없다고 하더라고요. 그날 흐엉의 부모님을 보지 않았느냐고 설득하니까 결국 얘기했어요. 남편이 보험을 네 개 들었대요. 한 개는 자기 거고 세 개는 흐엉 거."

"……흐엉이 죽으면 남편이 돈을 받는다고요?"

"며칠 전에 이억짜리 보험금은 지급이 됐대요. 아마 그래서 흐엉 가족에게 삼천만 원을 준 거 같아요. 얼른 베트남으로 돌려보내려고요."

그래, 뭔가 있을 줄 알았어. 흐엉이 갑자기 어두운 도로에 나가 자동차 사고를 당하는 것부터 너무 부자연스러웠지. 리엔은 이 사건의 본질을 깨닫고 등줄기에 소름이 돋았다. 흐엉을 죽여서 돈을 벌려고 하다니. 자기 아내를 때리는 것으로도 부족해 그런 끔찍한 생각을 하고 그걸 실행에 옮겼다는 사실에 충격을 받았다.

"이제 어떻게 해요?"

"경찰에 제보할 거예요. 보험설계사도 우선 지급정지를 하고 경찰에 보험가입 사실을 제보하는 게 좋겠다고 했어요."

"그럼 남편은 이제 감옥에 가게 되나요?"

"아직 모르죠. 남편의 알리바이가 있어서요. 그래도 의심쩍은 정황증거가 나왔으니까 다시 조사를 하기는 할 거예요."

전화를 끊은 리엔은 한동안 멍하니 앉아 있었다. 이 끔찍한 사건의 껍질이 하나씩 벗겨져 실체가 드러났을 때 무엇을 보게 될지 두려워졌다. 흐엉의 남편은 리엔이 상상하던 것보다 훨씬 악질이고 잔인한 인간이었다.

방으로 들어오자 남편이 잠에서 깨어나 앉아 있었다.

"누구 전화야?"

"히엔 부부. 우리도 보험이란 거 들었어?"

"보험? 갑자기 보험은 왜?"

"궁금해서."

"들었지. 실비보험이랑 초희 교육보험, 암보험, 자동차보험."

"내가 죽으면 당신도 돈 받아?"

"뭔 소리야? 내가 죽으면 당신이랑 초희가 돈을 받겠지. 왜, 보험 하나 들고 싶어?"

"아니. 자요."

리엔은 방금 들은 이야기를 남편에게 전하고 싶지 않았다. 그런 끔찍한 일을 입에 올리기도 싫었고, 남편의 머릿속에 심어질까 꺼림칙했다.

리엔은 손끝이 저릿저릿해지는 것을 느꼈다. 이번에는 경찰이 제대로 수사해서 흐엉의 남편을 감옥으로 보내길 빌었다.

6

흐엉의 남편이 감옥에 가는 일은 일어나지 않았다. 구속이나 기소조차 되지 않았다.

경찰에 불려가 재조사를 받았으나 그의 알리바이는 완벽했다. 마을회관에서 청년회장과 술을 마셨고, 회관에 불이 켜져 있는 걸 본 부녀회장까지 잠깐 들러 술을 한잔 얻어 마시고 돌아갔다며 귀가 시간을 증언했다. 한 사람이라면 의심해볼 만하지만 두 사람의 증언이 알리바이의 신빙성을 더했다.

생명보험을 여러 개 든 것에 대해서도 조사를 받았다. 하지만 흐엉의 남편은 정상적인 가입이었고 흐엉의 보험만 든 게 아니라 아내인 흐엉이 수익자로 설정된 보험도 있었기에 자신을 범죄자로 모는 것은 억울하다며 수사진에게 강력하게 항의했다고 한다.

결정적이게도 흐엉의 남편에게는 자동차가 없었다. 범행에 쓰인 도구가 없는 셈이다.

경찰이 우왕좌왕하는 사이 현장의 증거도 이미 사라졌고 부검할 수 있는 기회도 놓쳤다. 금방이라도 잡힐 것 같던 범인은 그렇게 모래처럼 손가락 사이를 빠져나갔다.

밭에 심었던 새끼손가락보다 작은 배추모종이 수확을 해야 할 정도로 자라는 동안 리엔은 이 선생 혹은 안씨를 통해 소식을 들었다. 이따금 남편까지 동네에 떠돌고 있는 소문을 말해 주었지만 좋은 소식은 없었다.

초희의 겨울옷을 사기 위해 시내에 나간 리엔은 쇼핑몰을 향해 걸어가다가 생각지도 않게 흐엉의 남편과 마주쳤다.

처음에는 흐엉의 남편인지도 알아보지 못했다. 누군가 시끄럽게 떠드는 소리에 무심코 돌아보다 그를 발견했고 뒤늦게 흐엉의 남편이라는 것을 깨달았다. 리엔은 걸음을 멈추고 그를 지켜보았다. 어울리지 않는 새 옷과 번쩍거리는 구두가 눈에 먼저 들어왔다. 두 달 전 봤을 때의 후줄근한 모습은 간데없고 돈 자랑을 하고 싶어 안달이라도 난 사람처럼 치장을 하고 있었다.

횡단보도 앞에서 선 그는 다른 사람들이 힐끗거리며 쳐다볼 정도로 요란하게 통화를 했다. 핸드폰을 든 손에도 굵은 금팔찌가 감겨 있었다.

"아, 그 새끼는 맨날 돈 따면 일찍 가더라. 다음에도 그러면 안 끼워준다고 해."

친구와 통화하는 것 같았다. 듣고 싶지 않아도 무슨 내용인지 다 알 수 있을 정도였다. 그는 횡단보도를 건너면서도 시시덕거리며 통화를 했다. 리엔은 자기도 모르게 그의 뒤를 따라갔다. 왜 따라가는지는 모른다. 그냥 자석에 끌린 듯 발이 움직였다.

"알았어. 내일 저녁에 보자."

전화를 마친 그가 걸음을 멈추더니 뒤를 돌아 리엔의 앞을 가로막았다. 놀란 리엔은 그 자리에 멈춰 섰다.

"뭐야? 너 뭔데…… 누가 따라오나 했더니 그 오지랖 넓은 년이네?"

리엔을 알아본 눈치였다. 히엔의 식당에서 봤을 때와는 딴판이었다. 어쩌면 이게 흐엉이 보던 그의 본모습일 거라는 생각이 들었다.

리엔은 말없이 그를 노려보았다. 뭐라고 해야 할까? 흐엉의 보험금으로 온몸을 치장한 그에게 흐엉을 대신해 세상에서 가장 나쁘고 못된 욕을 해주고 싶었다. 그렇지만 아무리 찾아도 이놈보다 더 나쁜 욕을 찾을 수가 없었다.

"또 뭔 참견을 하려고? 볼일 없으니까 꺼져."

리엔은 자신 앞에 침을 뱉고 돌아서는 그를 보다가 낮은 목소리로 중얼거렸다.

"……살인자."

그가 들은 모양이었다. 걸음을 옮기던 그는 다시 몸을 돌렸다.

"뭐?"

"살인자. 살인자라고! 당신은 살인자야! 당신이 흐엉을 죽였어!"

한번 입이 열리자 리엔은 미친듯이 소리쳤다.

"이년이 미쳤나?"

그의 손이 리엔의 멱살을 잡았다. 리엔은 단숨에 제압당했다. 그의 얼굴이 가까이 다가오자 리엔은 자신도 모르게 몸을 움츠렸다. 그의 눈빛에 살기가 느껴졌다.

"죽고 싶지 않으면 조용히 닥치고 있어. 마음먹으면 너 같은 거 죽이는 건 일도 아니야."

그는 주위에 사람들이 몰리자 리엔을 팽개친 뒤 얼른 택시를 잡아타고 그 자리를 떠났다.

얼어붙은 리엔은 한동안 자리에서 움직일 수가 없었다.

왜 호기를 부린 걸까? 제대로 상대할 능력도 안 되면서 왜 겁도 없이 덤볐을까? 무릎이 와들와들 떨리면서 마음 깊은 곳에서 분노가 치밀었다. 저런 놈에게 시원하게 욕 한마디 해주지 못하고 금세 두려움에 떠는 자신이 한심하기만 했다. 흐엉을 지키겠다고 말로만 떠들었지 실제로는 아무런 힘이 되지 못했다. 타오를 잃고 느꼈던 무력감이 다시 물밀듯 밀려들었다.

어딘가에 숨어 목놓아 울고 싶었다. 하지만 이 넓은 땅 어디에도 마음 놓고 울 수 있는 곳은 없었다.

리엔은 딸의 옷을 사는 것도 잊고 공원 벤치에 한참을 앉아 있다가 버스를 타기 위해 일어났다.

첫서리가 내리고 김장철이 되자 남편은 배추를 내다팔기 시작했다.

리엔은 이제 한식조리사 강습에 가지 않았다. 사람들을 만나는 것도 피곤했다. 그저 눈을 떴으니 하루를 시작하고 배가 고프니 밥을 먹고 할일이 눈에 보이니 일을 했다. 그렇게 시간을 보내니 무엇을 해도 즐겁지 않았다. 바쁘게 일을 할 때는 잊고 지냈지만 잠시 쉴 때면 우울한 기분이 밀려들었다. 타오의 죽음 이후 느꼈던 좌절감과 우울이 다시 리엔을 무기력하게 했다. 이대로는 안 되겠다 싶었다.

히엔을 만나서 이야기라도 나눠야겠다는 생각이 들었다. 모처럼의 외출이라 남편도 맘 편히 놀고 오라며 저녁은 알아서 챙겨먹겠다고 했다.

버스정류장에서 내려 히엔의 식당 쪽으로 걸어가고 있는데 뒤에서 누군가 부르는 소리가 들렸다.

"리엔―"

고개를 돌린 리엔은 자신을 부르는 사람의 얼굴을 확인하고는 들고 있던 가방을 떨어뜨릴 뻔했다. 여기서 만날 거라고는 생각지도 못한 사람이 서 있었다.

"뚜언?"

"그래, 나야. 설마 했는데 진짜 리엔이네. 어떻게 여기서 만나? 몇 년 만이지?"

그도 리엔을 만난 게 믿기지 않는지 놀란 얼굴이었다.

뚜언. 호찌민에 있을 때 만나던 남자다. 벌써 십 년 전 일이다.

"어떻게…… 어떻게 한국에 있어?"

"오 년 됐어. 안산에 있다가 이곳으로 온 지 한 일 년 됐나? 너도 한국에 온지는 몰랐네."

두툼한 점퍼를 입은 그의 모습이 낯설기만 했다. 찬찬히 얼굴을 들여다보니 호찌민에서의 기억이 하나둘 떠오르기 시작했다. 리엔은 고개를 흔들며 지난 생각들을 털어내고 웃으면서 말했다.

"나는 한국 남자와 결혼했어. 아이도 하나 있어."

얼핏 그의 얼굴에 실망스러운 표정이 지나갔다.

"너는?"

뚜언은 고개를 저으며 웃어 보였다. 너무 오랜만이라 그런지 무슨 말부터 꺼내야 할지 어색하기만 했다. 머뭇거리던 뚜언이 리엔의 팔을 잡아끌며 어디 가서 얘기를 좀 하자고 했다.

"저기 베트남 식당이 있어."

히엔의 식당으로 가려는 눈치라 리엔이 얼른 손을 뺐다. 왠지 히엔의 식당으로는 들어가고 싶지 않았다.

"다른 곳에 가자."

리엔이 먼저 발걸음을 옮기자 뚜언도 잠자코 리엔 곁으로 다가와 걷기 시작했다.

뚜언은 이 우연한 만남이 믿기지 않는다는 듯 몇 번이나 리엔을 쳐다보며 놀라워했다.

"너는 하나도 안 변했네. 정말 내가 기억하던 그대로야."

뚜언의 시선을 애써 외면하며 갈 만한 곳을 찾던 리엔의 눈에 인도 식당 간판이 보였다.

"여기 괜찮아?"

리엔의 질문에 뚜언은 보지도 않고 고개를 끄덕였다. 그의 눈은 리엔에게서 떨어질 줄 몰랐다.

입구로 올라가는 계단부터 고향과는 또다른 향신료 냄새가 풍겨왔다. 가게 안 좌석에는 붉고 푸른 천으로 가림막을 해두었다. 한낮인데도 실내는 어두웠다. 인도풍의 장식과 코끼리 동상이 눈에 들어왔다.

직원의 안내에 따라 자리에 앉고 보니 테이블마다 작은 초가 켜져 있었다.

마주앉은 뚜언의 얼굴에 흔들리는 불빛에 따라 그림자가 드리웠다. 뚜언의 눈이 불빛에 반짝거렸다. 코끝을 자극하는 향신료와 흔들리는 촛불이 묘한 분위기를 자아냈다. 정신이 아찔해지는 기분이었다.

십 년이라는 공백이 한순간에 메워졌다. 마치 어제 관광객 거리 뒷골목 카페에 마주앉아 커피를 마시고 오늘 다시 만난 것처럼 느껴졌다.

"어디에 있어?"

"여기 산업단지가 있어. 거기서 지내지. 하루종일 일만 해. 휴일에도 기숙사에서 잘 안 나오는데, 어쩐지 오늘은 나오고 싶은 거야. 여기에 베트남 사람들이 모이는 식당이 있다고 해서 가던 참인데, 널 만나게 될 줄은…… 생각도 못했어."

리엔은 아무 대답도 하지 않았다. 자신도 우울한 기분을 느끼다 모처럼 나온 것이지만, 괜히 그런 말을 했다가는 엉뚱한 오해를 살 것 같았다.

식사를 하면서 긴장으로 굳어 있던 마음이 조금씩 풀렸다. 추억을 하나씩 이야기하니 그때의 일이 하나둘 떠오르기 시작했다. 한때는 뚜언과 결혼할 생각도 했었다. 우리가 왜 헤어졌었지?

갑자기 뚜언이 맥주를 시켰다. 술을 마실 생각은 없었지만 한 잔만 하라며 따라주는 것을 거절하기 어려웠다. 한 모금에도 금세 얼굴이 달아올랐다.

가끔 타오와 함께 사이공강이 보이는 건물 옥상에 올라가 맥주를 마시던 일이 생각났다. 타오와 다르게 리엔은 술을 못했다. 두 모금 마시고 얼굴이 빨개지면 타오는 언니를 놀리며 남은 술을 모두 마셨다.

타오에 대한 생각은 자연스럽게 흐엉으로 이어졌다. 리엔은 또다시 마음 깊은 곳에 고통이 번지는 기분이 들어 흐엉에 대한 생각을 얼른 털어내려고 애썼다.

"이렇게 고향에서 멀리 떨어진 나라에 와서 널 만나니까 이
상하다. 좀더 일찍 만났으면 좋았을 텐데."

"왜?"

취업비자가 더는 연장이 안 된다고 했다. 몇 개월 뒤면 돌아
가야 한단다. 불법체류를 하며 계속 있을 수도 있지만 그러면
한국에 돌아올 기회를 영영 잃어버리게 된다.

"고향에 가고 싶지 않아?"

뚜언의 질문에 리엔은 잠시 부모님 집과 타오를 떠올렸다.
이미 그곳을 떠나 온 지 십 년이다. 이제는 이곳이 리엔의 집
이 되었다.

"가끔 호찌민 살 때 꿈을 꾸긴 해. 일 끝나고 타오와 야시장
에 가서 반쎄오와 함께 먹던 맥주 한 모금. 술을 잘 마셨으면
타오와 더 많은 이야기를 나누었을 텐데…… 타오 기억나지?"

"알지. 몇 번 만났잖아."

"맞아 그랬었지……"

생각해보니 몇 번 함께 만나 어울렸다. 영화도 보고 식사도
하고. 서너 번 어울린 뒤로 타오는 함께 만나는 자리를 피했
다. 그때부터 노골적으로 뚜언을 싫어하는 티를 냈다. 뚜언을
만나고 온 날이면 "언니에게는 더 좋은 남자가 나타날 거야"
라며 결혼은 생각도 하지 말라고 했다.

"내가 왜 한국에 왔는지 알아? 그건 타오의 꿈이었어. 타오가 없는 호찌민은…… 가고 싶지 않아."

"……나도 그땐 충격이었어. 생일날 그렇게 죽다니…… 많이 힘들었지?"

뚜언이 타오가 죽던 날에 대해 이야기하자 등줄기로 서늘한 기운이 스쳤다. 리엔은 얼른 화제를 돌렸다.

"돈은 많이 모았어? 베트남으로 돌아가면 뭐할 거야?"

"다시 올 기회를 찾아보겠지. 나도 이곳에서 살고 싶거든."

그뒤로도 사소하고 두서없는 이야기를 나누다가 일어났다. 추억은 아련한 기억을 떠올리게 하지만 되짚을수록 추레해지기만 한다. 그와 얘기할수록 마음이 어지러웠다. 어서 집으로 돌아가고 싶었다.

식당을 나와 집으로 가는 버스를 타기 위해 정류장에 서 있는 리엔에게 뚜언이 메모를 내밀었다.

"이거 내 전화번호야. 우리 다시 만날 수 있을까?"

집으로 가는 버스가 도착했다. 리엔은 메모를 건네받고 가볍게 눈인사를 한 뒤 버스에 올라탔다. 멀어지는 그의 얼굴을 보며 리엔은 때로는 만나지 않았어야 할 사람도 있다고 생각했다.

집으로 돌아온 리엔은 며칠 동안 아무 생각도 하지 않고 집안일에만 집중했다. 그러다 문득 머릿속 한편으로 계속 뚜언을 떠올리고 있다는 것을 깨달았다.

다음날도, 그다음날도 마찬가지였다. 머릿속에 들어온 벌한 마리처럼 끊임없이 리엔을 성가시게 만들었다.

잠에서 깨어 아침을 하고 무청을 널어 말리고 남편을 따라 김장배추를 수확한 곳에 마늘과 양파를 심고 낙엽을 덮고 비닐을 씌우는 일을 하면서도 머릿속 한편에서는 계속 뚜언과 만났던 일을 생각했다. 그와 나누었던 한마디 한마디를 기억해내느라 옆에서 남편이 하는 말도 못 들을 정도였다.

"왜 이렇게 생각이 딴 데 가 있어?"

남편이 그렇게 말할 정도였다.

"으슬으슬 춥네. 열이 있는 거 같아."

리엔은 잡고 있던 비닐을 내려놓고 남편에게 이마를 내밀었다. 장갑을 벗고 리엔의 이마를 만져보던 남편은 걱정스러운 표정으로 물었다.

"진짜 좀 뜨뜻한 거 같은데? 병원 갈래?"

"아니, 이불 덮고 누워 있으면 괜찮을 거야."

리엔은 집으로 내려와 이불을 꺼내 펼치고 자리에 누웠다. 그리고 골똘히 생각에 잠겼다.

어쩌면 자신의 착각일지도 모른다. 보다 분명하게 확인할 필요가 있었다. 며칠을 생각하다 결국 뚜언을 만나는 수밖에 없다는 결론을 내렸다. 그의 전화번호를 찾았다. 언제 시간이 괜찮은지 물어 만날 약속을 잡았다.

이 도시는 위험하다. 보는 눈이 많다는 생각에 역에서 그를 만나 전철을 타고 평택에 내렸다. 전철을 타고 가는 동안에도 알은척하지 않았다. 평택역을 나와 한적한 공원 벤치에 앉아서야 비로소 뚜언의 얼굴을 똑바로 쳐다보았다.

"전화해줘서 기뻐. 너 만나고 나서 며칠 동안 네 생각 많이 했어."

"나도 그랬어. 타오와 함께 만났던 기억도 떠오르고."

"그래, ……그랬지."

"타오가 죽었다는 소식은 어떻게 알게 됐어?"

"신문에서 봤나, 그랬던 거 같은데……"

신문 기사. 살인사건이니 당연히 신문에 실렸다. 수사를 어떻게 하고 있는지 알고 싶어 경찰서를 찾아가보았지만 경찰은 수사중이라는 이유로 어떤 정보도 주지 않았다. 수사가 어떻게 진행되고 있는지 알기 위해 리엔은 타오의 기사가 실린 신문을 샅샅이 찾아보았다. 타오의 사건보다 더 중요한 사건들이 신문에 실리자 타오의 소식을 알 수 있는 곳은 점점 사라졌다.

리엔은 생각에 잠겨 한동안 입을 다물었다. 뚜언은 리엔의 눈치를 보며 조심스럽게 물었다.

"요즘도 타오 생각 많이 해?"

"당연하지, 동생인데."

리엔은 고개를 들어 뚜언을 바라보았다. 잠시 리엔과 눈을 마주치던 뚜언은 어색한지 시선을 돌렸다.

"뚜언, 우리가 만난 게 우연이라고 생각해?"

"응?"

"그날 네가 그랬지? 휴일에도 늘 기숙사에 있었는데 그날은 기분이 이상해서 나왔다고. 나도 마찬가지야. 나도 외출을 거의 안 하는데 그날 갑자기 뭔가에 끌리듯이 나왔어. 그리고 널 만난 거야."

뚜언은 한동안 리엔을 바라보며 머뭇거렸다. 리엔이 무엇을 원하는지 잘 모르겠다는 표정이었다.

"우선 그것부터 말해줘. 넌 믿을 수 있는 사람이니? 내가 믿어도 돼?"

"당연하지. 널 만나서 얼마나 기쁜지 알아? 네 말대로 우리가 다시 만난 건 우연이 아니야."

뚜언이 리엔의 손을 잡으려고 손을 뻗자 리엔은 얼른 뒤로 손을 감추었다.

"착각하지 마. 너와 다시 연인이 된다거나 그런 가능성으로 한 얘기가 아니야."

뚜언의 얼굴에서 실망하는 기색이 스쳤다.

"믿을 수 있는 사람이냐고 물은 건 뭐야?"

"앞으로 할 일은 서로의 믿음이 필요한 일이라서."

"뭐?"

뚜언은 어리둥절한 표정으로 리엔을 쳐다보았다.

"계속 한국에서 살고 싶다고 했지? 내가 널 도와줄 수 있을 것 같아."

"무슨 말이야?"

"나는 결혼하고 나서 몇 년 뒤에 영주권을 얻었어. 그리고 지금은 한국 국적도 얻었어."

"……?"

"한국 국적을 가진 사람과 결혼하면 이 년 후 영주권을 얻을 수 있어. 그리고 나처럼 나중에는 한국 국적을 가질 수 있지."

"리엔? 그 얘기는……?"

"그러기 위해서는 먼저 풀어야 할 숙제가 하나 있어."

"남편은? 남편과는 어쩔 셈인데? ……이혼할 생각이야?"

리엔은 고개를 저었다.

"그것보다 더 좋은 생각이 있어."

"뭔데?"

"남편을 죽여줘."

"뭐?"

뚜언은 믿을 수 없다는 표정으로 리엔을 쳐다보았다.

리엔 역시 자신이 왜 갑자기 이런 말을 꺼냈는지 의아했다. 타오의 이야기를 하는 뚜언을 바라보며 리엔의 머릿속이 분주하게 움직였고 이렇게 엉뚱한 말을 꺼내게 했다. 자신도 예상하지 못한 말이었지만 되새겨볼수록 괜찮은 아이디어라는 생각이 들었다.

갑작스러운 리엔의 말에 뚜언은 한동안 말을 잇지 못하고 난감해했다.

"……그렇게 끔찍하면 그냥 이혼을 하면 되잖아?"

"이혼하면 돈은? 나는 돈이 필요해. 남편이 보험을 몇 개 들어놨어. 수익자는 나와 내 딸이야. 남편이 죽으면 나는 돈이 생겨. 그것도 칠억이나."

칠억이라는 말을 듣자 뚜언은 꼴깍 마른침을 삼켰다.

"내가 왜 당신을 믿을 수 있는 사람이냐고 물어봤는지 알겠지?"

조금 전과는 다른 표정이 뚜언의 얼굴에 나타났다. 그는 깊은 고민에 빠졌다.

"어떻게 죽일지도 다 생각해놨어. 네가 할 생각만 있다면 필요한 정보는 내가 다 줄 수 있어. 남편이 언제, 어디서 뭘 하는지, 누구를 만나고 언제 혼자 있는지 다 아니까."

"리엔, 지금 무슨 말을 해야 할지 모르겠다."

"남편을 죽여주면 이익을 줄게. 아마 여기서 십 년을 일해도 모을 수 없는 돈일걸?"

"이억?"

뚜언의 눈동자가 흔들렸다. 이 먼 곳까지 와서 고생하는 이유는 단 하나, 돈이다. 그의 마음을 가장 흔드는 건 돈의 유혹일 것이다.

"원하면 영주권도 가질 수 있어. 남편이 죽고 나면 나와 결혼한 것처럼 꾸미고 이 년만 지나면 돼. 그럼 영주권이 생겨."

리엔은 뚜언의 눈을 뚫어질 듯 쳐다보았다. 그의 눈빛을 보니 이제 거의 넘어왔다.

"어떻게 할 건지는 네가 결정해."

급한 건 뚜언이다. 비자 연장을 받지 못해 얼마 후 돌아가야 하는 입장인 그에게 리엔이 내미는 제안은 너무 달콤한 조건이다. 그가 살인을 할 용기가 있느냐 없느냐 그것이 문제다.

리엔은 그가 할 것임을 알았다.

"천안역에 내릴 때까지 생각할 시간을 줄게. 잘 생각해보고 선택해."

리엔은 고민하는 뚜언을 남겨두고 다시 천안으로 가는 전철을 탔다. 뒤는 돌아보지 않았다.

등뒤로 뚜언의 기척이 느껴졌지만 모르는 척했다.

천안역에 전철이 서고 사람들이 내렸다. 리엔이 내리기를 기다리고 있던 뚜언은 결심한 표정으로 리엔을 보며 말했다.

"할게, ……하겠어."

"내가 연락할 때까지 기다려."

리엔은 뚜언을 쳐다보지도 않고 그의 곁을 지나며 얘기했다.

7

한 치의 오차도 없이 완벽하게 일을 진행하려면 많은 준비가 필요하다.

리엔은 머릿속으로 몇 번이나 설계도를 그려보았다. 조금이라도 허점이 있어 일이 틀어지면 모든 게 끝이다. 그러면 자신이 가진 모든 것을 잃을 뿐 아니라, 미래까지도 사라지게 된다. 하지만 계획대로 성공만 한다면 두 가지 숙제를 한꺼번에 해결하게 된다.

뚜언을 만난 건 하늘이 내린 기회라는 생각이 들었다. 리엔은 뚜언을 다시 만나게 해준 신에게 감사했다. 이제는 인간인 자신이 깔끔한 결말을 만들면 된다.

뚜언에게 정확한 정보를 주기 위해서는 시간이 필요했다. 며칠이 걸릴지는 자신도 모른다. 그가 혼자 있을 때, 흐엉이 캄캄한 밤에 한적한 도로 위에 혼자 서 있었던 것처럼 완벽하게 혼자일 때를 노려야 한다. 뚜언이 그를 완벽하게 처치할 수 있는 시간이 언제인지, 그때를 찾아야한다.

목표가 생기자 생활에 다시 활력이 생겼다. 영문도 모르는 남편은 다시 기운을 차린 아내를 보자 기분이 좋아졌는지 콧노래를 흥얼거리며 분주하게 움직였다. 겨울을 나기 위해 창문마다 비닐을 덧대는 작업을 하는 중이었다.

아무것도 모르는 남편의 콧노래를 들으며 리엔은 부부 사이에 얼마나 많은 거짓말이 존재하는지 생각했다. 그가 준 목걸이를 만지작거리며 미안한 마음이 들었다.

보름 뒤 리엔은 이제 필요한 정보를 모두 얻었다는 것을 깨달았다. 시내로 나가 공중전화를 이용해 뚜언에게 전화를 걸어 만날 약속을 잡았다.

이번에는 온양온천역에서 만나 역 앞의 시장을 돌아다녔다.

가판대에 채소와 과일을 놓고 파는 노인들을 보자 시어머니 생각이 났다. 찬바람이 불기 시작해서 다들 옷을 몇 겹씩 껴입고 있었다. 생각해보니 올해는 아직 따뜻한 스웨터 하나 준비하지 못했다.

리엔은 고개를 흔들었다. 살인을 생각하는 마당에 시어머니 옷 걱정이라니.

한적한 국밥집에 들어가 소고기국밥을 시킨 리엔은 낮은 목소리로 자신의 계획을 이야기하기 시작했다.

"그 사람은 매주 목요일 저녁마다 친구들을 만나. 풍세 사방교 다리 건너에 도로를 따라 주유소와 식당, 고물상 창고 같은 건물들이 띄엄띄엄 있어. 그 사이에 있는 '푸른 바다 낚시'라는 곳이 친구가 하는 가게인데 목요일 밤마다 모여서 도박을 해. 저녁 먹고 모여서 놀다가 열한시쯤에 헤어져."

리엔은 핸드폰을 꺼내 지도 앱을 켜고 위치를 알려주며 자신이 알아낸 정보를 이야기했다. 리엔의 핸드폰을 보던 뚜언은 자신의 핸드폰으로 푸른 바다 낚시를 검색해서 장소를 입력했다.

"모임이 끝나면 친구들은 다 차 타고 돌아가는데 그 사람은 다리 건너 구도로를 따라 집으로 걸어와. 십오 분 정도 걸리는 거리야."

"그런데 괜찮을까? 우리 같은 외국인은 금방 눈에 띌 텐데."

"그 동네 인근에 공단이 있어. 맨날 보는 외국 노동자들인데 신경이나 쓸 거 같아? 당신이 지나가봐야 기억도 못할걸?"

"그럴까?"

"게다가 지금은 겨울이야. 마스크 끼고 모자 쓰면 얼굴도 안 보이니까 그런 걱정은 안 해도 돼. 이런 동네는 저녁 일곱시만 돼도 다들 집에 있어. 밤 열한시면 정말 눈 씻고 찾아도 사람을 볼 수가 없지. 며칠 전에 미리 한번 답사를 해. 버스를 타면 그 낚시 가게와 다리를 지나가니까 그때 대충 보고. 목요일 밤에 전 정거장이나 다음 정거장에 내린 다음 그 다리 아래로 가서 기다려."

리엔이 범행 장소를 다리 밑으로 정한 건 이유가 있었다.

언젠가 남편과 함께 차를 타고 돌아오다가 그 다리를 지난 적이 있었다. 남편은 그 다리에서 있었던 무시무시한 사건에 대해 이야기해주었다.

"예전에 여기서 살인사건이 있었어. 당신 시집오기도 전이니까 한 십오 년 넘었나? 구인광고로 여자들을 유인해서 이 다리 아래에서 죽이고 불태웠지."

어떻게 그럴 수 있느냐고 물었더니, 주변에 인가가 없고 다리 아래는 둑 때문에 잘 안 보이다보니 현장을 잘 아는 범인이 유기장소로 이용한 것 같다는 말을 했었다.

도시 한복판에서 사람이 죽어도 범인을 찾기 힘들고, 흐엉처럼 시골의 한적한 도로에서 죽어도 범인을 찾기 어렵다. 영악한 범인은 교묘히 잘도 빠져나간다.

"다음주 목요일이야. 잊지 마."

뚜언은 묵묵히 국밥을 떠먹으며 이야기를 듣다가 수저를 내려놓고 리엔을 쳐다보았다. 마음이 복잡한 것처럼 보였다. 밥 먹는 것도 잊고 이야기를 하던 리엔은 뚜언의 표정을 보고 말을 멈추었다.

"정말로 죽일 생각이구나?"

"이런 말을 장난으로 할 거 같아?"

리엔은 망설이는 듯한 뚜언의 태도에 짜증이 몰려왔다.

"내가 얼마나 열심히 생각했는지 알아? 나 정말 미칠 것 같다고. 이렇게라도 하지 않으면 숨을 못 쉬겠어. 계속 망설일 거면 지금이라도 그만둬."

리엔이 발끈해서 자리를 박차고 일어나자 뚜언이 얼른 리엔의 팔을 잡았다.

"아니야. 할 거야, 해."

뚜언을 쳐다보던 리엔은 마지못해 다시 자리에 앉았다.

"그 사람은 죽어도 싼 인간이니까 죄책감 같은 거 가질 필요 없어."

물끄러미 리엔을 보던 뚜언은 결국 고개를 끄덕거렸다.

"……다리 밑에서 기다리면 되는 거지?"

"어떻게 죽일지는 당신이 생각해. 칼로 찌를 건지, 망치로 머리를 내려칠 건지 아니면 목을 조를 건지."

"목을 조르는 건 안 돼. 여자는 몰라도 남자는 힘이 세서 위험해."

이번엔 리엔이 뚜언을 가만히 쳐다보았다.

"왜?"

"아니야. 이제 좀 진심이 된 거 같아서. 당신 말대로 한번에 확실하게 끝낼 수 있는 방법을 찾아야 돼. 안 그럼 당신이 위험해. 기억해. 목요일 밤이야."

"……만약 성공 못하면?"

"만약 같은 건 없어. 무조건 그날 성공해야 돼. 두 번 다시 기회는 없어. 그 사람이 죽은 게 확인되면 우선 천만 원을 줄게."

천만 원이라는 말에 뚜언의 눈이 커졌다. 갑자기 의지가 얼굴에 떠올랐다.

리엔은 핸드폰에서 사진을 찾아 뚜언에게 보여주었다. 거기에는 뚜언이 죽여야 할 남자의 얼굴이 담겨 있다. 뚜언은 사진을 자세히 들여다보더니 리엔에게 사진을 보내달라고 했다.

"안 돼. 우리가 연락한 증거를 남기면 안 된다고 했잖아."

"얼굴을 익혀야지."

그 말에 결국 리엔은 핸드폰을 내밀었다. 뚜언이 리엔의 핸드폰에 있는 사진을 찍었다.

"일 끝내고 잊지 말고 삭제해."

국밥집에서 나오는 순간 리엔은 뚜언과 모르는 사람처럼 떨어져서 걸었다. 역에서도 다른 전철을 이용해 따로 움직였다.

뚜언을 만나고 돌아온 날부터 리엔은 하루하루 시간이 지날수록 피가 마르는 것 같았다. 시간은 느린 소처럼 쉽게 움직이지 않았다. 시간을 흘려보내기 위해 집안 대청소를 했다. 철 지난 이불을 빨고 아래채에 걸린 농기구까지 정리했다.

수요일이 지나고 목요일 아침이 되자 긴장감에 아무것도 손에 잡히지 않았다. 밥도 먹는 둥 마는 둥 하자 시어머니가 걱정스러운 얼굴로 리엔을 쳐다보았다.

"어디 아프냐? 왜 밥을 먹다 말어?"

"그냥 입맛이 없어요."

"이따 나가서 삼겹살이라도 사 올까?"

옆에서 남편이 말을 걸자 시어머니가 남편의 등짝을 손바닥으로 퍽 때렸다.

"너는 아직도 집사람 식성을 모르냐? 얘가 삼겹살 좋아하는 거 봤어? 지 좋아하는 것만 알아가지고."

"그래? 당신 뭐 좋아하는데?"

"이 한심한 놈. 말해줘봐야 또 까먹을 거면서. 해산물 좋아하잖아, 게, 새우, 오징어 이런 거. 걱정 마라. 오늘 시장 파하고 돌아올 때 내가 해물이랑 콩나물 사 올게. 해물찜 해먹자."

"네."

남편은 머쓱한 표정으로 두 사람을 번갈아 쳐다보며 눈칫밥을 먹었다.

"좋겠네. 엄마가 편들어줘서."

"나는 아빠 편 해줄게."

옆에 있던 초희가 아빠에게 기대며 웃어 보이자 남편이 딸을 꼭 안아주었다.

그 모습을 보는 리엔의 마음은 복잡하기만 했다.

밤이 되자 아무 일도 없다는 듯 잠자리에 들었지만 잠이 올리 없었다. 얼마나 긴장했는지 자신의 심장소리가 들릴 정도였다. 온 신경이 예민해졌다. 손끝이 저려왔다. 이부자리에 누웠다가 일어나 앉았다가 그래도 마음이 진정되지 않아 마당으로 나왔다. 유령처럼 주위를 서성거렸다.

이 밤이 지나면 모든 것이 달라질 것이다. 나는 돌아오지 못할 강을 건넜다.

뚜언이 과연 계획대로 일을 무사히 잘 끝냈는지 궁금했다. 전화를 해보고 싶어 미칠 지경이었지만 참았다.

그때 손에 쥐고 있던 핸드폰이 진동했다. 화들짝 놀란 리엔은 번호를 확인했다.

뚜언이다. 전화하지 말라고 그렇게 이야기를 했건만.

리엔은 얼른 대문을 열고 밭이 있는 산으로 뛰어올라갔다. 달이 얼마나 밝은지 밭으로 가는 길이 보일 정도였다. 결과가 궁금한 리엔은 참지 못하고 전화를 받았다.

뚜언의 헐떡이는 숨소리가 들려왔다. 아니, 자신의 숨소리인가?

한동안 거친 숨소리만 들렸다. 리엔은 숨을 죽이고 그의 말을 기다렸다. 성공한 건가?

"……끝났어. 죽었어."

"확실해?"

"그래. 확실해."

그의 목소리는 떨리고 있었다. 어떻게 죽었는지, 어떤 모습으로 생을 마감했는지 궁금했지만 묻지 않았다. 알고 있어봐야 좋을 게 없다. 그가 죽었다는 사실이 중요하다.

"⋯⋯천만 원 정말 주는 거지?"

이 와중에 돈 이야기부터 꺼내다니, 생각할수록 소름이 돋는 인간이다.

"무슨 천만 원?"

리엔은 처음 듣는 것처럼 무심하게 물었다. 뚜언의 목소리가 튀어올랐다.

"약속했잖아. 일 끝내면 천만 원 주기로."

"뚜언. 나라면 지금 당장 숙소로 가서 짐을 싸가지고 공항으로 가겠어. 제일 먼저 뜨는 비행기를 타고 이 나라를 떠날 거야."

"무, 무슨 소리야?"

"아, 베트남으로는 갈 수 없겠구나. 거기서도 사람을 죽였으니까."

"리엔, 너 지금 무슨 소리를 하는 거야?"

"타오를 죽인 게 너지?"

한순간 정적이 흘렀다. 그러다 뚜언은 기가 막히다는 듯 화를 내며 무슨 소리냐고 물었다.

"타오가 생일날 죽었다고? 아니, 타오는 생일날 죽지 않았어. 단지 생일파티를 앞당겨 했던 것뿐이야. 근데 왜 넌 타오가 죽은 날을 생일로 기억하고 있을까?"

"그건 신문 기사에 났잖아?"

"타오가 죽은 날은 생일날이 아니라니까. 그런데 기사에 그런 얘기가 날 리 없잖아?"

리엔은 기억한다. 어떤 신문에도 타오의 생일을 언급한 기사는 없었다.

다시 뚜언의 거친 숨소리가 들렸다. 리엔은 말을 이었다.

"왜 그런 착각을 했는지 생각해봤지. 넌 생일파티를 한 날 타오를 만난 거야. 타오는 널 끔찍하게 싫어했어. 나한테 몇 번이나 얘기했지."

십 년 만에 뚜언을 만난 날, 타오가 죽은 날이 생일이라는 그의 말을 듣자 리엔은 등골이 서늘해졌다. 설마설마하며 집으로 돌아와 다시 떠올리기 싫은 기억을 몇 번이고 꺼내 타오의 죽음 전후로 무슨 일이 있었는지를 되짚었다.

"얘기해봐, 왜 타오를 죽였는지……"

타오가 죽기 며칠 전 리엔은 뚜언에게 헤어지자고 했다. 갑작스러운 통보에 뚜언은 화를 내며 이유를 물었다. 리엔은 구차한 이야기를 하고 싶지 않아 그냥 끝내고 싶다고 했다. 뚜언은 모든 게 다 오해라며 갑자기 타오 욕을 하기 시작했다. 그

렇지 않아도 뚜언을 탐탁지 않아하던 타오는 다른 여자와 껴
안고 있는 뚜언을 본 뒤로 리엔에게 계속 그와 헤어지라고 했
었다.

"넌 타오 때문에 우리가 헤어졌다고 생각한 거야? 그래서
타오를 찾아간 거야?"

"찾아간 거 아니야. 술집에서 나오다가 우연히 만나서 오해
를 풀려고 한 거뿐이야. 그런데 내 얘기는 들으려고 하지도 않
고 비명을 질러대서 그만……"

"그래서 목을 졸랐다고?"

"……"

─목을 조르는 건 안 돼, 여자라면 몰라도 남자는 힘이 세서
위험해.

며칠 전 그가 했던 말이 귀에 생생하게 들리는 것 같았다.
그 말을 하는 뚜언의 얼굴을 보며 리엔은 소름이 돋았었다. 뚜
언의 말을 통해 리엔은 자신의 추측이 맞았다는 것을 다시 한
번 확인했다.

분노를 억누르고 태연한 척하느라 얼마나 노력했는지 뚜언
은 알까?

"그럼 나를 이용한 거야? 네 남편을 죽이기 위해서?"

리엔은 뚜언이 들리도록 웃어주었다.

"내가 가만있을 거 같아? 경찰에 가서 다 네가 시킨 일이라

고 말할 거야. 네가 돈을 미끼로 남편을 죽여달라고 시켰다고 할 거야."

리엔은 웃음을 거두고 냉정하게 말했다.

"머리가 안 돌아가네. 살인을 한 건 내가 아니라 너야. 더구나……"

리엔은 지금의 기분을 만끽하기 위해 천천히 입을 뗐다.

"네가. 죽인. 사람은. 내. 남편이. 아니야."

"뭐?"

"내가 왜 알지도 못하는 남자를 죽이라고 시켜? 경찰이 그 말을 믿겠어?"

"그, 그럼…… 내가 죽인 남자는 누구야?"

리엔은 뚜언에게 오래도록 미칠 것 같은 궁금증을 주고 싶었다.

"글쎄, 누굴까? 잘 생각해봐. 참, 내가 그 근처에 CCTV 있다는 얘기를 했던가? 시골을 돌아다니면서 농작물을 훔치는 도둑놈들이 있어서 말이야. 이제 왜 빨리 비행기를 타야 하는지 알겠지?"

"이 미친……"

리엔은 뚜언이 뭐라고 떠들거나 말거나 그대로 전화를 끊었다.

리엔은 핸드폰 전원을 끄고 깊은숨을 들이마시며 남편과 시어머니와 딸이 잠들어 있는 마을을 내려다보았다. 폐 깊은 곳으로 들어온 차가운 밤공기가 막혀 있던 머리와 가슴을 뻥 뚫어주는 듯했다.

흐엉의 남편은 자신이 왜 갑자기 살해당했는지 이유를 알까?

리엔은 흐엉을 만난 일이 신의 장난처럼 느껴졌다. 타오와 꼭 닮은 흐엉을 만나 결국 타오를 죽인 범인을 찾게 됐다.

세상은 때때로 인간이 알지 못하는 불가사의한 방법으로 움직인다.

겨우 마음을 진정하고 집으로 내려가니 시어머니가 마당에 나와 있었다.

"왜 나와 계세요?"

"네가 얘기 좀 해봐라. 왜 이렇게 잠을 못 자고 서성거리는 건지."

"……죽은 동생 꿈을 꿨어요. 요즘 자꾸 생각이 나네요."

머뭇거리던 리엔은 타오의 이야기를 꺼냈다.

시어머니는 리엔을 안고 등을 쓸어주며 다른 손으로는 리엔의 손을 잡아주었다.

"……너도 가슴에 묻고 사는 사람이 있구나."

문득 남편을 일찍 보내고 혼자 삼 형제를 키운 어머니의 지난 세월은 어땠을까 궁금해졌다.

"어머니는 어떻게 그 긴 세월을 헤쳐오셨어요?"

"그냥 하루하루 사는 거지 뭐."

여전히 일을 쉬지 않는 어머니를 보면 참 대단하다는 생각이 들었다. 그 말을 하고 싶었지만 왠지 쑥스러워 말이 나오지 않았다. 하지만 시어머니는 이미 리엔이 하고 싶은 말을 다 느끼는 것 같았다.

"너도 이 낯선 곳까지 오지 않았니? 쉽지 않은 일이지. 장해."

가슴이 뻐근했다. 문득 시어머니의 무릎에 엎드려 펑펑 울고 싶어졌다. 리엔은 애써 눈물을 삼키며 자신의 가면이 벗겨지지 않기를 빌었다.

타오 덕분에 얻은 이 인생을 망가뜨리고 싶지 않았다.

며칠 뒤 풍세 사방교 아래에서 시체로 발견된 남자에 대한 뉴스가 나오기 시작했다.

앵커는 그가 몇 달 전 베트남 아내의 죽음으로 거액의 보험금을 받아 조사를 받은 인물이라며 경찰이 주변인을 중심으로 수사를 시작했다고 보도했다.

저녁을 먹으며 뉴스를 보던 남편은 혀를 차며 아무래도 그 다리에는 귀신이 붙은 모양이라고 중얼거렸다. 죽은 사람이 흐엉의 남편이라는 것을 확인하자 마죽리 청년회장에게 주워들은 이야기를 전해주었다.

"저놈이 누구랑 짜고 와이프를 죽인 게 맞나봐. 누가 찾아와서 왜 돈을 안 주냐고 막 싸우고 그랬대. 그놈의 돈이 문제라니까."

남편의 말이 맞다. 모두 돈이 문제다.

리엔은 갑자기 생각난 듯 남편에게 손바닥을 내밀었다.

"뭐? 왜?"

"왜 요즘은 돈 안 줘? 매일 만 원씩 주기로 해놓고."

"아, 그거 당신이 귀찮다고 한꺼번에 통장에 넣어달라고 했잖아?"

말은 그렇게 하면서도 남편은 주머니를 뒤져 지폐 한 장을 꺼내 리엔의 손바닥에 올려주었다.

리엔이 남편을 마음으로 받아들이기 시작한 것은 그때부터였다.

농담처럼 시작한 일이지만 남편은 하루도 빠짐없이 꼬박꼬박 돈을 주었고 이상하게 그 돈을 받은 뒤로는 마음속에 있던 헛헛한 기운이 차츰 사라졌다. 매일 밤마다 그가 건네는 건 돈이 아니라, 수고한 아내에 대한 고마움의 표현이었다.

남편의 말대로 며칠 뒤 흐엉을 죽인 뺑소니범이 잡혔다는 뉴스가 나왔다.

베트남 신부를 죽인 대가로 돈을 받기로 했는데, 흐엉의 남편은 아직 보험금이 다 지급되지 않았다는 이유로 차일피일 미뤘다고 한다. 그렇게 싸우게 되었고, 술에 취해 친구에게 그 이야기를 하는 바람에 경찰의 귀에까지 들어갔다. 그렇지 않아도 살인사건의 범인을 찾고 있던 경찰은 뺑소니범을 강력한 용의자로 보고 수사를 하고 있었다.

안씨와 히엔 부부, 메이에게서 문자가 왔다. 그럴 줄 알았다며 다들 아내의 죽음으로 돈을 벌려고 한 자의 최후에 대해 이야기했다. 흐엉을 위해 다시 한번 모여서 식사를 하기로 했다.

리엔은 핸드폰에 남아 있는 뚜언의 흔적을 지우며 그가 이 뉴스를 보고 있는지 궁금해졌다. 뉴스에는 한국에 시집와 보험 살인사건으로 희생된 흐엉의 사진이 계속 나왔다.

만약 뚜언이 뉴스를 보고 있다면 그는 왜 타오의 사진이 뉴스에 계속 나오는지 틀림없이 의아해할 것이다.

리엔은 그가 어디에 있건 언젠가 죗값을 받기를 빌었다.

이렇게 자상한 복수

1

"인생에는 가끔 짓궂은 타이밍이 있어요."

유성호가 파리 생활을 접고 한국에 들어온 지 일 년도 채 되지 않아 유럽의 건축디자인 공모전에서 당선된 것을 두고, 노지환 기자는 안타깝다는 듯 이렇게 말했다.

'짓궂은 타이밍.'

그의 말대로 파리에 있는 동안 수상을 했다면 많은 게 달라졌을 것이다.

은근한 따돌림과 텃세로 성호를 괴롭히던 회사 사람들의 얼굴에 통쾌한 웃음을 날릴 기회를 잃은 것은 분명 아쉬웠다. 새

프로젝트에 합류해 세계적인 건축물을 세우는 일에 동참하고 있을지도 모르고 회사의 수석 건축가로 발탁되어 주목받을 수도 있었을 것이다. 하지만 이미 지나버린 일. 파리에 그대로 있었다면 수상이 어려웠을 수도 있다. 파리를 버렸기에 새로운 길이 열린 것이다. 인생에 만약 같은 것은 없다.

"그러니까 가장 좌절하던 순간에 영감이 떠오른 거군요?"

"……좌절까지는 아니고, 생각할 시간을 가지고 싶었어요. 오 년 동안의 파리 생활이 내게 무엇이었는지. 자신을 돌아보는 데 여행보다 좋은 건 없으니까요."

노 기자는 익숙하게 자판을 두드리며 성호가 한 말을 중얼거렸다.

"그렇죠. 여행보다 좋은 건 없죠. 산티아고 순렛길이라……저도 한번 가보고 싶네요."

사실 산티아고에 다녀온 이야기까지 털어놓을 생각은 없었다.

오 년 동안의 파리 생활을 이야기하다보니 마침표를 찍었던 순렛길 여행에 대한 이야기가 자연스럽게 나왔을 뿐이다. 얼마 되지 않는 이삿짐을 한국에 부치고 마지막 일정으로 산티아고 순례를 시작했었다.

낮에는 낯선 길을 걸으며 자신을 돌아보았고 저녁이면 벌레가 나오는 알베르게의 침대에 걸터앉아 그날 마주쳤던 건물과 풍경, 아이디어들을 노트에 그렸다. 그렇게 두 주 정도 보내며 패잔병 같은 우울한 기분을 걷어내고 마음을 짓누르던 부담감을 털어냈다. 돌아가면 다시 시작하자고, 서울에서 하고 싶은 일에 대해 생각했다.

그 여행 덕분에 한국에 들어온 뒤 공모전에 다시 도전할 의욕도 생겼다. 누가 불러주지 않아도 불안하지 않았다. 마침 유로건축디자인 공모 마감이 몇 달 남지 않아 모든 시간을 작업에 바쳤다. 공모전 수상은 성호에게 새로운 길을 열어주었다.

성호는 문득 자신이 굳이 하지 않아도 되는 이야기까지 풀어놓은 건 아닌가 하는 생각이 들었다. 새삼스럽게 노 기자의 얼굴을 찬찬히 살폈다.

그는 예상했던 것보다 더 능숙하고 노련했다. 단순히 필력으로만 만들어진 명성이 아니라는 것을 실감했다. 반백의 단발머리가 심상치 않은 분위기를 풍겼지만 강렬한 첫인상과 달리 대화는 편하고 즐거웠다. 이야기를 듣고 추임새를 넣어주는 것만으로 더 속 깊은 이야기를 꺼내게 만들었다. 질문도 듣기 전에 먼저 이야기를 풀어놓게 하는 재주가 있었다.

"아, 그러고 보니 정 작가도 간다고 하지 않았어요?"

노 기자의 시선이 탁자 주위를 돌며 사진을 찍고 있는 여자에게 향했다. 성호도 자연스럽게 시선이 돌아갔다.

노 기자와 일정 조율로 메일을 주고받을 때, 사진작가에 대한 언급도 있었다. 요즘 잡지사에선 사진작가를 직원으로 두지 않고 그때그때 프리랜서를 쓴다고 했다. 인물사진을 꽤 잘 찍는 작가라고 했던가. 노 기자와는 나이 차가 있어 보이는데도 노 기자가 깍듯이 격식을 차리는 게 느껴졌다.

성호는 탁자 위에 놓인 명함 두 장에 시선을 옮겼다. 사무실에 들어와 인사를 나눌 때 주고받은 명함으로 이름을 다시 확인했다. 정기연. 명함 상단에는 카메라 일러스트와 함께 이름과 전화번호, 메일 주소가 적혀 있었다. 고개를 들어 슬쩍 여자의 얼굴을 바라보았다.

화장기 없이 말간 얼굴이지만 어린 느낌은 아니다. 흔한 장신구 하나 없이 검은 셔츠에 뒤로 질끈 묶은 머리 때문인지 어딘가 전문가다운 무게감이 느껴졌다. 그녀의 손에 들린 카메라가 유일한 장식이자 무기같이 보였다.

"……안식년이 되면 여행 겸 두어 달 가려구요."

작업실로 들어온 뒤 여자의 목소리를 처음 들었다. 차분하고 명확한 발음에 딱 할말만 하는 타입 같았다.

처음에는 자신을 계속 주시하는 카메라가 부담스러웠다. 그동안 몇 건의 인터뷰를 했지만 기사에 들어갈 사진은 성호가 직접 메일로 보내곤 했다. 사진작가까지 동행한 인터뷰는 이번이 처음이다. 피사체가 되는 것에 익숙하지 않은 성호는 셔터소리가 들릴 때마다 움찔거렸다. 기자와 이야기를 나누면서 긴장이 풀린 뒤에야 그 소리에 조금씩 익숙해졌다.

인터뷰는 생각보다 길고 꼼꼼했다. 역시 전통이 있는 잡지 답다고 할까, 성호는 이제야 자신의 기사가 제대로 실리겠구나 싶었다. 그동안은 간단한 단신과 짧은 인터뷰 몇 개가 전부였다.

유럽에서는 나름 알아주는 건축디자인 공모전인데도 우리나라 언론에서는 관심이 없었다. 아니, 그 분야를 잘 모른다고 하는 게 맞을 것이다. 당선 소식을 들을 때만 해도 앞으로 대단한 주목을 받을 거라고 기대했던 성호는 적잖이 실망했다. 하지만 월간 〈건축 미학〉의 인터뷰 요청은 그동안의 아쉬움을 한번에 사라지게 했다.

건축을 전공하는 모든 건축학도에게 〈건축 미학〉은 일종의 공기나 물처럼 당연한 존재였다. 잡지사는 삼십 년이 넘도록 국내외에서 인정받았고, 가장 깊이 있는 건축 담론과 비전을 제시하며 신진 건축가들의 기획기사를 쓰는 것으로 유명했다. 더구나 노지환 기자라니. 그와 인터뷰를 한다는 것은 곧 한국 건축계에서 주목받는 건축가라는 의미였다.

"이번 공모전 수상으로 파리나 스페인의 유명 건축 사무실에서도 일할 기회가 생길 텐데 앞으로 계획은 어떻게 됩니까?"

"다시 나갈 생각은 아직 없습니다. 이제 사무실을 오픈했으니 한국에서 자리를 잡아야죠."

"모교에서 강의도 시작하신다고요?"

"그 소식은 어떻게……?"

몇몇만 아는 이야기까지 꺼내는 걸 보고 역시, 라는 생각이
들었다.

"오동준 교수님께 얘기 들었습니다."

지도교수의 이름이 나오자 정신이 바짝 들었다. 성호는 자
세를 고쳐 앉으며 앞에 놓인 찻잔을 들었지만 비어 있었다. 찻
주전자를 들어 남은 녹차를 따랐다. 오래 우러난 차는 텁텁한
맛이 났다.

왜 이제야 성호조차 잊을 만한 수상 소식을 빌미로 인터뷰
요청이 들어왔는지 알 것 같았다. 확실하지는 않지만 오 교수
라면 충분히 〈건축 미학〉의 기자를 움직일 수 있을 것이다. 모
교에서 강의를 하게 된 것도 오 교수의 적극적인 지지가 있어
가능했다.

전공에 확신이 없어 방황하던 대학 시절부터 오 교수는 누
구보다 성호를 챙기고 질책과 격려를 아끼지 않았다. 마음잡
고 공모전 준비로 날밤을 셀 때면 넌지시 건넨 오 교수의 충고
가 큰 도움이 되었다. 오 교수의 총애는 동기들의 부러움을 사
기도 했지만 성호는 아랑곳하지 않았다. 누군가 자신을 믿어
주자 잘해내고 싶은 마음이 컸다. 오 교수는 아무것도 바라지
않고 제자들이 잘되는 모습을 보는 게 가장 큰 즐거움이라고

했지만 성호는 어떻게든 보답을 하고 싶었다. 대학원을 졸업하고 진로를 고민하고 있을 때 파리행을 권한 사람도 오 교수였다.

파리에 있는 동안 자신을 증명하고 싶었지만 말도 통하지 않는 곳에서 자리를 잡고 인정을 받는 일은 불가능에 가까웠다. 한국에 돌아와서도 칩거하다시피 지내던 성호는 당선 소식을 듣고서야 오 교수에게 연락했다. 그제야 오 교수의 기대에 조금은 부응한 느낌이었다. 오 교수는 누구보다 성호의 수상을 축하해주었다.

"칭찬을 많이 하시더군요."

"……오늘의 저를 있게 한 은사님이시죠."

"문제아였다고도 하시던데?"

노 기자가 눈을 반짝이며 성호를 쳐다보았다. 오 교수와 꽤나 많은 이야기를 주고받았다는 것을 느낄 수 있었다. 오 교수는 십 년이 지나도 같은 이야기로 성호의 철없던 시절을 상기시켰다.

"하하. 맞습니다. 적성에 안 맞는다고 그만두겠다고도 했죠. 그땐 모든 게 불만이었어요."

무엇 때문에 그렇게 화가 나 있었는지 모르지만 세상의 모든 것에 불만이 가득했다. 딱히 원해서 들어온 학교도 아니었고 전공 역시 마찬가지였다. 그저 그림에 재주가 조금 있었고,

틈날 때마다 여행을 다니며 수첩 크기의 스케치북에 눈앞의 건축물을 그리는 게 좋았다.

우연히 그림을 본 친구가 건축과에 다니는 형 이야기를 꺼냈고 그렇게 처음 건축에 흥미를 가지게 됐다. 건축 전공을 하지 않았다면 미대에 갔을지도 모를 일이다.

"방황하던 저를 잡아주시기도 했지만 무엇보다 건축이라는 학문에 대해 재미를 느끼게 해주셨어요. 덕분에 여기까지 올 수 있었던 것 같습니다."

오 교수와의 에피소드도 인터뷰에 실릴까? 노 기자가 어떻게 쓸지는 모르지만 오 교수는 좋아할 거라는 생각이 들었다. 성호는 몇 마디 더 할까 하다가 그의 이야기를 지나치게 많이 하는 건 역효과가 날 수도 있다는 생각에 입을 다물었다. 어찌 되었든 이것은 유성호의 인터뷰니까.

두 시간 가까이 진행된 인터뷰가 겨우 끝이 났다. 노 기자가 노트북을 정리하고 가방을 꾸리는 사이 정기연이 성호에게 다가왔다.

"혹시 산티아고 순롓길에서 찍은 사진 몇 장 주실 수 있을까요?"

"네? 그건 왜?"

"영감을 받은 여행이라고 하시니, 그때의 사진이 들어가면 어떨까 싶어서요."

"어, 그거 좋은 생각이네."

곁에 있던 노 기자가 맞장구를 쳤다.

성호는 잠시 머리를 긁적이다가 책상 앞에 앉아 컴퓨터에서 파일을 찾기 시작했다. 사진 폴더 안에 '카미노 데 산티아고' 라고 따로 정리해둔 하위 폴더가 보였다. 폴더를 여니 사진 파일이 수백 장이었다. 적당한 사진을 찾는 것도 일이다. 눈치를 보니 노 기자는 이미 가방을 챙겨서 나갈 기세였다.

"어떡하지……? 나는 다음 일정이 있어서 이만 가봐야 하는데."

노 기자는 핸드폰으로 시간을 확인하며 성호와 기연을 번갈 아 쳐다보았다. 노 기자의 말에 기연은 카메라 가방을 챙기며 성호에게 말했다.

"괜찮다면 제 메일로 보내주시겠어요? 사진 고를 시간도 필요하실 것 같고요."

"네, 그럼 살펴보고 연락드리겠습니다."

그들은 인사를 마치고 이내 사무실을 떠났다.

혼자 남은 성호는 사무실 가운데 놓인 원형 탁자 위의 찻잔을 치우려다 자리에 털썩 앉았다. 긴장이 풀린 것인지 다리에 힘이 빠졌다. 풍선을 불듯 휴 하고 긴 날숨을 내쉬었다. 여유를 가장했지만 긴장이 온몸에 남아 있었다. 어깨를 들썩이고 팔을 흔들어 몸에 남은 긴장을 털어냈다. 몸이 풀리고 긴장이 사라지자 자신도 모르게 입가에 미소가 번지기 시작했다.

'그래, 이게 정상이지!'

드디어 기대했던 반응이 오고 있다는 생각이 들었다. 〈건축 미학〉에 인터뷰가 실린다니, 생각만 해도 짜릿했다. 잡지에 실린 기사를 보게 될 동기들의 표정이 궁금해졌다. 설렘에 손끝이 간질거렸다. 누구에게라도 전화를 걸어 성공을 코앞에 둔 이 흥분을 이야기하고 싶었다. 핸드폰을 꺼내들었지만 막상 전화를 하려니 떠오르는 얼굴이 없었다.

대학 동기들에게 전화하는 건 노골적으로 약올리는 것밖에 되지 않는다. 재학 시절 공모전에서 당선될 때마다 그들은 앞에선 축하 인사를 건넸지만 그가 없는 곳에서는 질투 섞인 뒷담화를 나눴다. 공모전 소식을 누구보다 빠르게 확인하는 그들이 성호의 수상을 모를 리 없다. 단신으로 나갔지만 그 짧은 기사에도 연락을 해온 친구는 있었다. 그 친구는 이미 건축과는 거리가 먼 일을 하고 있었다. 아마 그래서 쉽게 축하할 수 있었을 것이다.

하지만 그대로 있기에는 일손이 잡히지 않았다. 누군가와 이야기를 나누고 싶었다. 지금 느끼는 이 기분을 공유할 사람이 필요했다. 맘 편하게 이야기하기에는 고등학교 친구들이 제격이다. 핸드폰 연락처를 뒤적이다가 손이 느려졌다.

고등학교 친구들? 그들은 월간 〈건축 미학〉의 노 기자와 인터뷰를 했다는 게 얼마나 대단한 일인지 모른다. 그래서 뭐? 라고 시큰둥한 반응을 보일 것이다. 아니면 이 기회에 술이나 사라고 하겠지. 이 기분을 그렇게 농담으로 흘려보내고 싶지는 않았다.

아버지에게? 어떤 반응일지 짐작이 간다. 고작 이런 일로 전화를 하느냐고 코웃음칠 게 뻔하다. 아버지의 기준에 도달하는 성공을 하려면 가우디처럼 세상 사람들이 다 알 정도는 되어야 한다. 수상 소식을 알렸을 때 아버지는 그게 얼마나 권위 있는 상인지, 세계적으로 얼마나 영향력 있는 상인지 물었다. 건축계의 노벨상 정도는 되는 거냐고 했다. 성호는 입을 다물었다. 대학에서 강의를 하게 되었다는 이야기를 꺼냈을 때도 정교수도 아닌 '그까짓 보따리장사, 뭐 대단하다고'라는 식이었다.

아버지를 떠올리자 출렁이던 기분이 이내 가라앉았다. 아직은 아무것도 아니다.

결국 전화 한 통 하지 못하고 핸드폰을 내려놓았다. 탁자에 놓인 찻잔을 치우려고 일어서는데 기다렸다는 듯 핸드폰이 울렸다. 화면을 확인하니 오 교수였다. 성호는 얼른 전화를 받았다.

지금 자신의 감정을 온전히 이해해줄 사람이 있다는 생각에 기분이 한결 나아졌다.

2

"얼마면 되는데, 얘기 좀 해보라니까?"

"됐어, 딴 데 가서 알아봐."

성호는 팔을 잡고 늘어지는 동욱의 술주정에 슬슬 짜증이 밀려들었다.

"나도 집 짓는다니까, 유명한 건축가한테 설계 좀 받아보자 고!"

치즈를 종류별로 담은 나무 플레이트를 탁자에 내려놓던 혁주가 성호의 팔에 매달린 동욱의 손을 떼어놓으며 말했다.

"그만 좀 해. 같은 소리를 몇번째 하는 거야?"

"저 새끼, 취했어. 신경쓰지 마."

동욱의 맞은편에 앉아 있던 민재가 와인을 홀짝이며 낄낄거렸다.

"그래도 이렇게 오랜만에 모이니까 좋다."

혁주는 정말로 기분이 좋아 보였다.

동창회가 끝나자 누가 말하지 않아도 자연스럽게 모여 혁주가 운영하는 여의도의 비즈니스 바로 자리를 옮겼다. 동창회는 핑계일 뿐 진짜 보고 싶었던 동창들은 여기 모인 친구들이다. 천둥벌거숭이처럼 철없던 시절 하루종일 붙어다니며 모든 것을 공유하던 친구들.

단톡방에서 언제 한번 모이자는 말을 다들 입버릇처럼 했다. 각자 사는 게 다르고 먹고사는 일이 우선이다보니 술 한잔하자고 모이는 것도 쉬운 일은 아니었다. 마침 고등학교 동창회가 열렸고, 혁주가 일일이 연락해 꼭 참석하라고 다짐을 받았다. 덕분에 늘 어울리던 다섯이 다 모였다. 혁주는 그것만으로도 기분이 좋았다.

성호의 오른편에 앉은 혁주는 와인잔을 들어 성호에게 내밀었다. 성호도 잔을 들어 가볍게 부딪치고 남은 와인을 마셨다. 혁주가 병을 들어 다시 잔을 채워주려 하자 성호는 손짓으로 거절했다.

"왜, 이제 시작인데……"

"많이 마셨어, 내일 아침 방송도 있고. 관리해야지."

"시발, 네가 연예인이야? 관리는 무슨."

잠시 조용하던 동욱이 성호의 말에 시비라도 걸듯 까칠하게 대꾸했다.

성호는 미간을 찡그리며 동욱을 쳐다보았다. 무엇 때문에 심사가 꼬였는지 바에 들어온 뒤부터 계속 자신을 건드리는 게 느껴졌다. 성호가 한마디하려고 하자 혁주가 얼른 성호의 팔을 누르며 동욱의 말을 받았다.

"연예인 맞지, 새끼야. 고정 프로가 두 개에 예능에도 나오고, 이 정도면 연예인이지."

"또 시작이네. 넌 아직도 성호 따까리냐?"

동욱이 의자에 기댔던 상체를 일으키며 제대로 시비를 걸기세였다.

"적당히 하라고, 좋은 분위기 깨지 말고."

혁주도 이제는 동욱의 주정을 받아줄 마음이 없는지 목소리가 굳어졌다.

"시발, 좋은 분위기는 개뿔. 이런 후진 바에서 술맛이 나냐?"

"이 새끼가 진짜―"

동욱의 도발에 혁주의 목소리가 올라갔다. 동욱의 맞은편에 앉아 있던 민재가 낄낄거리며 웃었다.

"좀 봐줘, 저 새끼 이번에 아주 개털렸거든. 지금 한강 간다는 거 겨우 말리고 있다."

민재의 말에 동욱은 순간 얼어붙은 듯 꼼짝 않고 민재를 노려보았다. 분위기가 심상치 않다 했는데 동욱이 바로 접시에 담겨 있던 포도를 집어 민재에게 던졌다. 민재는 낄낄거리며 몸에 떨어진 포도를 주워먹었다.

묵묵히 술만 마시던 형기도 민재의 말에 호기심을 느꼈는지 동욱을 쳐다보았다.

"뭔 소리야?"

"저 새끼 어디서 개도 안 물어갈 정보를 주워듣고 몰빵 했다가 상폐 당했잖아. 아니라고 몇 번을 말했는데 안 듣더니."

"조용히 해라. 한마디만 더 하면 진짜 접시 날아간다."

동욱이 과일 안주 접시를 잡고 금방이라도 집어던질 기세로 민재를 노려보았다.

"그러니까 새끼야, 왜 친구들한테 화풀이야."

혁주가 궁금증을 못 참고 민재에게 물었다.

"얼마나 꼴아박았는데?"

"얼마라고 했지? 사억? 오억?"

"이 자식이 진짜, 입 털지 말랬지."

동욱이 접시를 집어던지려 하자 혁주가 얼른 일어나 접시를 빼앗았다. 접시를 피해 자리에서 일어난 민재는 자신을 향해 달려드는 동욱을 보자 낄낄거리며 문 쪽으로 달아났다. 도망치는 민재를 따라 동욱도 밖으로 뛰어나갔다.

혁주가 어질러진 테이블을 정리하며 쯧쯧 혀를 찼다.

"저 새끼들은 아직도 저러고 노냐, 애도 아니고."

"안 가봐도 될까? 동욱이 바짝 약 오른 모양인데?"

문 쪽을 쳐다보며 형기가 물었다.

"됐어. 우리가 언제 말렸다고? 금방 시시덕거리며 들어올걸?"

혁주의 말에 고개를 끄덕이던 형기가 슬쩍 성호를 쳐다보더니 입을 열었다.

"어때? 할 만하냐?"

"응? 뭐가?"

"혁주 말대로 연예인 다 됐잖아. 하루아침에 스타가 됐는데, 괜찮냐고."

"괜찮고 자시고 할 게 뭐 있어? 그냥 닥치면 하는 거지."

"와, 이 자신감! 역시 잘되는 놈은 다 이유가 있다니까. 나는 셀카로 사진만 찍어도 얼굴이 굳어버리는데. 나 이 자식 텔레비전에 나오는 거 보고 소파에서 떨어졌잖아. 말을 그렇게 잘하는지 첨 알았네."

"그러게, 나도 내 친구 맞나 했다."

"우리 마누라한테 내 친구라니까 안 믿더라고. 내가 막 고등학교 때 사진 보여주고 그랬더니 사인 받아 오라더라. 마누라가 그러는데 맘카페에서도 네 얘기 엄청 많이 한대."

옆에서 혁주도 거들었다. 호들갑스럽게 말하는 혁주를 보자 성호는 기분이 나쁘지 않았다. 덩달아 장단을 맞추기는 멋쩍어 짐짓 무심한 척했다.

"나도 무슨 일인가 싶다."

성호는 마치 남 이야기하듯 덤덤하게 말하고 앞에 놓인 치즈를 한 조각 집어 입에 넣었다. 코를 톡 쏘는 자극적인 향과 아린 맛이 은은하게 올라왔다. 동욱은 이곳을 후지다고 말했지만 치즈 하나만 먹어봐도 그런 소리를 들을 곳은 아니다.

"그러지 말고 얘기 좀 해봐. 방송은 어떻게 하게 된 거야?"

혁주가 성호를 재촉했다.

성호는 어디서부터 얘길 해야 할지 잠시 머뭇거렸다. 솔직히 무엇 때문에 이런 일이 벌어지고 있는지 스스로도 몰랐다. 어느 날 섭외가 와서 출연을 하게 되었고. 그뒤부터는 하루가 다르게 여기저기 오라는 곳이 많았다. 어느 순간 정신을 차려 보니 자신을 알아보는 사람들 시선을 의식해야 할 정도가 되어 있었다.

처음 자신을 섭외했던 방송작가는 〈건축 미학〉의 기사를 보고 연락을 해왔다. 해외 여행지를 소개하는 프로그램이었는데, '산티아고 순롓길'이 주제였다. 단순한 여행객이 아니라 그 길을 걸으며 자신을 돌아보고 인생의 큰 변화를 겪은 출연자가 몇 명 섭외되었다. 성호는 그중 가장 눈에 띄는 출연자였다.

녹화는 어렵지 않았다. 자신이 걸었던 길에서 만난 성당과 오래된 건축물들에 대해 이야기했다. 녹화장 모니터에 나오는 자신의 모습을 보며 성호는 실제보다 카메라에 비친 자신이 훨씬 호감으로 보인다는 것을 깨달았다. 훤칠한 키에 준수한 외모, 강의로 다져진 자연스러운 말투도 한몫했다. 녹화를 마치고 내려오는 성호를 향해 방송작가가 달려와 인사를 하며 엄지손가락을 치켜올렸다.

"이 방송 나가고 나면 앞으로 섭외 엄청 들어올 거예요."

이십 년 경력의 방송작가가 호언장담한 대로 방송이 나간 뒤 여기저기서 연락이 왔다.

스케줄이라고 해봐야 일주일에 하루 강의밖에 없어서 대부분의 섭외에 응했다. 긴장했던 처음과 달리 방송을 할수록 어색함도 줄어들고 요령도 생겼다. 같이 일하는 작가들이 방송 체질이라며 치켜세웠다.

홍보용으로 만들어놓은 인스타그램 팔로워가 하루가 다르게 늘어갔다. 사진 한 장에도 '좋아요'가 수만 개씩 달렸다. 댓글을 읽어보았다. 잘생겼다는 말과 함께 프랑스어를 하는 모습이 섹시하다는 둥 함께 살 집을 만들자는 둥 호감을 표하는 여성들의 댓글이 대부분이었다. 학교에서도 그런 성호의 인기를 반기는 분위기였다. 특히 오 교수는 건축가가 대중에게 알려지는 것은 좋은 일이라며 성호를 응원했다.

방송 출연은 사무실에도 엄청난 효과를 가져다주었다. 한 연기자의 집을 리모델링해주는 프로그램이 방송되자 설계의뢰가 감당하지 못할 만큼 들어왔다. 한가하던 사무실은 어느새 정신없이 바쁘게 돌아갔다. 몇 달 만에 더 넓은 곳으로 옮기고 직원도 뽑았다. 모든 것이 빠르게 변하고 있었다.

가장 큰 변화는 아버지였다.

파리에서 돌아와 집을 구할 때까지 몇 주 본가에 머물렀었다. 그때 집에서 어쩌다 마주치면 못마땅한 얼굴로 고개를 돌리던 아버지가 이제는 먼저 전화를 걸어 가끔 집에도 들르라고 했다. 혼자서 잘 챙겨먹기도 힘들 거라며 본가 집안일을 봐주는 가사도우미에게 성호의 집을 부탁하기도 했다.

처음엔 짜증스러웠다. 누군가 내 구역을 침범하는 것이 싫었다. 25평 정도인데 굳이 남의 손을 빌리고 싶지 않다고 했다. 그런데 막상 도우미의 도움을 받으니 세상 편했다. 출근하느라 어질러놓은 상태로 나갔다 퇴근해 돌아오면 모든 게 제자리에 있었다. 집안은 깔끔하게 청소가 되어 있었다. 어수선하던 냉장고는 보기 좋게 정리되었고, 간단히 먹을 수 있는 샐러드 같은 것도 준비되어 있었다. 집안일을 신경쓰지 않게 되자 호텔에서 지내는 것처럼 쾌적했다. 도우미는 음식 솜씨도 좋아서 준비해준 반찬으로 그가 집에서 식사하는 시간이 많아질 정도였다.

성호는 모든 게 만족스러웠다. 여행을 마치고 한국으로 들어올 때 비행기에서 느꼈던 우울함과 의기소침함은 기억도 나지 않았다. 자신의 삶이 이렇게 달라질 거라고는 생각하지 못했다.

그런 변화는 동창회에서도 느낄 수 있었다. 여기저기서 그에게 알은척했다. 같이 어울리던 친구들은 평소처럼 대하거나 오히려 농담을 걸었지만 이름도 기억나지 않는 사람들이 다가와 악수를 청하고 친한 척하자 피곤해졌다.

일차를 마치고 서둘러 이곳으로 온 건 오랜만에 친한 친구들과 편하게 놀고 싶었기 때문이었다. 동욱이 신경을 건드리기 전까지만 해도 성호는 친구들과 모인 모처럼의 자리가 즐거웠다. 하지만 이야기를 할수록 미묘한 균열이 느껴졌다.

과거가 아닌 현재를 말하자 대화가 겉돌았다. 이제는 서로의 관심사가 너무 다르다. 함께하던 시간은 오래전 일이고 그 기억은 이미 폐허가 되어 낡고 부서졌다. 시간의 물결에 친구들은 각기 다른 강줄기를 따라 흘러가며 멀어지고 있었다. 추억을 이야기하는 시간이 길어지자 현실의 괴리감이 더 많이 느껴졌다. 어릴 때는 아무 말이나 주고받아도 웃기고 즐거웠는데 지금은 사소한 대화도 가시가 걸리듯 신경을 건드렸다.

그런 생각이 들자 머리가 무거워졌다. 갑자기 피곤이 몰려왔다. 쉬고 싶었다.

성호는 혁주에게 손을 내밀어 악수를 청했다. 혁주는 어리둥절한 표정으로 성호를 바라보다가 손을 잡았다.

"오늘 고마웠다. 나중에 따로 한잔하자."

성호가 자리에서 일어나자 혁주가 아쉬운 표정으로 고개를 들었다.

"벌써 가게?"

"좀 피곤하다. 다른 애들한테는 잘 말해줘."

"나도 그만 가야지. 마누라가 아까부터 언제 오냐고 보챈다."

곁에 있던 형기도 자리를 털고 일어났다.

"왜 벌써 가, 이 자식들은 어딜 간 거야?"

혁주는 아쉬움이 툭툭 떨어지는 얼굴로 두 사람을 쳐다보았다. 혁주의 말이 끝나기도 전에 동욱과 민재가 옥신각신하며 들어왔다. 조금 전 뛰쳐나갈 때만 해도 주먹이라도 오고갈 분위기더니, 지금은 어깨동무만 안 했지 둘도 없는 사이처럼 보였다.

"니들 뭐하다…… 아직도 담배 피우냐? 끊어라 좀!"

둘에게 다가가던 혁주가 인상을 쓰고 뒤로 물러나며 소리쳤다. 진동하는 담배 냄새가 성호에게도 느껴졌다.

"왜 다 일어났어? 우리 찾으러 나오는 거야?"

동욱이 성호와 형기를 쳐다보며 물었다.

"아니, 간대. 이렇게 자리 비우는데 술맛이 나냐?"

혁주는 재빨리 동욱의 평계를 대며 자리를 정리했다.

동욱은 기분이 상한 듯 성호를 쳐다보며 입을 열었다.

"가려면 혼자 가, 우린 좀더 마실 거야."

"그래, 그럼. 먼저 간다."

성호는 기다렸다는 듯이 가볍게 손을 흔들며 가게를 나섰다.

동욱이 황당하다는 듯 친구들을 쳐다보았지만 혁주는 이미 술병을 치우고 있었다.

"나도 간다. 나중에 보자."

형기도 인사를 하고 나가자 맥이 풀린 동욱은 자리에 털썩 앉았다.

"좀 이따 치워. 술 좀더 먹자."

민재도 다시 자리를 잡고 앉자 혁주는 하는 수 없이 와인 냉장고에서 새 병을 꺼냈다.

"아니, 잠깐 사이 분위기가 왜 이래? 뭔 얘기를 했길래 다 간 거야?"

동욱은 영문을 모르겠다는 표정으로 둘을 쳐다보았다. 혁주는 한심하다는 듯 보다가 와인병을 내려놓았다. 민재는 새 와인을 따며 동욱에게 잔소리를 했다.

"그러게 왜 건드려?"

"나 때문이라고? 진짜 나 때문이냐?"

"됐어, 피곤한 모양이야."

"와, 나도 참았어. 민재야, 너 알지? 너도 봤잖아? 아까 동창회부터 은근히 신경 거슬리게 하는 거. 잘난 척은 했어도 저 정도는 아니었잖아?"

"너도 내가 알던 최동욱이 아니야. 세월이 흘렀으면 변하는 건 당연하지."

혁주가 핀잔을 주었지만 동욱은 손사래를 치며 자신이 왜 기분이 상했는지 설명했다.

"이 자식 이거 질투야, 질투. 성호가 잘나가니까 부러워서 이래."

"질투 같은 소리 하고 앉았네. 너도 자식아, 왜 쓸데없는 소리를 해서 사람을 긁어?"

또 둘이 다투는 사이 동욱의 핸드폰이 울렸다. 동욱이 핸드
폰 화면을 확인하더니 표정이 굳어졌다. 동욱은 말없이 혁주
와 민재를 번갈아 쳐다보았다.

"왜? 마누라가 얼른 오래? 참, 너 이혼했지?"

민재가 또 낄낄거리며 동욱을 건드렸다. 동욱은 민재의 농
담에도 아랑곳하지 않고 굳은 표정으로 말했다.

"핸드폰 확인해봐."

그제야 혁주와 민재도 이상한 낌새를 눈치채고 각자의 핸드
폰을 꺼내 확인했다. 단톡방에 형기가 올린 글이 보였다. 방금
만든 방이었다. 성호는 없었다.

인스타에 성호 학폭 떴다.

"이게 뭔 소리냐?"

혁주가 물었지만 누구도 대답하지 않았다. 다들 성호의 인
스타를 확인했다. 수많은 댓글을 뒤졌지만 원하는 글을 찾기
는 쉽지 않았다. 그때 단톡방에 다시 형기의 글이 올라왔다.
댓글을 캡처한 이미지였다.

뻔뻔하구나 유성호, 친구를 끔찍하게 죽인 살인자.

십팔 년 전 너의 폭력과 괴롭힘에 죽은 김영서를 기억하겠지?

"김영서?"

민재는 기억나지 않는다는 듯 고개를 갸웃거렸다. 동욱은 표정이 굳은 채 입을 열지 않았다.

"누군지 아냐? 십팔 년 전이면 우리 같이 학교 다닐 땐데."

"······그 얼굴 하얗고 뿔테안경 썼던 놈. 2학년 때 같은 반이었잖아, 학교 후문 동네에 살던."

혁주의 말에 민재는 그제야 생각이 난다는 듯 아 하다가 의아한 표정으로 혁주를 쳐다보았다.

"근데 김영서가 죽었어?"

"모르겠어, 생각이 안 나."

혁주는 갑자기 소환된 이름에 몇 가지 단편적인 기억이 떠올랐다. 하지만 댓글에서 말하는 일들은 뚜렷하게 기억나지 않았다.

그 시절 사내자식들이 패거리로 몰려다니면서 하는 짓이야 뻔하다. 괜히 툭 건드려보거나 바닥에 떨어진 캔을 발로 걸어 차기도 하고, 힐끗거리다 걸리는 놈이 있으면 몇 대 패기도 하고. 건들거리기는 했어도 누군가를 죽일 만큼 괴롭힌 기억은 없다. 성호가 그랬다면 그건 여기 있는 친구들과 함께였다는 얘기인데. 아무리 머릿속을 뒤져봐도 그런 폭력으로 시간을 보낸 적은 없었다.

그러다 누가 이런 글을 올렸을까 하는 의문이 생겼다. 혁주는 등골이 서늘해졌다.

누군가 성호를 노리고 있다. 이게 사실이든 아니든 학교폭력 논란이 시작되면 이제 한창 잘나가는 성호에게는 치명타가 될 것이다. 유명세라는 게 실감이 났다.

혁주는 불안한 눈으로 민재와 동욱을 쳐다보았다.

"뭐 떠오르는 거 없어? 말 좀 해봐."

계속 입을 다물고 있던 동욱이 나지막이 말했다.

"김영서 자살했어. 우리 고3 올라가던 겨울방학, 학교 음악실에서."

혁주는 그제야 김영서가 누군지 분명하게 떠올랐다. 별명으로 불러서 이름도 제대로 기억하지 못하고 있었다.

피아노맨. 이따금 음악실에서 피아노를 치던 놈. 음악실에서 목매달아 죽었다는 얘기를 얼핏 들은 기억이 났다. 잊고 있었다. 직접 보지도 않았고, 며칠 지난 뒤 길에서 만난 동창에게 들은 소식이라 기억에 담아두지 않았던 것 같다. 왜 자살했다고 했더라?

갑자기 음악실에서 피아노를 치던 놈의 모습이 생각났다. 동시에 머릿속에서는 놈이 치던 피아노 소리가 들려왔다. 피아노 소리와 함께 흥얼거리던 노랫소리. 하나씩 떠오른 기억들이 노랫소리와 함께 점점 분명해졌다.

He says, "Son, can you play me a memory?
I'm not really sure how it goes
But it's sad and it's sweet and I knew it complete
When I wore a younger man's clothes."

3

거실에서 들리는 인기척에 눈을 뜬 성호는 햇살이 가득 비치는 창을 보고 자신이 늦잠을 잤다는 것을 깨달았다. 화들짝 놀라 자리에서 벌떡 일어났지만 잠이 제대로 깨지 않은 탓에 무엇부터 시작해야 할지 몰라 멍했다. 잠시 방안을 둘러보다 벽시계를 확인하고 정신을 차린 성호는 서둘러 침대를 벗어났다.

방문을 열고 나가자 장바구니를 내려놓고 냉장고에 야채와 과일을 넣던 가사도우미 아주머니가 화들짝 놀랐다.

"……출근하신 줄 알았어요."

"예…… 일보세요."

성호는 다급하게 욕실로 들어가 대충 씻고 나왔다. 머리도 제대로 말리지 않은 채 옷을 입고 현관을 나서는데 가사도우미가 성호를 불렀다.

"과일이나…… 우유라도 준비할까요?"

"됐어요."

성호는 그대로 문을 닫고 나와 승강기 버튼을 누른 뒤 층수를 확인했다. 1층에 있는 승강기가 17층까지 올라오려면 시간이 좀 걸린다. 초조하게 시간을 확인하려던 성호는 핸드폰을 놓고 온 것을 깨달았다. 주머니와 가방까지 확인한 성호는 얼른 다시 집안으로 들어갔다.

청소기를 꺼내 거실 청소를 시작하려던 가사도우미가 놀란 얼굴로 성호를 쳐다보았다.

"핸드폰을 놓고 가서……"

"네에……"

핸드폰은 침대 머리맡에 있었다. 성호는 얼른 핸드폰을 집어 집밖으로 달려나갔다. 다행히 도착한 승강기의 문이 닫히기 직전이었다. 간신히 승강기에 올라탄 성호는 초조한 마음으로 층수가 바뀌는 알림판을 노려보았다.

지하주차장에 주차된 자동차에 올라탄 성호는 도로 상황이 좋기만을 빌었다. 운좋게도 생각보다 차가 밀리지 않아 방송 십 분 전에는 도착할 수 있었다.

메인 작가의 표정이 좋지 않았다. 성호는 늦었다고 사과하고 서둘러 분장을 받았다. 준비상황을 점검하는 보조작가도 평소와 달리 고개만 끄덕하고는 곧 방송이 시작될 거라고 알렸다.

아침 생방송은 시작 전부터 끝날 때까지 초긴장 상태라는 것을 알기에, 성호는 초조했을 스태프들에게 미안한 마음이 들었다. 방송이 끝나고 점심이라도 사야겠다고 생각하며 스튜디오에 들어섰다.

방송된 지 두 달 된 〈당신의 홈〉은 파일럿부터 반응이 좋아 별 어려움 없이 정규 편성이 됐다. 그 덕에 제작팀의 분위기가 좋았다. 자의든 타의든 집을 벗어나 방황하는 사람들에게 새로운 집을 찾아주기 위해 여러 분야의 전문가들이 힘을 보탠다는 내용이었다.

가정폭력에 시달리다 가출한 청소년에게는 부모와 함께 받는 심리상담과 독립공간을 만들어주는 프로젝트를 한다거나, 열악한 환경에서 살고 있는 독거노인에게는 안전하고 편안한 새 보금자리와 함께 건강검진을 진행하고 노후를 즐겁게 보낼 취미생활을 알려주는 식이었다.

자리에 앉은 성호는 서둘러 큐시트를 확인했다. 오늘 방송할 내용이 생각나지 않았다. 분명 작가에게 이메일로 대본을 받은 기억이 있다. 보통은 한 시간 정도 일찍 도착해서 미리 대본을 읽어본 뒤 작가와 가볍게 스튜디오에서 할 이야기를 정리한다. 그 과정이 없다보니 오늘 방송되는 내용도 숙지가 안 됐고 무슨 이야기를 할지도 당연히 준비가 안 되어 있었다.

사회자가 이야기하는 동안 성호는 열심히 대본을 들여다보고 카메라 옆에 세워진 프롬프터도 확인했다. 그제야 어렴풋이 오늘의 내용이 떠올랐다.

"······유성호 소장님은 어떠셨어요?"

갑자기 자기 이름이 들려왔다. 성호는 퍼뜩 정신을 차리고 사회자를 쳐다보았다. 답을 기다리는 그의 표정을 보자 말문이 턱 막혔다. 질문을 제대로 듣지 못해 어떻게 답을 해야 할지 막막했다. 뒷머리가 쭈뼛 섰다. 무슨 말이든 시작해야 했다.

"······뭐라고 말씀드려야 할지 모르겠습니다. 제가 도움이 될지도 잘 모르겠더군요. 우선 의뢰인의 얘기에 귀를 기울이는 게 첫번째라고 생각했습니다."

성호는 어떤 내용에도 적용될 답을 말하기 시작했다. 말을 하는 동안 빠르게 머리가 돌아갔다. 모니터의 화면을 보자 자신이 어떤 역할을 했었는지 기억났다.

학교폭력으로 전학을 간 뒤 등교를 거부하고 방안에만 있다는 학생의 부모가 의뢰인이었다. 아이가 다시 방문을 열고 가족들과 얼굴을 마주할 수 있는 집을 만들어달라고 했다. 학생과 학부모 모두 정신적인 상처를 치유하는 상담치료가 필요한 상황이었고, 각자 문을 닫아거는 닫힌 공간이 아니라 가족들이 모여서 함께 이야기를 나누는 열린 공간을 만드는 솔루션을 진행했었다.

"대화를 하지 않아도 가족들이 함께 뭔가를 할 수 있는 공간이 필요합니다. 방에서 억지로 불러내고 무리하게 대화를 하려는 게 오히려 부담이 될 수도 있는 상황이니, 스스로 문을 열고 나올 수 있도록 유도하는 게 중요하다고 생각했습니다. 주방과 거실을 하나로 터서 넓은 테이블을 놓고 여러 가지를 함께하도록 했습니다. 다 같이 식사를 하고, 게임을 하거나 책을 보고 또 음악 감상을 하기도 하고요."

그 이후부터는 모든 게 순조롭게 흘러갔다. 마무리 멘트를 한 뒤 인사를 끝내고 온에어 조명이 꺼지자 안도의 한숨이 나왔다. 사회자와 출연자들에게 가볍게 인사한 뒤 성호는 메인 작가에게 다가가 늦은 것에 대해 사과했다. 그러나 메인 작가의 표정은 쉽게 풀리지 않았다. 눈도 마주치지 않고 건성으로 수고했다는 말을 하고는 자리를 피하듯 다른 출연자들이 있는 곳으로 가버렸다. 대놓고 자신을 외면하고 있다는 느낌을 받았다.

찜찜한 기분으로 대기실에 돌아온 성호는 분장을 지우며 어떻게 분위기를 바꿀까 고민했다. 아직 점심을 산다는 말을 못했다. 다시 나가서 메인 작가를 찾아볼까 하는데 가방에 들어 있던 핸드폰이 울렸다. 번호를 확인한 성호는 고개를 꺄웃하며 혁주의 전화를 받았다.

전화와 문자가 여러 통 와 있었다. 사무실에 무슨 일이라도 있나 하는 생각이 들었지만 의외로 대부분은 고등학교 동창들의 연락이었다. 어제 동창회에 참석했기 때문일까 하는 생각이 들었다.

"어, 무슨 일이야?"

"무슨 일은…… 내가 묻고 싶은 말이다."

"응?"

"……너 아직 모르고 있구나?"

"똑바로 얘기해. 말 돌리지 말고."

"김영서, 네가 괴롭혀서 죽었다며?"

"뭐? 갑자기 뭔 소리야? 김영서가 누군데?"

"인터넷이 난리야. 인스타 확인해봐."

성호는 서둘러 전화를 끊고 자신의 SNS 계정을 열었다.

어제만 해도 '좋아요' '멋있어요' '결혼하자'던 댓글은 사라지고 '학폭이었어?' '뻔뻔한 가해자' '죽은 사람만 불쌍하지' '개쓰레기, 그럴 줄 알았어' 같은 댓글이 수천 개 달려 있었다.

성호는 다리 힘이 풀려 의자에 주저앉았다. 학교폭력이라고? 내가?

그동안 유명 연예인이나 스포츠 스타들이 학교폭력 논란에

휩쓸려 곤혹을 치르는 뉴스를 본 적이 있다. 그게 자신의 일이 될 거라고는 생각도 못했다. 물론 학교를 다니면서 친구들과 장난을 치거나 싸움을 한 적은 있다. 장난이 심한 적도 있었지만 학교폭력이라고 생각해본 적은 없었다. 학창시절은 친구들과 어울리다 주먹질도 하고 코피도 터져가면서 그렇게 지나가는 것 아닌가?

혁주에게 다시 전화를 걸었다.

"너 똑바로 얘기해. 내가 괴롭혀서 죽었다고? 김영서라는 놈이 누군데?"

"나도 겨우 기억해냈어. 동욱이한테 전화해봐, 걔 잘 아는 것 같던데."

"알았어. 끊어."

"성호야."

혁주는 전화를 끊지 않고 성호의 이름을 불렀다.

"왜?"

"누굴까?"

"뭐?"

"이 이야기를 인터넷에 올린 사람. 누굴까?"

"……"

"우리 그때 맨날 붙어 살았잖아. 그런 나도 기억이 잘 안 나는데, 누가 이런 옛날 얘기를 꺼내는 거지?"

누가……?

"더구나 영서는 자살했다던데, 왜 네가 죽였다고 하는 건
지……"

우선은 전후 사정을 좀 알 필요가 있었다. 누가 한 짓인가는
상황을 파악하면 밝혀질 것이다.

"알았으니까 끊어, 우선 동욱이랑 통화 좀 해볼게."

그제야 혁주의 전화가 끊어졌다. 동욱에게 전화를 하면서도
머릿속으로는 '김영서'라는 이름을 찾아 여기저기 뒤적거렸
다. 함께 어울려 다닌 친구들 말고는 기억이 희미했다. 당연히
김영서라는 이름도 머릿속에는 없었다. 동욱은 한참 이따가
전화를 받았다.

"어, 동욱아."

"……소식 들었나보네."

"김영서라는 애, 네가 잘 안다며? 도대체 누구야? 나 때문
에 죽었다는 건 또 뭐고?"

"……지금 아버지 병원에 와 있어. 뭐 좀 확인하고 내가 다
시 전화할게."

성호의 이야기를 더 들어보지도 않고 동욱은 그대로 전화를
끊었다. 뭘 확인한다는 거지? 자기 볼일 보느라 바쁜가 싶어
서운한 생각이 들었다.

성호는 일단 SNS 댓글들을 보고 상황을 파악하기로 했다.

평소 달리는 댓글이 수천수만 개라면 지금은 그것보다 열 배는 많아 보였다. 대부분 욕이었다. 정보를 줄 만한 것들은 없어 보였다. 자신이 동창이라는 댓글도 보였다. 학창시절 애들 괴롭히는 걸로 유명한 놈이었다는 글을 보자 말문이 막혔다. 정말로 내가 그런 놈이었다고?

지금은 이런 걸로 열을 낼 상황이 아니라는 생각에 마음을 가라앉히고 계속 댓글들을 살폈다. 누군가 링크를 건 게 보여 눌러보았다.

신문기사가 떴다. 신문사 홈페이지로 연결되는 것은 아니고 커뮤니티의 게시판에 올라온 이미지 파일이었다. 신문을 펼쳐 놓고 찍은 것 같았다. 지금은 사용하지 않는 활자를 보니 꽤 오래전 기사 같았다. 진학을 비관한 학생이 학교에서 자살을 했다는 뉴스였다. 신문기사에는 학교 정문 사진도 있었다.

성호는 신문기사를 보고 또 봤다. 진학을 비관한 학생이 자살을 했다고 분명히 적혀 있는데, 왜 이 사건에 자신이 연루된 것인지 이해가 되지 않았다. 게시물을 올린 사람이 누군지 궁금했다. 닉네임은 '지켜보고 있다'였다. 어쩐지 등골이 서늘해지는 닉네임이었다.

누군가 문을 두드리는 소리에 화들짝 놀란 성호는 자리에서 벌떡 일어났다.

〈당신의 홈〉 피디였다. 그 뒤로 메인 작가도 함께였다. 둘은

240

평소와 달리 무거운 표정으로 들어오더니 성호의 맞은편에 자리를 잡고 앉았다. 성호도 자리에 앉으며 오늘 아침 늦은 일에 대해 사과했다. 피디는 그건 문제도 아니라는 듯 고개를 저으며 말했다.

"아시겠지만 저희도 상황파악을 해야 해서요. 생방하는 날 이런 일이 터져서 저희도 어떻게 대처할 방법이 없었는데, 오늘 방송은 그렇다 치고 바로 다음 방송을 준비해야 하니…… 그냥 딱 까놓고 여쭤보겠습니다. 학교폭력 문제, 어떻게 된 일입니까? 사실입니까?"

"저 그게…… 지금 저도 뭔 일인지 잘…… 누군지도 모르는 사람이라 당혹스럽네요. 무슨 일인지 알아보고 있던 중입니다."

"아시겠지만, 요즘 방송가에서는, 아니 우리 사회가 전반적으로 학폭 논란에 아주 민감합니다. 그건 잘 아시죠?"

성호는 피디를 제대로 쳐다보지 못했다. 죄인이라도 된 것처럼 움츠러든 채 고개만 끄덕일 뿐이었다.

"논란이 정리되기 전까지 잠깐 쉬는 게 어떨까 싶은데……"

피디의 말에 성호는 뭐라 답을 하지 못했다. 성호의 침묵을 달리 해석한 메인 작가가 인상을 쓰며 말했다.

"새벽부터 우리 프로그램 인터넷 게시판이 난리가 났어요. 기자들 전화도 걸려오고……"

"김 작가 그만해."

피디의 한마디에 입을 다물었지만 메인 작가의 표정에는 냉기와 짜증이 뒤섞여 있었다.

"……네, 알겠습니다. 생각지 못한 일로 폐를 끼쳐 죄송합니다."

성호의 말이 끝나기가 무섭게 메인 작가가 자리에서 일어났다. 피디도 성호를 물끄러미 보다가 방을 나갔다.

생방 시작하기 전부터 냉담하던 분위기가 이제야 이해가 되었다.

성호는 변명 한마디 못하고 학폭을 저지른 가해자가 되었다. 지금은 프로그램을 걱정할 계제가 아니다. 오해는 나중에 풀면 된다. 무엇보다 상황을 파악하고 수습하는 게 먼저다. 그래도 몇 달 함께한 사람들이 사정도 똑바로 파악하지 않고 자신을 무조건 자르고 보는 것 같아 서운함은 있었다. 허탈한 기분으로 나갈 준비를 하는데 다시 벨이 울렸다.

"어, 동욱아."

"지금 어디냐?"

"왜?"

"어딘지 몰라도, 우리 아버지 병원으로 와. 주소 찍어줄게. 도착하면 전화해."

4

　동욱이 알려준 주소를 찍고 내비게이션이 이끄는 대로 운전하면서도 성호의 머릿속은 온통 김영서라는 아이로 가득했다. 혁주와 다시 통화를 하면서 '피아노맨'이라는 별명으로 불렸고 음악실에서 피아노를 치곤 했다는 것, 겨울방학이 되고 얼마 되지 않아 사람 없는 학교 음악실에서 자살했다는 얘기 등을 들었다.

　"이제 기억나?"

　"아니."

　"아니라고만 하지 말고 떠올려봐. 떠올려야 해. 그래야 누가 이 글을 올리는지 찾을 수 있어."

　그건 혁주의 말이 맞다. 생각해내야 한다. 피아노라는 단어에 머리를 스치는 것들이 있었지만 분명하지 않다. 아직도 기억은 안개 너머에 있었다.

　큰길에서 골목을 꺾어 들어가자 병원 앞 주차장에 동욱이 기다리고 있었다. 성호는 동욱의 옆에 차를 대고 내렸다.

　이곳은 동욱의 아버지가 원장으로 있는 개인 정형외과 병원이다. 학생 때는 학교 근처에 있던 걸로 기억했는데, 이곳으로 이사한 것은 처음 알았다.

　"들어가자."

동욱은 기다렸다는 듯 병원 현관문을 열었다. 어제의 비꼬는 듯한 말투는 말끔히 사라지고 평소의 동욱으로 돌아가 있었다. 대충 사는 것 같아도 상황 판단이 빠르고 머리가 잘 돌아간다. 듣기 싫어도 바른 소리를 잘해 이따금 부딪치기도 했다. 그래도 여전히 친구로 지낼 수 있는 건 철없던 시절부터 함께한 시간이 있기 때문일 것이다.

"여기 왜 온 거야?"

"네가 확인해줘야 할 게 있어."

확인할 게 있다고 했던 건 동욱이었다. 이제는 자신이 확인해줘야 할 게 있다니, 성호는 의아한 생각이 들었지만 이유가 있을 거라 생각하고 입을 다물었다.

동욱은 곧바로 진료실로 들어갔다. 안으로 들어간 성호는 동욱의 아버지에게 고개를 숙여 인사했다. 몇 마디 인사를 나누고 동욱이 바로 아버지에게 말했다.

"아버지, 그 진료 기록."

동욱의 아버지는 미리 준비하고 있었는지 책상 한편에 있던 서류봉투를 열어 엑스레이 필름을 꺼냈다. 조명판에 끼우고 불을 켜니 가녀린 손가락뼈들이 보였다.

"잘 봐."

동욱의 말이 아니더라도 이미 성호의 시선은 엑스레이 필름을 향해 있었다. 중지와 약지의 중간 마디가 부러져 있는 게 보였다. 다른 필름에는 부러진 뼈에 핀을 고정시킨 한 줄이 가 있었다. 성호는 영문을 몰라 동욱을 쳐다보았다.

"이거 김영서 엑스레이야. 아버지 설명 좀 해주세요."

"친구였다니, 안됐구나. 손가락이 퉁퉁 부어서 병원에 왔는데 심각한 골절이라 수술을 했지. 어머니가 전처럼 움직일 수 있냐고 묻더라. 그래서 손을 쓰는 정교한 작업은 어렵겠지만 일상생활을 하는 데는 무리가 없다고 했었어. 어머니가 아들에게는 비밀로 해달라고 했었던 것 같다. 피아노를 전공한다고 했던가…… 치료를 잘하면 전과 똑같이 손가락을 움직일 수 있다고 얘기해달라고 했지. 아니면 아이가 상심할 거라고."

"……어쩌다 골절이 된 건지 기억나세요?"

동욱의 아버지는 진료기록을 보며 말을 이었다.

"넘어졌을 때 손을 잘못 짚었다는 식으로 말을 했는데, 그건 아닌 것 같았어. 단정하긴 어렵지만 넘어졌을 때는 보통 손바닥으로 바닥을 짚으니까 손목 골절이 더 많거든. 이렇게 두 손가락의 같은 부위가 골절되기는 어렵지. 뭔가 사정이 있을 거 같아서 더 안 물어봤지만."

"그럼 어떤 상황일 때 이런 골절이 생길까요?"

"글쎄, 뭔가로 맞았거나, 발로 밟혔거나…… 아무튼 두 손가락 위로 강한 충격이 가해져야 가능하지."

성호는 여전히 엑스레이 필름에서 눈을 떼지 못했다. 그 와중에도 동욱이 아버지에게 질문하고 답을 듣는 과정 자체가 자신에게 들려주기 위한 것임을 눈치챘다.

"고마워요. 그만 가볼게요."

동욱은 어리둥절해하는 아버지에게 자세한 설명은 하지 않은 채 성호를 데리고 진료실을 나왔다.

성호는 동욱을 따라 병원 맞은편에 있는 커피숍으로 들어갔다. 동욱과 마주앉았지만 머릿속이 어지러워 아무 말도 할 수가 없었다. 무수한 기억이 거센 파도처럼 성호를 덮쳤다. 생각을 정리할 필요가 있었다.

성호는 묵묵히 창밖을 보며 수십 장의 기억을 맞춰나가기 시작했다. 기억의 퍼즐이 맞춰지자 더이상 외면할 때가 아니라는 것을 깨달았다. 아직 빈 곳이 있었지만 상황을 파악하기에는 충분했다.

손은, 손만은 건드리지 마.

두 손을 겨드랑이 아래로 숨기며 잔뜩 몸을 움츠린 채 그렇게 말했었나? 그 말에 더 열이 받아서 기어코 손을 끄집어내 손가락을 꺾고 밟았다.

어디를 때릴지는 내 맘이야, 개새끼야!

크리스마스가 다가오고 있었고, 첫눈이 일찍 내렸다. 기말고사는 엉망이었고 아버지에게 성적표를 내밀 생각을 하니 기분이 착잡했다. 길을 지나다 누구든 눈이라도 마주치면, 어깨라도 부딪치면 바로 멱살을 잡고 주먹을 날리고 싶은 상태였다. 후문 밖 골목에서 담배를 피우다 하필 마주친 게 영서였다.

"넌, ……언제부터 알고 있었어?"

"……몰랐어. 어제까진."

"……"

"내가 아는 건 영서가 우리 아버지 병원에서 수술했다는 거, 자살했다는 것. 누가 그렇게 내몰았는지는 몰랐지."

동욱의 목소리는 낮고 차분했다. 성호를 추궁하지는 않았지만 그 어떤 힐책보다 매서웠다.

"……나도 몰랐어. 조금 전까지."

말을 해놓고 보니 자신의 말이 얼마나 공허하게 들릴지 느껴졌다. 하지만 이 일을 까맣게 잊고 있었던 건 사실이다.

그뒤로 손가락에 붕대를 칭칭 감고 있는 영서의 모습을 보긴 했지만 자살 소식은 알지 못했다. 겨울방학이 시작되자마자 캐나다로 어학연수를 갔고 돌아와서는 바로 3학년이 되었으니까. 영서라는 아이가 세상에서 사라진 것도 몰랐다.

"김영서라는 이름을 듣자마자 걔가 피아노 치던 모습이 떠올랐어. 빌리 조엘의 〈피아노 맨〉. 내가 좋아하던 노래였거든. 피아노맨이라는 별명을 붙인 것도 나였어."

"……"

"……어떻게 할 거야?"

"어떻게 해야 하지?"

"그 고민은 너의 몫이지. ……글 올린 사람부터 찾아봐."

동욱의 말이 맞다. 글을 올린 사람을 찾아서…… 찾아서 뭘 어떻게 할 건지는 나중에 생각하자. 지금 제대로 수습하지 않으면 지금까지 이룬 것이 모두 수포로 돌아간다. 이렇게 무너질 수는 없다는 생각이 들었다. 어떻게 해서든 방법을 찾아야지.

"고맙다. 덕분에 뭘 해야 할지 알겠다."

성호는 동욱과 헤어져 바로 집으로 향했다. 사무실에 갈까도 생각했지만 지금은 누구의 시선이라도 따가울 것 같았다.

아무도 없을 거라고 생각한 집에 인기척이 있었다. 혹시 어머니인가 했는데 가사도우미였다. 평소보다 너무 일찍 돌아온 성호를 보자 가사도우미도 놀란 눈치였다.

"……오늘은 일찍 들어오시네요."

"네, 일이 좀 있어서."

가사도우미가 언제 와서 언제 가는지는 한 번도 생각해본

적이 없었다.

"청소와 빨래는 다 했어요. 반찬 만들던 중이라, 이것만 하고 갈게요."

아주머니도 성호와 함께 있는 게 불편했는지 사정을 설명하더니 서둘러 도마 위에 있는 재료들을 프라이팬에 넣어 볶기 시작했다. 가스레인지 위에 놓인 냄비에서 김이 올라오고 있었다. 미역국냄새가 풍겨왔다.

옷을 갈아입으려고 방으로 들어가던 성호의 배 속에서 꼬르륵 소리가 들렸다. 생각해보니 아침부터 아무것도 먹지 않았다. 이런 와중에도 배가 고팠다.

성호는 주방을 서성거렸다. 반찬을 만들던 아주머니가 돌아보았다.

"……식사 좀 하려고요."

"아, 앉으세요. 얼른 차려드릴게요."

아주머니는 냉장고에서 반찬을 꺼내고 밥과 국도 내놓았다. 성호는 서둘러 밥을 먹기 시작했다.

"……무슨 일 있어요?"

아주머니의 말에 대답하려고 서둘러 밥을 삼키다가 사레가 들렸다. 켁켁 기침을 하고 물을 마신 뒤에야 진정되었다.

"괜히 말을 걸었나보네. 난 그냥…… 이 시간에 오신 게 처음이라 무슨 일인가 해서요."

"아, 별일 아니에요. 오늘은 집에서 작업할까 하고요."

"……네."

아주머니는 다시 몸을 돌리고 새로 만든 반찬들을 통에 담기 시작했다.

다시 수저를 든 성호가 밥을 먹으려는데 핸드폰이 울렸다. 혁주였다. 식사를 하며 전화를 받았다. 바지락을 넣어 끓인 미역국은 참기름 향이 풍겼고 고소한 맛이 났다.

"뭐야, 밥 먹어? 태평하네?"

"그럼 굶냐? 밥은 먹고 살아야지. 왜?"

"동욱이가 뭐래?"

"뭘 뭐래, 누군지 찾아서 수습하라 그러지."

"뭐야, 혼자 대단한 걸 알고 있는 것처럼 굴더니. 그래서 누군지는 알아낸 거야?"

"아니, 이제부터 찾아봐야지. 글 올린 사람 닉네임 찾아서 메일 보내려고. 뭐 때문에 올렸는지, 뭘 원하는지 물어봐야지."

"돈 때문일까?"

"돈?"

"그렇잖아, 네가 잘나가니까 옛날 일을 핑계로 한몫 챙겨보겠다는 거지. 뉴스에 나오는 사과받고 싶었다, 어쩌구. 그것도 살아 있을 때 얘기지."

"돈이든 뭐든 일단 찾아내면 알게 되겠지."

"그래…… 그거만 하고 컴퓨터 꺼라. 한동안 인터넷 보지 마."

"……심하냐?"

"뭐 그렇지. 나도 알아보고 있어. 동창 중에 아는 애들이 있을 거야."

"알았어. 나중에 통화하자."

전화를 끊은 성호는 식사에만 집중했다.

이렇게 위기감을 느낄 때는 배를 채워야 한다는 것을 본능적으로 알고 있다. 파리에 있을 때도 혼자 버려진 듯한 기분이 들 때 성호는 배부터 채웠다. 속이 든든하게 채워지면 두렵고 힘든 일도 어떻게든 마주할 용기가 생겼다. 기력이 달리지 않게 충전한 다음 까짓것 어떻게 되겠지 하는 마음으로 몰아붙였다.

가사도우미는 성호가 먹은 식사 설거지까지 끝내고 돌아갔다.

비로소 혼자가 된 성호는 컴퓨터를 켜고 자신의 SNS를 열었다. 그사이 더 많은 악플이 달렸지만 든든히 속을 채운 덕분인지 타격감은 훨씬 줄어들었다.

김영서와 관련이 있을 듯한 몇 개의 댓글을 찾아냈다. 그들에게 거의 같은 내용의 메일을 보냈다. 영서와 어떤 관계인지, 가족이라면 연락을 달라고 했다. 직접 만나서 사과를 하고 싶다고 썼다.

십팔 년 전 일이 이렇게 자신의 발목을 잡을 줄은 몰랐다.

그때의 자신을 생각해보면 아직 사고력도 떨어지고 이성적인 판단을 할 수도 없었다. 고작해야 오늘, 내일만 생각하고 미래에 대해서도 진지하게 생각해본 적이 없었다. 키가 자라고 덩치가 크듯 생각과 가치관이 하나둘 입력되고 있던 미완성의 유성호였다.

메일을 보내고 나니 더이상 할 게 없었다. 대상도 없는데 상황수습이 될 리가 없었다. 답장을 기다리다 학폭 사건에 연루되었던 연예인이나 유명인의 기사를 찾아 읽으며 어떻게 대처해야 하는지 방법을 찾아보았다.

패턴은 대개 비슷했다. 그런 일이 없다고 부정하다가 또다른 피해자가 등장한다. 결국 인정할 수밖에 없는 상황이 되면 소속사에서 연예인이 직접 쓴 사과문을 올렸다. 철없던 시절에 저지른 치기어린 행동이었다는 말은 사실이었지만 그게 면죄부가 되지는 못했다.

'나도 유명인인가, 친필 사과문이라도 써야 하나?'

쓴웃음이 새어나왔다. 이런 게 유명세라는 것이구나. 대중에게 알려지지 않았다면 오늘처럼 과거가 폭로되는 일은 없었을지도 모른다. 어쨌든 이대로 가만히 있는 건 아니라는 생각이 들었다.

거실을 서성거리며 고심하는 동안 전화가 걸려오기 시작했다. 알고 지내던 기자들의 전화번호가 뜨자 받기가 망설여졌다. 아직 무슨 말을 할지도 모르는데 괜히 몇 마디 주고받았다가 기사화되는 건 시간문제일 것 같았다. 하지만 사무실에서 걸려오는 전화는 받지 않을 수가 없었다.

"소장님, 하준입니다."

"아, 내가 연락을 안 했네, 오늘은 일이 있어서 사무실에 못 나가요."

"네, 그보다…… 클라이언트들이 계약을 해지하겠다고 연락을 하고 있어서요."

"……네?"

그것은 예상하지 못했다. 방송을 잠시 쉬라고 하거나, 악플이 달리는 것도 이렇게까지 충격은 아니었다. 하지만 본업마저 위협받는다는 것은 치명적이다. 정신이 번쩍 들었다. 방송은 안 하면 그만이라는 생각이 있었는지도 모른다. 안일하게 생각했다.

성호는 그제야 자신의 생각보다 일이 어렵게 돌아가고 있다는 것을 실감했다.

5

강의실에 들어서자 웅성거리던 학생들이 갑자기 조용해졌

다. 성호는 아무 일도 없었던 듯 교단에 올라 학생들을 바라보았다. 다들 입을 다문 채 성호를 노려보고 있었다. 그들의 눈은 단호하고 냉정했다. 성호는 애써 그들의 얼굴을 무시하고 가방을 열었다.

가방 속에 아무것도 없었다. 몇 번이나 확인했지만 오늘 수업을 위해 준비한 노트는 보이지 않았다. 성호가 빈 가방을 뒤적거리는 모습을 본 학생들이 자기 책상 위에 있는 책들을 찢어서 던지기 시작했다. 누군가가 책상 위를 손바닥으로 두드리기 시작했다. 거기에 동조하는 학생들이 하나둘 책상을 치기 시작했다. 강의실 안을 가득 채운 소음과 날아다니는 종잇장들을 더이상 견디기가 어려웠다.

성호는 수업을 포기한 채 그대로 강의실에서 뛰쳐나왔다.

잰걸음으로 복도를 빠져나오는 성호의 뒤로 학생들이 소리지르며 쫓아오기 시작했다. 먹이를 찾는 좀비처럼 학생들은 한덩어리로 움직였다.

놀란 성호는 전속력으로 복도를 달렸다. 긴 복도는 끝이 없는 듯했다. 그러다 문이 열린 곳을 발견하고 얼른 들어가 문을 잠그고 몸을 숨겼다. 요란하던 복도가 갑자기 조용해졌다. 한숨을 내쉬고 겨우 여유를 가진 성호는 방안을 둘러보았다. 어두운 방 중앙에 불빛이 새어나오는 문이 보였다.

성호는 자신도 모르게 불빛을 향해 걸음을 옮겼다. 문을 열

254

자 밝은 빛과 함께 새하얀 벽과 네모난 창들이 보였다. 뭔가 이상했다. 집안을 둘러보던 성호는 비로소 그 집이 대학 때부터 자신이 만들었던 주택의 모형이라는 것을 깨달았다.

하얀 벽이 성호에게 천천히 다가왔다. 벽 사이에 낀 성호는 어디로도 움직일 수 없게 되었다. 이대로 벽에 끼여 죽는 건가 싶은 순간 벽에서 튀어나온 하얀 손들이 성호의 몸을 더듬기 시작했다. 팔목을 잡고 어깨를 짓누르고 목을 졸랐다. 사방의 흰 것들이 성호의 몸에 밀착되어 숨을 쉬기도 힘들었다. 발버둥치고 손으로 밀쳐보아도 방법이 없었다. 손들은 눈을 짓누르고 코와 입을 막았다. 숨이 막혔다. 이대로 가면 죽을 거라는 공포가 가슴을 서늘하게 했다.

성호는 있는 힘껏 소리를 지르며 일어났다. 침대 위였다. 식은땀으로 얼굴이 끈적거렸다. 손에는 이제 막 얼굴에서 걷어낸 이불을 쥐고 있었다. 아마도 이불이 머리를 덮어 숨이 막혔던 모양이었다. 너무나 생생한 악몽에 자신의 목을 조르던 하얀 손들의 감촉이 아직도 느껴질 정도였다.

강의실을 생각하니 오 교수가 떠올랐다. 머릿속으로는 몇 번이나 먼저 연락해 전후 사정을 알리는 게 낫지 않을까 싶었지만 한편으론 계속 주저하고 있었다. 어떻게 말을 꺼내야 할지, 무슨 말을 해야 할지 가늠이 되지 않았다. 그렇게 망설이는 사이 며칠이 흘렀다. 학교가 꿈에 나온 것은 오 교수에 대한 중압감 때문일까. 그나마 학기가 끝나 방학중이라는 게 다행스러웠다. 거실로 나가 불을 켰다. 핸드폰으로 시간을 확인하니 열시가 지나 있었다. 머릿속이 복잡하고 두통까지 와서 약을 먹고 잠시 쉰다는 게 몇 시간을 잔 것이다. 알람을 꺼놓은 핸드폰에는 부재중 전화가 많이 와 있었다. 기자들, 부모님, 사무실, 친구들. 학교 조교들의 문자도 있었다. 이미 시간이 늦기도 했고 누구에게도 전화할 마음이 생기지 않아 그대로 소파 위로 던져버렸다.

성호는 냉장고를 열어 생수를 꺼냈다. 차가운 물을 들이켜며 서재로 들어가 메일함을 확인했다. 수신확인을 해보니 이틀 전 메일을 연 기록이 있다. 답장은 아직도 없다. 다시 한번 메일을 보내볼까?

학폭 기사가 나가고 며칠 동안 성호는 꼼짝도 하지 않고 집에만 틀어박혀 있었다.

변명을 해봐야 되돌릴 수 있는 것도 아닌데 사과문이니 해명이니 부질없다고 생각했다. 한편으로는 억울한 마음도 있었다. 영서를 때린 것은 사실이지만 죽음은 그가 선택한 것이다. 그것까지 자신에게 책임을 돌리는 건 과하다는 생각이 들었다. 하지만 지금 그런 말이 먹히기나 할까, 그냥 소나기가 지나가길 기다려야 한다. 어설프게 '여기까지는 나의 잘못이고 이건 아닌 것 같다'고 따지다가는 영원히 매장되고 말 것이다.

소파 위에 던져둔 핸드폰이 울렸다. 무시하려다가 혁주의 번호라는 것을 확인하고 받았다.

"뭐하나?"

"아무것도."

"가게로 와."

"됐다."

"나와. 동욱이도 있어. 다른 소식도 있고."

"뭔데?"

혁주는 가게로 오라는 말만 다시 하고 전화를 끊었다. 어쩔 수 없이 옷을 갈아입고 외출 준비를 했다. 사람들이 알아볼까 싶어 선글라스를 찾아 쓸까 하다가 헛웃음이 새어나왔다. 이 밤에 선글라스라니, 한심한 생각이 들었다.

어차피 지하주차장으로 내려가서 자동차를 타고 혁주 가게 로 가는 동안 사람들을 만날 확률은 거의 없다. 맞닥뜨린다고 해봐야 서너 명이 고작일 것이다. 설령 누가 쳐다본다고 해도 무시하면 그만이다.

막상 집 밖으로 나오니 조금 전까지의 배짱은 어디 갔는지 멀리서 인기척만 들려도 움찔거렸다. 자동차 운전석에 올라 온전히 혼자가 되니 비로소 마음이 놓였다. 밖을 나오는 것만 으로 이렇게 위축된 기분을 느낄 거라고는 예상하지 못했다.

가게에 도착하자 성호의 기분을 아는 듯이 혁주는 바로 사람들의 시선이 없는 룸으로 데리고 갔다. 동욱과 둘이 술을 마시고 있었던 듯 술잔이 두 개뿐이다.

"다른 애들은?"

"바빠. 나 같은 백수나 시간이 남아돌지……"

동욱이 자조적으로 말했다. 한탄인지 자학인지 모르지만 가라앉은 분위기는 아니었다.

성호가 자리에 앉자 혁주가 얼른 잔을 가져다 술을 따라주었다. 양주가 목을 타고 들어가니 찌릿한 감촉이 배 속을 흔들었다.

"연락 왔어?"

혁주의 말에 고개를 저었다. 동욱은 한심하다는 듯 성호의 얼굴을 쳐다보았다.

"그렇게 마냥 기다리기만 할 거야?"

"……"

"야, SNS에 뭐라도 써야 하는 거 아니냐?"

옆에서 혁주도 거들었다.

"뭐라고 써?"

"뭐, 실망시켜서 미안하다든지, 물의를 일으켜서 죄송하다든지. 사과문 검색해봐, 연예인들이 쓴 거 수두룩하게 올라올걸?"

"새끼가, 장난하나."

동욱이 정색하며 혁주를 향해 인상을 썼다.

"아니, 나는 뭐라도 좀 하라는 거지. 이렇게 입 딱 다물고 지나가기만 기다릴 거야?"

"답이 안 오는데 어떡해? 뭐 연락이 돼야 뭘 하지."

동욱이 주머니를 뒤져 쪽지를 꺼내더니 성호를 향해 탁자에 던져놓았다.

"영서네 주소랑 전화번호야. 진료기록에서 적은 거라 아직도 거기 사는지는 모르지만 한번 찾아봐. 연락이 없으면 네가 찾아 나서야지."

성호는 탁자 위에 놓인 쪽지를 물끄러미 보기만 했다.

"해결할 생각은 있는 거야?"

"이걸로 해결이 될까?"

"뭐?"

동욱의 물음에 성호는 두 손으로 얼굴을 쓸어내리며 마른세수를 했다.

"십팔 년이나 된 과거의 일이야. 어떻게 해야 해결되는 거야, 뭐가 해결이야? 이제 와서 뭘 한다고 해도…… 그게 과연 해결일까. ……누구에게 해결인가 싶다."

"……"

지그시 성호를 쳐다보던 동욱은 잔에 술을 따르며 물었다.

"도망치고 싶은 건 아니고?"

성호는 동욱을 짧게 쳐다보고는 탁자 위에 있는 쪽지를 집어 주머니에 넣었다.

"그런 맘이 없는 것도 아니지. 솔직히 이제 와서 왜? 하는 마음이야. 당사자가 아닌 사람이 이제 와서 죄를 추궁한다는 게 이상하잖아?"

"이기적인 새끼. 변한 게 없네."

동욱은 그대로 자리에서 일어났다.

"됐다, 내 일도 아니고. 난 여기까지 하련다."

"야, 친구끼리 왜 그래?"

동욱은 자신의 팔을 잡는 혁주의 손을 뿌리치고 룸을 나갔다.

"좀 잡아봐, 쟤도 걱정돼서 그러는 건데."

"알아, 동욱이 말대로 이건 내 문제니까, 내가 알아서 할게."

다음날 오후, 성호는 동욱이 건네준 쪽지를 한참 들여다보다 적힌 번호로 전화를 걸었다. 결번이었다. 그렇지, 요즘에 누가 집전화를 쓴다고. 주소를 들고 집을 찾아가는 것도 부질없을 것 같았지만 뭐라도 하지 않고는 견딜 수가 없었다. 더위가 가시고 해가 기울 무렵에야 집을 나섰다.

영서의 집은 고등학교 후문에서 50여 미터 떨어진 곳에 있었다. 지금은 2010년에 지어진 빌라가 떡하니 자리잡고 있었다. 영서가 살던 집은 이미 허물어지고 새로운 주소와 새집이 들어선 것이다.

기대하지 않았지만 막상 어떤 흔적도 남아 있지 않자 난감해진 성호는 골목 주변을 두리번거렸다. 근처에 먼지가 가득 앉은 오래된 복덕방 간판이 보였다. 부동산도 아니고 복덕방이라니, 꽤 오래전부터 이곳을 지키고 있는 느낌이었다. 저기라면 뭔가 알지 않을까 싶었다. 성호는 조심스럽게 복덕방 문을 열었다.

책상 앞에 앉아 돋보기를 끼고 신문을 보던 육십대 남자가 일어나며 성호를 맞았다.

"어서 오세요."

집을 보러 온 손님이라고 생각했는지, 얼른 책상을 돌아 성호가 있는 곳으로 다가왔다.

"집 보시게? 전세 월세?"

"아니, 저 앞에 살던 김영서네 가족……"

"영서네? 아 그 집. ……거기는 왜?"

복덕방 주인은 머뭇거리는 성호를 보더니 이내 창밖을 바라보며 말을 이었다.

"이사간 지 십 년도 넘었어. 아들 그렇게 가고 아저씨도 몇 년 뒤에 사고로 죽었지 아마. 아주머니가 더 못 견디고 이사를 갔지."

"어디로 갔는지는 혹시 못 들으셨어요?"

"뭐, 십 년도 더 된 일을 어떻게 기억해? 가족들 찾아요?"

"⋯⋯아니, 고맙습니다."

성호는 주인이 더 캐묻기 전에 복덕방을 나왔다.

잰걸음으로 골목길을 나오던 성호는 익숙하게 방향을 틀어 걸음을 옮겼다. 자신도 모르게 발걸음을 옮긴 곳은 학교였다. 담장과 후문을 새로 고쳤는지 성호가 다닐 때의 모습이 아니었다.

성호는 자신도 모르게 학교 안으로 발을 내디뎠다. 십오 년 만인가? 방학이라 그런지 학교는 조용하기만 했다. 불 꺼진 건물은 철거를 앞둔 폐가처럼 으스스한 분위기를 풍겼다. 집은, 건물은, 사람이 있을 때와 없을 때 확연히 다른 분위기를 띤다.

어두운 운동장 한편에 서서 학교 건물을 바라보고 있자니 열여덟 살의 유성호를 소환하고 싶었다. 어리석은 짓을 하기 전에 멱살을 잡아끌어서라도 그 골목에 가지 못하게 막고 싶었다. 영화처럼 그때로 돌아가 모든 것을 되돌릴 수 있다면 얼마나 좋을까?

성호는 무력한 기분으로 발길을 돌렸다. 학교를 빠져나오는데 핸드폰이 울렸다.

화면에 뜬 이름은 정기연이었다.

6

〈건축 미학〉에 인터뷰가 실린 뒤 성호는 몇 번이나 기연에게 연락을 했었다.

기연이 찍어준 자신의 얼굴이 마음에 들었다. 살면서 수없이 많은 사진을 찍었지만 자신의 얼굴에서 그런 느낌을 포착한 사진은 보지 못했다. 진지하고 열정적으로 보였다. 노 기자의 말대로 인물 사진을 제대로 찍는 사람이구나 하는 느낌을 받았다.

기연은 바쁘다며 성호를 피했지만 인터뷰할 때 찍은 사진 중 프로필로 쓸 만한 B컷을 좀 얻었으면 좋겠다고 억지를 부려 만났다. 그녀의 스튜디오에 찾아가기도 하고, 산티아고에 가게 되면 도움이 될 정보를 알려준다는 핑계로 전화를 하기도 했다. 하지만 매번 정중하지만 단호한 기연의 반응에 다시 연락하기가 망설여졌다. 그러다 방송을 하게 되면서 바빠졌고 자연스럽게 잊고 있었다.

그렇게 피하더니 왜 하필 지금 연락을 해온 것일까 하는 불편함이 일었다. 한편으론 어쩌면 자신에게 위로라도 하려는 게 아닐까 하는 일말의 기대감도 있었다. 만나고 싶다는 기연의 말에 성호는 서둘러 약속을 잡았다.

안으로 들어서자 낮은 피아노 소리가 들렸다.

넓은 실내 중앙에 흰색 그랜드피아노가 놓여 있었다. 피아노 앞에 앉은 사람이 없는 걸 보면 음반을 튼 모양이었다. 자리를 크게 차지하고 있는 그랜드피아노는 아무래도 장식에 불과한가보았다.

안을 둘러보던 성호는 커다란 유리창 옆 테이블에 앉아 있는 기연을 발견했다. 실내를 가로질러 걸어가면서 성호의 신경이 날카로워졌다. 거부감이 들 정도로 하얀 인테리어와 대리석 바닥이 부담스러웠다. 굳이 이런 장소를 고른 기연의 취향이 마음에 들지 않았다. 몇 번 만나면서 느꼈던 감으로는 자연스럽고 편한 공간을 좋아할 것 같았는데.

성호는 기연 앞에 앉으며 가볍게 웃어 보였다.

"이런 곳을 좋아할 줄은 몰랐네요."

"건축가의 입장에서 이곳은 어떤가요?"

기연은 인사도 없이 엉뚱한 질문을 던졌다. 성호는 자신이 건넨 인사가 마음에 들지 않아서인가 싶었다. 담담히 쳐다보는 기연의 얼굴에서는 어떤 의도도 읽을 수가 없었다.

"……과유불급이라고 할까요? 화려함이 지나치면 단아함은 사라지고 안락한 장소가 되지 못해 불편한 공간이 되죠."

기연의 입가에 뜻 모를 미소가 흘렀다. 그 미소에 성호는 자신의 기대와는 다른 만남이 될 거라는 예감이 들었다.

기연은 가방에서 무언가를 꺼내 탁자 위에 올려놓았다. 표지가 가죽으로 된 노트였다. 가죽끈으로 둘둘 말린, 투박하지만 한 손에 들고 다니며 메모도 하고 그림도 그려넣기 딱 좋은 노트. 눈에 익은 가죽 표지를 본 성호는 놀란 눈이 되어 기연을 쳐다보았다.

너무 당혹스러워 말도 잘 나오지 않았다.

"……이, 이게 왜 당신에게 있죠?"

"저도 같은 질문을 하고 싶네요. 이게 왜 당신에게 있죠?"

생각지도 못한 기연의 반격에 성호의 얼굴이 확 달아올랐다.

"설마 이걸 당신 물건이라고 말하고 싶은 건가요?"

"……"

"어떻게 손에 넣은 거죠?"

성호는 아무 말 없이 기연을 노려보았다. 나의 등에 칼을 꽂은 게 당신인가? 아니다, 이건 김영서의 일과는 상관이 없다.

노트는, 저 노트는 내 집 책상 서랍 속에 있어야 한다. 누구도 알지 못하게 깊숙한 곳에 있어야 한다.

성호의 입이 쉽게 열리지 않자, 기연이 먼저 말을 꺼냈다.

"솔직히 처음 이 노트를 봤을 때는 이게 어떤 의미인지 알지 못했어요. 하지만 이 노트가 당신 손에 있다는 건 아주 잘못된 일이라는 사실을 금방 깨달았어요."

성호는 입안이 바짝 마르는 것을 느꼈다. 침을 삼키려 해도 그마저 쉽지 않았다.

"처음엔 당신 노트라고 생각했어요. 제게 이 노트를 준 분이 그렇게 말했으니까요. 당신 책상 속에 들어 있었다고."

"그게 누구죠? 왜 남의 노트를 당신에게 준 겁니까? 알았다면 바로 내게 전화해서 돌려줬어야죠."

"왜 당신에게 돌려줘야 하죠? 당신이 주인이 아닌데."

등줄기로 서늘한 바람이 지나갔다. 소름이 돋았다. 인테리어도 과하더니 실내 공기마저 너무 차갑게 흘렀다. 에어컨에서 나오는 냉기가 마음에 들지 않았다.

"이 노트의 주인을 찾는 건 어렵지 않았어요. 안쪽 그림에 사인이 있으니까요. 노트 뒤편에 주인의 이름도 적혀 있고요."

"……"

"인터넷에 이 이름을 검색하는 것만으로 많은 사실을 알게 되었죠. 스페인의 건축사무소에서 일하는 사람이고 휴가 동안 산티아고 길을 걸으며 자신이 보고 느낀 것을 이 노트에 적고 다녔다. 그리고 어느 알베르게에서 갑작스럽게 죽었죠."

"그건 심장마비였어."

자신도 모르게 말이 튀어나와버렸다. 기연은 잠시 말을 멈추고 성호의 얼굴을 빤히 쳐다보았다. 성호는 그런 기연의 시선을 견디기가 어려워 고개를 돌렸다.

어디서부터 함께 걸었던가. 연이틀 알베르게에서 마주치자

인사를 나누고 저녁식사를 하면서 서로의 직업이 같다는 것을 알게 되었다. 그뒤로 며칠 동안 앞서거니 뒤서거니 하며 도착한 마을의 오래된 건축물을 함께 보거나 성당을 둘러보았다. 그대로 여행을 마쳤다면 좋은 친구로 남았을 것이다.

나흘째 되는 날인가, 그는 먼저 떠나겠다며 짐을 꾸렸고 성호는 아침식사를 하고 숙소로 올라왔다. 떠난 줄 알았던 하비에르는 침대 옆에 쓰러져 있었다. 숨이 멈춘 채였다. 주인을 불렀고 구급차가 왔다. 그의 짐을 챙겨 구급차에 실어 보냈고 그의 노트는 자신의 배낭에 넣었다.

"인터넷에서 그의 페이스북을 찾았죠. 순렛길의 아름다운 석양을 올린 게 마지막 글이더군요. 아마도 당신과 함께 봤던 풍경이 아닐까 싶네요."

"……"

"이런 의문이 들더군요. 왜 이 노트를 당신이 가지고 있는 것일까? 노트에 그려진 건축물 그림을 보자 알 것 같았어요. 여기에는 실제 있는 성당이나 건물의 스케치도 있지만 앞으로 만들고 싶은 자신의 아이디어도 들어 있던 거죠. 갑자기 궁금해지더군요. 당신이 과연 어떤 작품으로 유럽의 건축디자인 공모전에서 수상을 했는지."

기연은 태블릿에서 무언가를 검색하더니 화면을 보여주었다. 그리고 노트에 견출 테이프로 표시해둔 곳을 펼쳤다.

"놀랍죠? 어떻게 당신의 작품이 이 노트에 있는 그림과 똑같을 수가 있죠?"

발밑의 단단한 대리석들이 무너져내리고 자신의 몸이 깊이를 알 수 없는 어두운 싱크홀로 추락하는 것 같았다. 머리가 지끈거렸다.

기연은 할말이 끝났다는 듯 노트의 가죽끈을 다시 잘 묶어 성호 앞으로 내밀었다. 성호는 얼른 노트를 움켜쥐었다.

알베르게의 주인이 심폐소생술을 하고 구급요원들이 달려와 그를 실어가는 그 다급하고 짧은 순간에 왜 그의 노트를 감출 생각을 했을까. 왜 그의 아이디어를 공모전에 낼 생각을 했을까? 왜 이 노트를 없애버리지 않았을까. 왜 책상 서랍에 고이 모셔놓고……

성호는 더이상 기연의 시선을 피하지 않았다.

"이 노트를 당신에게 준 사람이 누구죠?"

"그건 당신이 풀어야 할 숙제 아닌가요?"

성호는 미로에 갇힌 생쥐가 된 기분이었다. 아무리 달아나려고 해도 골목 끝은 벽으로 막혀 있다. 과연 출구를 찾을 수 있을까?

"누군가 나를 무너뜨리고 싶은 사람이겠죠. 왜 당신은 기꺼이 그 사람을 돕는 거죠?"

"그 사람이 왜 내게 왔을 것 같아요? 이 일을 까발리려면 기

268

자가 더 적당할 텐데, 사진작가인 나에게."

"……?"

"그 사람은 나에 대해 알고 있었어요. 내 인터뷰를 찾아봤더 군요. 그리고 자신과 공통점을 발견한 거예요. 그 때문에 자신 의 부탁을 거절하지 않을 거라는 걸 안 거죠."

"그게 뭐죠?"

기연은 성호의 말에 답하지 않고 어디론가 전화를 걸며 서 늘한 눈으로 성호를 바라보았다.

"네, 최 기자님. 제가 보낸 메일 보셨나요? 기사는 언제쯤 올라올까요? 아, 올라왔어요? 감사합니다. 네, 지금 본인 만나 서 확인했어요."

성호는 기연의 말을 들으면서도 무슨 일이 일어나고 있는지 정신을 차릴 수가 없었다. 기연은 자리에서 일어나며 멍하게 앉아 있는 성호를 향해 낮은 목소리로 말했다.

"왜 이곳에서 만나자고 했는지 알아요? 이곳이 꼭 당신과 닮 았다고 생각했거든요. 화려한 겉을 벗겨내면 조잡하고 엉성하 죠."

기연의 말에 단 한 마디도 대꾸하지 못했다. 심장이 조여와 말은커녕 호흡을 하기도 힘들었다.

7

"어디서 이 글을 썼는지 확인하는 건 어렵지 않아요. IP 주소만 확인하면 어떤 건물의 어떤 컴퓨터인지도 알아낼 수 있어요."

성호는 그런 설명까지 듣고 있을 여유가 없었다. 자신이 알고 싶은 건 김영서와 관련된 글을 남긴 사람에 대한 정보였다.

기연과의 만남이 헛되지는 않았다. 기연은 자신의 인터뷰에 그 사람과의 공통점이 있다고 했다. 인터넷에 올라온 기연의 인터뷰를 찾아 읽었다.

오로지 인물 사진만 찍는 사진작가 정기연. 그 이유는 학교 폭력에 시달리다 자살한 동생 때문이라고 했다. 동생의 얼굴을 제대로 쳐다봤다면 동생이 느끼는 고통, 절망, 두려움을 알아챘을 텐데 자신은 그것을 놓치고 있었다고.

인터뷰를 읽자마자 영서에 대한 글을 올린 사람과 기연에게 노트를 준 사람이 동일 인물이라는 것을 직감했다. 머뭇거리는 사이 정체를 알 수 없는 그는 성호에게 또하나의 치명타를 입혔다. 메일의 답장이나 기다리며 여유를 부릴 형편이 아니었다는 걸 뒤늦게 깨달았다.

글이 올라온 곳에 모든 힌트가 있었는데 그걸 간과하고 있었다. 커뮤니티 게시판에 올라오는 글은 IP 주소가 기록된다.

메일을 보내고 그걸 통해서도 상대의 IP 주소를 알아내는 법이 있다고 했다. 성호는 컴퓨터 전문가에게 그동안 글이 올라왔던 곳과 자신의 메일 등을 보여주며 아이디 '지켜보고 있다'의 위치를 찾으려고 했다.

얼마 되지 않아 상대의 IP 주소를 찾아냈다. 불과 십 분도 되지 않아 주소를 알아내자 허탈할 정도였다.

"근데 이상하네요."

"······?"

"모두 같은 주소인데요?"

"그게 무슨······?"

"고객님이 메일을 쓴 곳과 메일을 확인한 주소, 이 게시판의 글을 올린 주소 모두 같은 장소입니다."

"내가 메일을 쓴 곳······ 내 집이라고요?"

"예, 모두 동일한 주소로 나오는데요?"

내가 사는 곳에 들어와서 내 컴퓨터를 사용했다고? 책상 서랍 속에 들어 있던 노트를 가져간 것도 그제야 이해가 되었다. 내 공간을 침범하고 마음껏 휘젓고 다닐 사람, 현관문의 비밀번호를 아는 사람. 떠오르는 사람은 오로지 한 사람뿐이었다.

성호는 주방 식탁에 앉아 이 모든 일을 꾸민 사람을 기다렸다.

기연과 만난 뒤 얼마 되지 않아 조교에게서 강의가 폐강되었다는 문자를 받았다. 오 교수는 전화를 받지 않는 성호에게 짧은 메시지를 남겼다. 은혜를 원수로 갚은 성호에게 욕이라도 남길 법한데 오 교수는 그러지 않았다. 자신의 명성에 먹칠을 한 제자에게 남긴 메시지치고는 점잖았다. 오 교수의 메시지가 아니더라도 이제 다시는 건축과 관련된 일은 할 수 없게 되었다.

학교폭력 사건만 해도 시끄러운 판에 디자인 도용으로 공모전 수상을 했다는 기사가 나가자 인터넷이 온통 난리였다. 이제는 더이상 친구들에게도 전화가 걸려오지 않았다. 어머니의 전화만 간신히 받았다. 어쩌자고 이런 짓을 저질렀느냐는 질책과 함께 한동안 외국에 나가 있으라는 아버지의 말을 전했다.

어떻게 일이 이렇게 될 때까지 몰랐을까? 바로 곁에서 자신의 모든 것을 살피며 나락으로 떨어뜨릴 기회를 보고 있는 사람에 대해 왜 아무런 기미도 눈치채지 못했을까?

도어락의 버튼 누르는 소리가 들렸다. 문이 열리고 가사도우미가 집안으로 들어섰다. 아주머니는 평소와 다름없는 모습으로 성호 앞에 마주앉았다.

"저녁은 먹었어요?"

"지금 가사도우미로 여기 오신 게 아닐 텐데요."

"그런가?"

아주머니는 입가에 미소를 띠며 성호를 바라보았다. 얼굴

272

가득 만족스러운 표정이었다.

"나락으로 떨어진 기분이 어때?"

성호는 끓어오르는 분노를 애써 누르며 아주머니를 쳐다보았다.

몇 시간 동안 생각하고 또 생각한 질문을 던졌다.

"도대체 나한테 왜 이러는 겁니까?"

아주머니가 부모님 집에서 가사도우미 일을 시작한 지 육 년이 넘었다. 성호가 파리로 떠나기 몇 달 전 일이었다.

전에 있던 가사도우미는 손버릇이 나빴다. 양념이나 과일 같은 자잘한 도둑질을 일삼았다. 이 사실을 알면서도 어머니는 눈감아주었다. 그러나 지갑까지 손댄 사실을 확인하자 단칼에 잘랐다. 그리고 직업소개소에서 소개를 받은 사람이 눈앞에 있는 사람, 영서의 어머니였다. 자신의 정체를 숨기고 그날부터 일주일에 두 번, 부모님의 집을 드나들면서 오늘을 기다렸던 것이다.

"내가 왜 이러는 것 같아?"

"영서 때문에…… 육 년 동안이나 가사도우미 일을 했다고요?"

"육 년? 내게는 십팔 년이야. 내 아들, 우리 영서가 당했던 고통을 고스란히 돌려주겠다고 다짐한 뒤로 십팔 년이야. 삼십 년은 못 기다릴 줄 알고? 오십 년이라도 기다렸을 거야."

차갑게 빛나는 아주머니의 눈을 바라보자 성호는 할말을 잊었다. 아주머니에게 이런 표정이 있을 거라고는 생각도 못했다.

"너희 집에 처음 갔을 때 내가 얼마나 짜릿했는지 아니? 나는 그때 자식을 개망나니로 키운 네 부모와, 친구를 죽여놓고도 뻔뻔하게 사는 너에게 언제든 복수할 수 있었어. 커피에 약을 탈까? 가스를 틀어놓고 나올까? 네 얼굴을 볼 때마다 어떻게 하면 내 아들의 한을 풀 수 있을지 생각했어."

"……"

성호는 아주머니가 집에 처음 왔던 날도 기억나지 않았다.

"서두르지 않았어. 너를 가장 고통스럽게 할 방법을 찾아야 하는데 어떤 것도 만족스럽지 않았거든. 겨우 약을 먹여 죽여? 그렇게 편하게는 못 보내지. 왜 죽는지 영문도 모를 거 아니야? 갑자기 네가 프랑스로 떠난다는 소식에 조바심이 나기도 했어. 하지만 오히려 다행이라는 생각도 들었지. 네가 돌아올 때까지 생각할 시간이 생겼으니까."

프랑스에서 돌아와 한동안 부모님 집에 머물 때 아주머니와 몇 번 마주친 적이 있었다. 아버지보다 더 환한 얼굴로 잘 돌아왔다는 말을 여러 번 했었다. 이제 한국에서 살 거라는 말에 반가워했던 건 이런 이유였나?

집을 얻어 나가는 성호에게 부모님이 가사도우미를 보내주기로 한 것도 아주머니가 은연중에 던진 말 때문이었다.

'남자 혼자 살면 집이 엉망일 텐데……'

오냐오냐하며 외동아들을 키운 어머니는 그 말을 듣고 그냥 있을 사람이 아니다. 그렇게 아주머니는 성호의 집을 드나들면서 기회를 노렸다.

아주머니가 집안을 뒤지고 그의 컴퓨터를 살피고 일을 꾸미는 동안 성호는 무방비 상태였다. 등뒤에 칼자루를 숨기고 자신에게는 미소를 지었던 아주머니를 생각하자 어이가 없었다.

"도대체 내가 뭘 그렇게 잘못했다고, 영서는 자살이라고요, 자기 스스로 목숨을 끊었다고요."

억울한 생각이 들었다. 손가락 몇 개 부러진 것뿐이잖아, 그래서 십팔 년을 기다렸다고? 이제 나를 죽일 셈인가? 웃기지 마 아줌마, 나는 그렇게 쉽게 죽지 않아.

아주머니는 한동안 아무 말 없이 성호를 노려보다 천천히 입을 열었다. 목소리가 가라앉아 있었다.

"너는 십팔 년 전이나 지금이나 변한 게 하나도 없구나. 아직도 영서의 죽음에 대해 책임이 없다고 생각하는구나. ……나는 언제든 널 죽일 수 있었어. 그런데 왜 내가 오늘까지 기다렸다고 생각하니?"

"……?"

"하나만 물어볼게. 도대체 왜 내 아들, ……우리 영서한테 그런 짓을 한 거니?"

아주머니는 막 싸우고 온 아들 친구에게 말하듯 조용히 물었다.

성호는 말문이 막혔다. 할말이 없었다. 열여덟 살로 돌아가 이유를 찾아보았지만 딱히 왜 그랬는지는 자신도 답을 할 수가 없었다. 긴 침묵을 지나 겨우 찾아낸 답은 스스로 생각해도 빈약했다.

"……그땐 그냥 그런 나이잖아요? 어렸다고요. 아무나 건드리면 폭발하고, 화나고, 집어던지고 싶고."

차분하고 고요하던 아주머니의 눈동자에 불꽃이 튀었다.

"그냥 주먹질을 한 게 아니야. ……넌 우리 영서의 손가락을 작정하고 부러뜨렸어. 그게 영서에게 얼마나 중요한지 알았어. 그래서 가장 소중한 걸, 내 아들의 꿈을 빼앗은 거야. 넌 잘못이 없다고?"

알고 있었다. 영서가 피아노를 얼마나 좋아하는지. 넘어질 때도 두 손을 감싸고, 맞을 때도 손만은 다치지 않으려고 애썼다. 그게 더 성호를 자극했다. 나는 아직 뭐 하나 뚜렷한 게 없는데, 저 자식은 벌써 뭔가를 가지고 있다.

"너는 가장 악랄한 방법으로 영서를 죽였어. 그 아이에게 피아노가 없는 삶은 죽음이나 마찬가지였으니까."

"……그래서 이렇게 긴 시간을 기다렸어요?"

성호는 도무지 이해가 되지 않는다는 표정으로 아주머니를 바라보았다.

"네가 더 높이 날기를 기다려야 했으니까. 네게 인생을 걸 만한 소중한 것이 생겨야 했으니까. 그래야 추락의 고통을 알 테니까. 다시는 일어설 수 없게, 완전히 망가지게."

"……"

"돈 때문이냐고 그랬던가? 만나면 원하는 게 뭔지 알아보겠다고. 내가 뭘 원할 것 같니?"

"……?"

"그날 영서가 느꼈던 걸 너도 느끼길 바라. 차라리 죽는 게 낫다는 결정을 내릴 만큼의 절망. 너도 똑같이 좌절을 느끼길 바라. 그날 네가 먹었던 미역국, 맛있었지? 그게 어떤 의민지 아니?"

속이 뒤틀렸다. 이마에 식은땀이 맺혔다.

"그날 우리 영서 생일이었어. 죽은 아들 생일에 아들을 죽인 친구에게 미역국을 먹이는 심정을 알까?"

그동안 자신을 보며 어떤 생각을 했을지 생각하니 소름이 돋았다. 긴 시간을 숨죽이며 기다린 것은 오로지 아들의 복수 때문이었다.

아주머니는 자리에서 일어났다.

"너를 이렇게 만든 게 내 탓인 것 같니? 아니 잘 생각해봐, 이건 다 네가 저지른 짓의 결과야. 십팔 년 전의 너와 지금의 네가 힘을 합쳐서 자신을 벼랑으로 민 거지. 내 손으로 널 죽일 필요도 없었어. 넌 스스로 자신의 목을 조르고 있었으니까."

아주머니가 나가고 문이 닫히는 소리가 들려도 성호는 꼼짝없이 그 자리에 앉아 있었다.

만나기만 하면 어떻게든 방법을 찾을 거라고 생각했다. 사방이 막힌 미로라고 해도 아주 작은 탈출구 하나쯤은 있을 거라고. 그렇게 믿었다.

아주머니를 만나고 난 지금, 성호는 날개가 꺾인 채 무서운 속도로 추락하는 새가 된 기분이었다. 푸드덕거려보지만 다시 날 수도, 날아갈 곳도 없었다.

사방의 벽이 점점 조여오고 있는 느낌이 들었다. 꿈에서 느꼈던 그 압박감이 다시 밀려왔다. 이제 저 벽에서 하얀 손이 튀어나와 자신의 목을 조르고 가슴을 누르고 얼굴을 짓이길 것이다.

숨이 막혀왔다. 이 방을 탈출하고 싶었다. 어디로 가야 탈출구가 보이지? 주위를 둘러보던 성호의 눈에 도시의 야경이 보였다. 17층 높이에서 바라보는 건물의 불빛들은 크리스마스트리처럼 아름답게 반짝거렸다. 불현듯 텅 빈 음악실에 서 있었을 영서의 모습이 머릿속에 떠올랐다.

문득 영서가 느꼈던 절망이 어느 정도의 무게였을지 궁금했다.

너도 이렇게 무겁고 어두웠냐?

성호는 자석에 끌리듯 창가로 걸음을 옮겼다. 거실의 통창
문을 열고 베란다로 나갔다. 한순간 훅, 여름의 뜨거운 열기가
밀려들었다.

해설

'죽이는 여자들'과 미스터리의 파르마콘

박인성(문학평론가)

1. 남성적 환상과 죽이는 여자들

　서미애의 소설을 읽는 일은 우선 한국 미스터리 소설의 계보를 떠올리게 한다. 으레 서구권에서도 그러하듯 한국에서도 미스터리의 계보는 김내성의 『마인』 이후로 장자長子들에 의해 이어져 왔으며 1980년대까지도 그러했다. 하지만 1990년대 이후 사실상 판타지와 무협이 주류가 된 장르문학 시장에서 미스터리 소설의 계보 자체가 지리멸렬해지는 과정을 밟았다. 그런 와중에 1994년 〈스포츠서울〉 신춘문예 추리소설 부문에 당선되며 본격적인 미스터리 작가 활동을 시작한 서미애는 단연 2000년 이후로 장자를 잃어버린 한국 미스터리 소설의 계보에서 삼십 년 가까이 한국 미스터리 장르를 이끌어 온 장녀長女다.

1990년대 이후 서미애의 소설에서 일관적으로 드러나는 소재는 미스터리라는 장르를 여성적으로 재해석하며 재구성하는 작업이었다. 무엇보다도 이는 그동안 미스터리에서 여성이 어떻게 남성의 좋은 파트너, 남성의 도덕적 감수성을 뒤흔드는 유혹자로서의 팜 파탈, 혹은 잔인한 범죄의 희생양으로 존재해왔는지를 염두에 둘 때 이해할 수 있다. 서미애의 소설에서 여성 인물들은 팜 파탈과 희생양의 양가적인 요소를 모두 갖추고 있지만 동시에 이러한 전형성으로부터 벗어난다. 즉 의도적으로 미스터리의 관습을 참고하면서 그러한 관습으로부터 벗어나는 셈이다. 왜냐하면 서미애 소설 속 여성 인물들은 남성적 욕망의 시나리오 속에서 대상화되는 것이 아니라 그것을 비틀면서 자신의 욕망을 주체화하기 때문이다. 희생양이 되기보다 살인자이기를 선택하는 여성들. 그들은 남성의 시선 속에서 (성적으로) 죽이는 여자가 아니라, 스스로 (누군가를) 죽이는 여자가 되길 선택했다.

이러한 여성 주체를 통해 서미애의 소설은 남성적 공포의 환상으로서 미스터리를 재구성한다. 미스터리 작가로 등단한 작품인 「남편을 죽이는 서른 가지 방법」은 이러한 남성적 공포로서의 여성에 대한 원형적 이야기다. 이 소설에서 아내 정미연은 남편 한인수를 죽였다고 자백한다. 하지만 남편을 죽이고자 하는 계획을 가계부에 망상적으로 기록하고, 스스로 벌인 살인에 대하여 명료하게 증언하지 못하며, 정신과 약을 복용하는 그녀의 증언은 오히려 알리바이에 도움이 된다. 이처럼 남편을 죽이고 완전범죄를 꿈꾸는 미연의 모습은 가정 바깥에서 남성을 유혹하는 전형적인 악녀의 모습과는 다르다. 흥미로운 점은 이 소설에서 미연이 신경정신과 의사 정명준과 공모하여 인수를 죽였다고 하더라도, 미연이 김 형사에게 증언한 말들, 즉 결혼생활에 대한 권태와 남편을 향한 미움이 거짓이 되는 것은 아니라는 사실이다. 다만 남편에 대한 살의와 자신의 욕망에 대한 환기를 통해 미연이 가진 능동적 행위자로서의 성격이 강조될 따름이다.

이처럼 서미애 소설의 여성들은 남성적 환상에 배치되어 있는 자신의 역할을 벗어난다. 자신을 지배하고 통제하려는 구조에서 벗어나 바깥으로 나아가기 위해서는 우선 가정이라는 공간에서 남성적 환상을 횡단해야만 한다. 여성이 아닌 아내로서만 존재하는 역할을 스스로 넘어서는 것이다. 「남편을 죽이는 서른 가지 방법」의 연속선상에 있는 「못생긴 생쥐 한 마리」에서는 반대로 남편 기석을 망상적 상태로 몰아가서 자살하게 한다. 기석은 단 한 번도 자신의 아내를 의심하지 못하는데, 이는 아내의 연기가 훌륭해서라기보다는 기석 자신이 결코 자신이 형성한 가정과 부부생활이라는 틀 바깥에서 아내를 바라볼 수 없는 존재이기 때문이다. 심지어 자신이 아내의 소설을 훔쳐서 등단했다는 사실이 엄연히 존재함에도 불구하고, 아내에 대한 의심보다는 자신에 대한 의심 쪽으로 기운다. 이처럼 기석은 아내를 집 바깥의 존재로 바라볼 수 없는 자신만의 환상 속에 살아가는 남자다. 바로 그 자기만의 환상이 무너지는 곳에서 그는 광인으로 죽음을 선택할 수밖에 없게 된다.

이처럼 서미애의 소설에서는 스스로 만든 남성적 환상 속에서 살아가는 수많은 남편들이 등장하며, 그들은 대부분 아내를 죽이거나 아내에게 죽는다. 동기는 다양하다. 하지만 기본적으로 치정과 상속, 질투와 의심이라는 통속적 사정에서 크게 벗어나지 않는다. 근본적으로 미스터리라는 장르에서 통속성은 우리가 극복해야 하는 대상이 아니다. 오히려 우리가 현실과 삶의 복잡성 때문에 똑바로 직시할 수 없는 것들에 대하여 직시하게 만드는 압축성과 노골성을 대변한다. 이러한 이야기에서는 무엇보다도 결혼생활에 있어서 부부의 관계성이 납작하게 압축되고, 친밀함과 익숙함이 일상화된 독성과 폭력으로 전환되는 지점을 포착한다. 관성화된 관계는 손쉬운 권력관계로 전환되며, 가부장제라는 구조에 의해서 서로의 삶을 억압하기 마련이다.

따라서 예외적으로 남성 살인자-희생자들의 이야기 중 가족을 위하여 자기희생하는 남성들은 사회적으로 실패하고 권위를 상실한 아버지의 모습으로서 정당화된다. 그들은 관성적 가부장제를 벗어나 있기 때문에 오히려 자신의 역할을 새롭게 발견한다. 이러한 아버지들은 가족 바깥에서 더 크고 사회적 이며 구조적인 폭력 앞에 노출되어 있으며, 그러한 사회적 갈 등과 억압이 단순히 타인에 대한 공격성으로 해결되지 않는다 는 사실을 알고 있다. 「반가운 살인자」에는 딸에게 남길 보험 금을 위해 일부러 연쇄살인마 앞에 노출되는 아버지가 등장하 며, 「숟가락 두 개」에서는 수양딸 윤희를 겁탈하려 했던 한석 태를 죽인 살인범을 자처하는 오상철의 모습이 있다. 이들의 다소 눈물겨운 모습은 희생적 아버지로서만 승화되는 남성성 이다.

이처럼 서미애 소설의 남성이 노골적인 사이코패스나 처음 부터 범죄자로서 사회적 조건을 갖추고 있는 인물들은 아니 다. 그들은 자신의 사회적 질서와 가족으로서의 가부장제에 속해 있으며, 그 안에서 지배와 통제를 수행하고자 하는 '좋 은' 남성일 수도 있다. 그렇기 때문에 무엇보다도 그들은 결혼 한 남성, 가부장제와 사회적 구조에 성공적으로 안착한 전형 적 인물들이다. 하지만 그들이 그렇게 안착한 현실은 남성적 환상으로 수렴되면서, 그렇게 만성화된 남성성 혹은 남자다움 에 대한 환상은 곧 병리적인 것이 되고, 병리적인 공격성은 자 신의 소유로서의 여성에게 발현되기 쉽다. 하지만 반대로 그러한 남성적 환상을 찢어발기며 등장하는 여성의 실재가 바로 아내-살인자들의 모습이다.

'바기나 덴타타Vagina dentata'라는 말은 '이빨 달린 질'이라는 의미의 라틴어로, 여성의 생식기에 이빨이 달려 있다는 북남미 고전적 민담에서 주로 언급되었다. 이러한 민담은 남성에게 여성의 위험성을 경고하고 강간을 막기 위한 경고성 이야기로 자주 전해진다. 남성들의 여성에 대한 공포는 사실 뿌리 깊은 여성혐오와 연결되어 있다. 결코 길들일 수 없는 가정 바깥의 여성에 대한 공포는 언제나 다양한 문화적 전승 속에서 가부장제를 유지해야 하는 남성들의 여성에 대한 이해를 양분한다. 여성은 소유의 대상이거나 공포의 대상이다. 그러니 위험을 감수하고 싶지 않다면 소유한 여성에게 머물러라. 하지만 서미애의 소설에서는 모르는 여성에 대한 공포가 아내에 대한 공포로 새롭게 전복되며, 남성의 소유로 선포된 가부장제적 대상이 그 내부에서부터 날카로운 이빨을 세운다.

더 나아가 이제 서미애 소설 속 여성-살인자는 가정을 벗어나고 다크 히어로나 여성-자경단의 면모로까지 발전한다. 비교적 근래의 작품인 「죽일 생각은 없었어」는 이러한 남성적 공포로서의 여성에 가장 적합한 여성 인물을 등장시킨다. 자신을 자극하는 존재에 대한 살의를 강렬한 폭력으로 표출하고 싶어하는 주희의 여성-살인자로서의 폭력성은 할머니로부터

대를 이어 전해지는 독성이기도 하다. 여기서 주희는 다른 여성에 대한 남성 스토커뿐만 아니라, 자신을 희롱하는 남자 택시 기사도 철저하게 살인함으로써 여성을 대상화하는 남성적 환상을 더욱 명확하게 처벌한다. 여기에는 기존의 도덕적 규범이나 욕망의 양보가 없다. 스스로 위험성을 짊어지고 상황을 주도하며 통제함으로써 더욱 명확한 여성-자경단으로서의 면모를 선보인다. 주희는 남성적 시선의 대상이자, 욕망의 대상으로서의 여성을 전복함으로써, 스스로를 노골적인 여성-괴물로 정체화한다.

2. 의심과 망상이라는 미스터리의 파르마콘

미스터리는 의심의 장르다. 의심이란 상대에 대한 불신의 표현이 아니라, 오히려 믿음을 구성하기 위하여 요구되는 사유의 과정이다. 미스터리는 그렇게 사회적 악덕으로서의 범죄를 규명하고 진실을 추구하기 위하여 잠재적 위험 요소들에 의심의 시선을 돌린다. 여러 용의자에 대한 취조, 다양한 단서를 추적하는 수색 과정, 그리고 그 모든 점을 연결하여 사건의 플롯을 조직하는 추리의 과정까지. 의심은 타인에 대한 것이기도 하지만, 이 모든 것을 스스로 규명할 수 있는가에 대한 자기 의심의 과정까지도 포함하고 있다. 그리고 성숙한 미스터리는 그러한 의심이 결코 탐정만이 가진 특권이 아니라는 사실 역시 알고 있다. 미스터리에 포함된 인물은 탐정만이 아니라 피해자 혹은 가해자일 수 있으며 그들에게 있어서 의심이란 나와 타인의 관계에 잠복한 위기감과 긴장감을 팽팽하게 잡아당기는 심리적 과정이다.

서미애의 소설에서 의심이란 치명적인 거리감으로 묶여 있는 관계를 바탕으로 발생한다. 그것은 친밀함과 신뢰, 더 나아가 결혼이나 가족이라는 사회적 제도로 묶여 있기에 우리가 서로에게 무해할 것을 약속하고 증명해야 하는 관계 속에서 진정한 위력을 발휘한다. 그 누구도 100퍼센트 신뢰하는 것은 불가능하다는 사실, 뿐만 아니라 가족이야말로 어쩌면 진정한 의미에서 우리에게 자신의 모든 것을 드러내지 않는 등잔 밑이 어두운 존재들이라는 사실 말이다. 따라서 부부와 가족은 가까운만큼 치명적인 존재다. 어쩌면 그들을 믿는다는 것은 그 자체로 망상적인 믿음일지도 모르며, 반대로 그들을 의심한다면 그 또한 온전히 통제할 수 없는 의심의 구렁텅이에 스스로를 밀어넣는 것일 수도 있다.

심리 미스터리가 가지는 특징은 사이코패스와 같은 이해할 수 없는 대상을 소재로 하기 쉽다는 것이다. 하지만 서미애 소설에서 드러나는 심리적 증상의 특징은 의심과 망상이 동전의 양면처럼 맞물려 있다는 사실이다. 예를 들어 타자에 대한, 의심은 곧 나에 대한 망상으로 뫼비우스의 띠처럼 이어져 있다. 부부 사이의 의심은 온전히 상대의 진실로 드러나기보다는 자신을 의심암귀疑心暗鬼에 빠트리는 길이기도 하다. 이처럼 경계를 모르고 정도를 벗어난 의심은 관계를 조정하고 치유하기 위한 적절한 사유 과정을 넘어선다. 이것이 의심과 망상 사이에 위치하는 미스터리의 파르마콘Pharmakon이다. 철학자 플라톤은 파르마콘이라는 말에 '약'이자 '독'이라는 상반된 의미가 존재한다는 사실에 주목한다. 본디 사람을 죽이는 독이란 그 쓰임에 따라서는 사람을 살리는 약이기도 하다.

서미애가 구성하는 미스터리의 파르마콘은 가해자와 피해자로 손쉽게 양분되는 관계가 아니라, 서로를 죽이는 관계가 서로를 살릴 수 있는 관계로 중첩되어 있을지도 모른다는 사실을 강조하기 위한 것이다. 대표적으로 「살인 협주곡」에서 서로를 살해하기 위하여 마지막 여행을 떠난 부부의 이야기는 두 사람 사이의 전이적 관계에 대한 극단적인 구성이다. 프로이트 정신분석에서 감정전이로 받아들여지는 '전이transference'라는 개념은 정신분석의 핵심 개념이다. 무엇보다도 상담 과정에서 분석가와 분석 대상 사이에서 발생하는 감정의 투사와 의존성을 정의할 때 활용된다. 치명적으로 가까운 관계에 있어서 감정은 개인의 객관적인 소유물이 아니라, 이미 타인에게 의존적인 것이며 타인에 의해 오염되어 있다. 전이는 결국 대화적으로 구성되는 것인데, 이때 구성이라는 말이 지시하듯 이는 하나의 진실을 드러내기 위한 과정이 아니라 오히려 존재하지 않는 진실을 상호 간의 공동 작업을 통해서 새롭게 만들어내는 과정이기도 하다.

반대로 말하자면 「살인 협주곡」의 두 사람은 서로에 대한 감정의 객관적 진실을 확인하는 것이 아니라, 서로를 죽이려는 과정에서 관계를 새롭게 재구성하는 것이다. 서로를 살해하기 위한 최적의 장소에 도착한 두 사람은 서로를 죽이기 위하여 최선을 다해 상대를 안심시키려고 노력하는 과정에서 예기치 않은 관계의 회복을 경험한다. 사랑과 살의는 역설적으로 의심과 망상 속에서 달성된다. 사랑은 상대방에 대한 극단적 의심을 극복한 망상적 관계 설정일 수 있으며, 어쩌면 살의 역시 상대에 대한 과도한 의심 속에서 자신이 만들어낸 망상적 결론을 달성하려는 감정일지 모른다. 최종적으로 두 사람은 서로에 대한 살의를 거두고 나서야 의도치 않게 서로를 죽이게 된다. 이러한 아이러니는 미스터리의 파르마콘이 보여줄 수 있는 최대치의 역동성이다. 우리는 서로를 발명하는 만큼 서로를 죽인다. 그 모든 과정은 각자의 의지와 통제대로만 이루어지지 않는다.

이처럼 망상은 관계의 전이와 그에 따른 파급력을 구성하는 핵심이다. 거리감을 없애고 누군가에게 과도한 동일시를 수행하는 관계는 언제나 과도한 친밀감에 의해서 독성을 발휘한다. 「그녀만의 테크닉」에서 지영에 대한 진아의 집착과 동일시, 그리고 그에 따른 살인 행각은 관계를 유지하고 지배하기 위한 집착이 본질적으로 전이를 지배하거나 동시에 관계를 파괴하는 핵심이 된다는 사실을 보여준다. 진아의 이러한 심리는 '남자'라는 또다른 인격으로 분열되어 진아도 모르는 방식으로 감정의 전이를 형성한다. 문제는 이러한 분열적 인격이 진아의 살인에 면죄부를 주거나 그녀의 내적인 논리에 정당성을 부여하는 것은 아니라는 사실이다. 진아의 분열적 인격은 전이를 구성하는 것처럼 보이지만 실제로는 그녀가 원하는 관계의 역동성을 파괴한다. 결국 이 소설의 망상적 사랑의 끝은 분열된 자아의 자기애에 불과한 것이다.

자기 의심을 잃어버린 망상은 오직 자기 정당화를 위해서 타인을 해칠 수 있는 무서운 파괴력이 된다. 이처럼 의심과 망상의 양면성은 미스터리라는 장르의 양면성이기도 하다. 미스터리는 누군가를 구원하기 위하여 누군가가 우선 죽어야만 하는 장르이며, 그 파르마콘의 경계는 극히 모호하고 위험한 것이다. 누군가를 향한 살의는 치명적인 관계성의 증명이며, 누구도 이러한 감정의 전이를 온전히 통제하고 지배할 수는 없다. 따라서 오직 타자에 대한 전이의 정당성은 그 결과에 대한 책임감 혹은 망상적인 자기 정당화 속에 있다. 서미애의 소설에서 인물의 목소리는 물론이고 서술적 목소리가 독자에게 객관적 거리를 취하기보다, 의도적으로 자기만의 망상적 믿음과 그에 대한 정당화를 전달하는 이유 역시 그러하다.

이러한 상상력은 우리가 속한 사회화된 관계와 가족이라는 치명적인 면역력과 관련되어 있다. 누구도 자기 의심과 망상의 양면성에서 자유롭지 않으며, 누구나가 손쉬운 자기 정당화와 자기애를 위해서 상대를 해칠 수 있다. 따라서 지극히 보편적인 차원에서 모든 관계에 대한 이해는 각각의 내면에 존재하는 독성에 대한 이해로 이어진다. 「죽일 생각은 없었어」에서 "저 나무며 꽃은 자신을 보호하기 위해 독을 품었을 뿐이야. 누구나 다 세상을 살아가는 자기만의 방식이 있는 거란다"(『그녀의 취미생활』, 406쪽)라는 할머니의 말은 이러한 관계를 구체화한다. 자신을 보호하기 위한 수단이 상대에 대한 독성으로 이어질 수 있다는 인식은 모든 관계에 대한 잠재적 위험성을 자각하는 것, 그리고 그에 대한 전이의 과정을 책임지는 것에 있다.

「그녀의 취미생활」에서는 이러한 친밀함이 폭력이 되는 세계 속에서 자기를 보호하려는 과정의 어려움과 이를 극복하기 위한 수단을 마을 바깥에서 온 외부 인물을 통해서 참조하고 있다. "여긴 사생활이라는 게 없어요"(『그녀의 취미생활』, 251쪽)

라는 말은 시골 마을을 배경으로 지나치게 가까운 공동체적 삶이 오히려 개인의 삶을 침범하는 일상화된 폭력으로 기능하고 있음을 강조한다. 사실상 할머니의 유언이 된 말, "정 못 참겠으면…… 아무도 없을 때 꼬집어버려"(같은 책, 244쪽)는 '나'에게는 정작 마을 공동체 내부에서 도저히 감당할 수 없는 무거운 말이다. 따라서 할머니의 유언은 정반대로 '아무도 없을 때'가 아니라 누군가의 도움을 통해서 이루어진다.

두번째 남편의 죽음 이후 시골 마을에 이사와 살기 시작한 혜정은 나에게 위로가 되는 존재이면서, 유일한 동료이기도 하다. 이러한 여성 연대는 일반적인 의미에서의 연대가 아니라 더 정확하게는 서로를 위해서 음모를 꾸미고 사건을 만드는 공모자들이다. 혜정의 합류 이후로 마을에는 온갖 사건 사고가 발생하기 시작하며, 손쉽게 타인의 삶에 침범하던 사람들이 바로 그러한 친밀성에 의해 치명적인 피해를 입게 되는 방식으로 새로운 의심을 보편화한다. 혜정과 나는 각자의 방식으로 그러한 일상적 폭력에 대하여 실체적인 폭력을 되돌려주길 선택한 사람들이며, 그렇게 서로의 공모자가 되기를 선택한다. 이러한 과정에서 나와 혜정 사이에 구성되는 새로운 전이 관계는 납작해진 일상적 관계의 치명적인 성격을 극복하고, 타인과 공유할 수 없는 것을 공유함으로써 삶의 역동성을 되찾는 과정으로 그려진다.

「그래도 해피엔딩」에서도 마찬가지다. 선우와 영경의 관계는 스토커 피해자의 구조 속에서 구체화된다. 선우는 영경의 도움으로 지금의 폭력적 상황을 극복하기 위한 새로운 전이적 관계를 구성한다. 그것은 가해자–피해자로 구성된 남성과 여성의 관계가 아니라, 여성이 새롭게 제공해 구성된 여성적 공모이자 상호 공통성의 영역이다. 일상화된 폭력으로 나를 위협하는 남성과의 관계가 아니라, 피해 사실을 공유하고 이를 극복하도록 도와주는 여성 동료의 존재는 관계의 독성을 감당할 수 있는 새로운 전이적 관계를 수립한다. 핵심은 의심과 망상의 굴레에서 벗어나 타인에게 유해하다고 할지라도 스스로 결정하고 그 결과를 받아들일 수 있는 관계의 역동성을 회복하는 데 있다.

스토킹 상대를 향해서 "다시는 날 안 보는 게 좋을 거야. 나는 죽는 쪽보다…… 죽이는 쪽을 선택할 거거든"(『그녀의 취미 생활』, 359쪽)이라고 말하는 선우의 결정은 피해와 가해의 이분법에서 피해자의 수동적 위치를 벗어나 능동적 위치로 자신을 옮긴다. 이것은 단순한 자기방어가 아니라, 여성적 정체성의 공격적 전환에서 발생하는 역동적인 전이의 재구성이다. 그리고 영경의 존재를 통해 드러나듯, 전형적인 피해자로서의 여성에 대한 입장을 뒤집어버리기 위한 조건은 고통받는 여성 피해자에 대한 공감과 연결이다. 영경은 그렇게 선우의 이해자가 되면서, 앞선 피해자들의 삶을 살아 있는 여성들과 연결한다. 이는 단순한 애도가 아니라, 현재를 바꿀 수 있는 강력한 경고로서 일상적으로 작동하는 의심과 망상의 경계에서 자신을 지킬 수 있는 중간지대를 확보하는 과정으로서의 전이다.

3. 비틀린 관계, 비틀린 장르의 재구성

서미애 소설의 주인공은 고전적 미스터리의 탐정이 아니라 범죄자에 가까운 사람이다. 따라서 미스터리 장르 안에서도 구체적으로는 스릴러 쪽으로 수렴해간다. 그들은 실제로 이미 살인을 저질렀거나 혹은 자신을 살인자로 착각하는 사람들, 더 나아가 누군가를 죽이고 싶을 정도로 미워하는 사람들이다. 앞서 살펴본 것처럼 이 증오와 살의는 일상화된 구조적 폭력에 노출된 사람들이 서로에 대한 관계의 치명성을 깨닫고 이를 극복해나가려는 과정에서 노골적인 독성이 드러나는 방식으로 구성된다. 따라서 서미애의 세계에서 스릴러는 일상이며, '일상 스릴러'라는 아이러니한 장르명을 붙일 수 있을지도 모르겠다. 우리에게 있어서 가장 두려운 존재는 처음부터 적대적이고 두려운 관계가 아니라, 오히려 긍정적이고 친밀했으나 이제는 비틀린 관계이기 때문이다.

삶 자체의 언캐니uncanny. 프로이트에 따르면 언캐니는 과거에는 친숙했던 것이 일상 속에서 억압되어 있다가 현재 시점에 낯선 모습으로 다시 돌아올 때 우리가 느끼는 감정이다. '억압된 것의 귀환'이라고 부를 수 있는 이 현상에는 일상적이었던 존재가 어떻게 한순간에 두렵고 무서운 존재가 될 수 있는지에 대한 통찰이 있다. 따라서 호러 장르가 미지의 존재에 대한 공포를 그리는 반면에, 스릴러 장르는 우리에게 근접한 가족, 이웃, 연인과 부부 사이에서 발생하는 관계의 억압성, 그리고 그러한 억압으로부터 되돌아오는 비틀린 폭력성을 마주하게 한다. 물론 포괄적인 미스터리는 바로 그러한 폭력성의 정체와 원인을 추적하고 이해하며 극복하는 과정에 대한 것이다. 따라서 서미애의 소설이 스릴러이면서도 미스터리와 인접한 영역으로 확장되는 것은 자연스럽다.

미스터리 스릴러라는 장르는 포괄적인 미스터리, 혹은 본격 미스터리와는 달리 우리의 시선이 탐정과 피해자, 도덕적으로 선한 사람들에게만 국한되지 않도록 한다. 선과 악의 이분법이 아니라, 범죄는 좀더 실체적이며 우리가 살아가고 있는 복잡성과 삶의 입체성을 따른다. 따라서 이러한 소설 세계에서는 그 누구도 도덕적으로 선하다는 장점을 가지고 있다고 해서 무사하다는 감각을 유지할 수는 없다. 서미애의 소설이 주로 부부와 가족을 대상으로 벌어지는 살인사건을 다룬다는 점은 그래서 흥미롭다. 포괄적인 미스터리가 스릴러로 전환되는 지점은 외부의 위협보다도, 어쩌면 내부의 위협에 노출되었을지 모른다는 점을 깨닫는 그 순간이다. 미스터리 스릴러는 가장 사적인 영역에 존재하는 공적인 문제를 드러낸다. 부부라는 사회적 계약과 가족이라는 제도가 공적인 것을 사적으로 보이게 만들지만, 그 내부의 구조는 여전히 최초의 공적인 갈등의 원인이 억압되어 있다. 그리고 그러한 갈등을 잊고 살아가는 사람들에게 언젠가는 억압되어 있던 두려움의 실체가 되돌아오는 것이다.

앞에서는 이러한 노골적인 의심과 망상이 서로를 향한 살의로 전환되는 과정을 살펴보았고, 여기에서도 다시 관계의 문제는 비틀리고 전환 가능하다는 사실을 환기했다. 따라서 이러한 장르의 비틀림은 관계의 비틀림에 의해서 구성된다. 사적인 것들에 의해서 억압된 공적인 문제와 거기서 비롯된 갈등을 다시 공적인 것으로 복원하고 회복시키는 것은 스릴러를 미스터리가 다시금 포용하고 갱신할 수 있는 논리가 된다. 서미애의 소설이 세부적으로 스릴러의 문법을 따른다고 하더라도 포괄적으로는 미스터리의 영역에 있음은 이와 같은 이유다. 사회적 장르로서의 미스터리가 가진 공적인 방식의 문제해결을 강조하기 때문이다. 여기서 살펴볼 소설들은 스릴러를 벗어나거나, 미스터리의 표면에 드러난 장르적 양상을 비틀면서 폭력으로 점철되어 있는 우리의 일상적 관계성을 다른 방식으로 재발견하는 소설들이다.

대표적으로 「목련이 피었다」는 이미 모든 사건이 끝나고 오년이 지난 시점에서 고등학교 동창 은우의 죽음을 파헤치고자 교육실습생이 되어 학교로 돌아온 유경의 시점으로 그려진다. 결과적으로 유경은 은우의 죽음에 대한 진실을 파헤치지만, 진범은 물론이고 동욱과 차 선생 어느 쪽도 엄밀하게 죗값을 치르지는 않는다. 하지만 이 소설에서 미스터리가 작동하는 핵심은 애도에 있다. 은우의 죽음 이후 오 년이나 지난 뒤에 학교에 찾아와 과거를 되돌아보는 과정에서 유경은 다른 사람들이 잊고 살아가는 은우의 존재를 기억하며, 가해자에게 협력하거나 사건을 묵인한 존재에게 결과적으로 죄의식과 죄책감을 불러일으킨다. 피해자는 어디까지나 사적으로 살해된 것이 아니라, 학교라는 공간과 암묵적으로 작동된 권력 안에서 죽었다는 사실을 되짚으면서, 그 공적인 책임을 환기하는 소설이다. 이러한 이야기는 서미애 소설의 주된 경향인 미스터리 스릴러를 사후적으로 비틀어서 더 확장된 독서를 유도한다.

「목련이 피었다」에서처럼 미스터리의 변주는 서미애 소설 특유의 스릴러적 문법을 넘어서 죽음에 대한 좀더 정중한 접근 방식을 다루기도 한다. 「장미정원의 가족사진」 역시 전통적인 미스터리의 문법에서는 예외적인 작품이라 할 수 있다. 하지만 근본적인 지점에서는 미스터리의 관습적 소재와 연결된다. 이 소설은 한국에서는 불법인 존엄사를 소재로 취하고 있으며, 주인공 이 선생이 누군가를 원망하거나 살의를 품고 살해하는 것은 아니지만 당사자들과 함께 죽음을 공모한다. 이 선생은 죽음을 앞둔 노인들의 간병인이자 환자의 요구에 따라 비밀리에 존엄사를 집행하는 사람이기도 하다. 차 여사는 이 선생을 자신의 간병인으로 선택한 며느리 현주의 의도를 알고 있지만, 이 선생과 대화 속에서 오히려 잊고 있었던 만족감을 느낀다. 차 여사는 그동안 가족들에게조차 소외되고 온전히 대화를 나눌 수 있는 관계나 자기 삶의 이해자가 존재하지 않는다는 사실을 이 선생을 통해서 확인하고 위로받는다. 차 여사는 이 선생 때문에 죽는 것이 아니라 스스로 죽음을 결정하고, 이를 통해서 소설은 일반적인 미스터리 장르의 범죄에 대한 이해에서도 벗어난다.

이러한 장르적 비틀기와 갱신은 고전적인 이야기들을 현대적인 미스터리 스릴러로 다시 쓴 작품들에서도 드러난다. 대표적으로 주목할 만한 사례들은 가족과 혈연에 대하여 다루는 잔혹 동화의 변형이다. 「돌아와, 그레텔」, 「떡 하나 주면 안 잡아먹지」와 같은 소설은 각각 『헨젤과 그레텔』과 『해님 달님』이라는 독일과 한국의 고전 동화를 현대적으로 각색한다. 이러한 현대적 각색의 특징은 고전에 포함되어 있는 잔혹한 면모의 일상성을 강조한다. 일반적으로 사람들은 고전 잔혹 동화가 전근대 사회에서 일상화된 폭력성의 증거라고 생각하기 쉽지만, 서미애 소설의 현대적 각색은 어디까지나 이러한 측면이 현대에도 반복되는 인간의 보편적 문제임을 환기한다. 근대화된 오늘날에도 가족은 가장 친밀하지만 그만큼 두려운 존재일 수 있다.

이러한 소설은 어린아이들의 시선에서 그려지는 잔혹한 세계에 대한 냉정한 인식을 그린다. 「돌아와, 그레텔」에서 오 년 전 사고로 딸 다영을 잃은 윤희는 망상의 형태로 되돌아오는 딸의 모습과 비난의 말을 통해 자신이 다영에게 어떠한 상처와 공포를 주었는지를 되새김질한다. 근본적인 의미에서의 애도나 자기 용서는 불가능하며, 윤희가 맞이하게 되는 최종적인 죽음만이 과거 다영을 잃어버린 순간의 장면처럼 되돌아올 따름이다. 이러한 과거 동화의 변주 속에서 개인의 심리적 미궁을 통해서 극복할 수 없는 자기인식만이 미스터리의 진실로 제시될 수 있다. 물론 「떡 하나 주면 안 잡아먹지」의 결말처럼 아이의 시선에서 결말을 승화하는 것도 가능하다. "동화책을 읽을 때도 마음대로 이야기를 꾸미더니 결말은 아예 종이를 오려붙여 완전히 바꾸어버렸다. 하지만 상민은 지금의 결말이 훨씬 마음에 들었다"(『그녀의 취미생활』, 396쪽). 이처럼 완전히 동화의 결말을 바꾸어 쓰는 방식으로 소설은 잔혹한 현실에서 감상적인 보상을 제공한다.

4. 살인자의 몽타주로 그리는 자화상

폭력과 범죄에 노출된 평범한 일상적 인간들의 얼굴을 찾아나가는 모티프는 초기작 중 하나인 「거울 보는 남자」에서부터 존재한다. 이 짧은 소설에는 범죄자에 대한 외관에 대한 정보를 바탕으로 형성된 범죄인류학적 가설을 통해서 범죄자의 가상적 몽타주를 소개한 정수일 교수를 찾아가는 한 남자의 이야기다. 그는 우발적으로 정수일 교수를 죽이게 되는데, 거울을 보며 "한순간 자신의 얼굴 저 너머에 살인자의 얼굴이 보인 것도 같다는 생각"(『남편을 죽이는 서른 가지 방법』, 66쪽)을 하게 된다. 이 기묘한 자기실현적 예언을 다루고 있는 소설은 우리 내부에 잠복한 살인자의 얼굴을 발견할 수 있는 조건들을 암시한다. 범죄자는 결코 선천적으로 결정되거나 처음부터 특수한 조건에서 발생하는 것이 아니라, 지극히 평범한 것들이 증류되듯이 구체화되면서 발생할 따름이다.

이처럼 서미애의 소설 가운데 일부는 단순한 범죄 사실과 범죄자의 정체를 폭로하는 이야기가 아니라, 오히려 살인범의 얼굴을 통해서 자기 얼굴을 찾아가는 이야기다. 「유빙의 시간」

에서 이 팀장은 실종 아동인 윤종하의 유골을 발견하고 부모를 통해서 확인 절차를 진행하는 과정에서, 아이의 목에 살해 흔적이 있음을 밝힌다. 문제는 아이의 어머니가 살해에 대한 자백을 한 것이다. 장애를 가져 특수학교를 다니던 아이를 자신의 손으로 살해하고 매장한 사건으로부터 이 팀장은 쉽게 벗어나지 못한다. 이 팀장 역시 비슷한 처지의 아들 석현을 교통사고로 잃었으며, 아이의 죽음에 대하여 벗어나지 못하는 아내의 슬픔에 대해서도 온전히 공감하고 위로하지 못하는 처지이기 때문이다. 이 팀장의 아내는 자기 자신조차 용서하지 못한다. "아이가 죽었는데, 내 아이가 죽었다는데도 나는 안도의 한숨을 쉬고 있어요. 당신을 속일 수는 있지만 나는…… 나 자신을 속일 수는 없어요. 나는 죽어도 날 용서할 수 없어요"(『그녀의 취미생활』, 166쪽).

「유빙의 시간」에서 미스터리가 드러내는 것은 단순한 범죄 사실에 대한 발견이 아니라, 그러한 범죄를 통해서 발견되는 범인과 자기 얼굴 사이의 유사성, 그리고 벗어날 수 없는 마음의 죄의식이다. 오늘날의 미스터리 장르는 범죄자가 꿈꾸는 완전범죄의 환상으로부터 벗어나, 모두를 속이더라도 자기 자신만큼은 속일 수 없다는 자기 발견의 서사와 연결되어 있다. 무엇보다도 근대적 미스터리의 원점이 자기 정체성과 관련된 수수께끼였음을 상기한다면 이러한 이야기는 충실한 미스터리의 범주에 있다. 서미애의 소설적 세계에서 죽음과 관련된 사건들은 인물들이 잊고 살았던 자신의 과거, 원점, 정체성과 마음의 진실을 마주볼 수 있게 한다. 살인자의 몽타주 속에는 분명 나 자신의 얼굴도 겹쳐 있기 때문이다.

「까마귀 장례식」은 서미애의 소설 중에서도 가장 리얼리즘적 정서와 톤을 가지고 있는 작품들이다. 미스터리 장르로서의 관습적 전개가 아니라, 실제 우리가 살아가고 있는 대한민국의 농촌 현실과 그 구성원에 대한 실체적인 묘사가 새롭게 보이기까지 한다. 이 소설은 국제결혼을 통해 한국인 남편을 두고 한국 땅에서 살아가는 베트남 여성들의 폭력에 노출된 삶과 경제적으로 목줄이 잡혀 있는 처지를 직시한다. 한국에서 십 년이 넘게 결혼생활중인 리엔은 "여전히 자신은 뿌리를 내리지 못하고 수면 위에서 흔들리는 부초 같다는 느낌"(『까마귀 장례식』, 156쪽)을 받는다.

「까마귀 장례식」에서는 동료 까마귀의 죽음을 이해하고 애도하려는 까마귀 무리의 습성처럼, 한국 땅에서 살아가는 베트남 여성들은 동료애와 연대를 중심으로 흐엉이라는 인물의 죽음에 다가선다. 이 소설의 미스터리는 리엔이 베트남에서 죽은 타오와 한국에서 죽은 흐엉 사이에서 느끼는 연속성, 변하지 않고 유지되는 폭력에 노출된 여성의 삶에 반격을 가하는 과정에 있다. 타오를 살해한 뚜언을 속여 흐엉을 죽인 흐엉의 남편에게 복수하는 방식으로 말이다. 결과적으로 이 소설은 앞서 살펴보았던 남편을 죽이는 여자들의 이야기와 닮았지만 다르다. 무엇보다도 리엔은 남편을 이해하고 함께 살아가길 선택하면서도, 여성을 죽이거나 지배하려 한 남자들을 이이제이以夷制夷로 처리한다. 그 과정에서 리엔은 단순히 살인자의 얼굴이 아니라, 타오와 흐엉을 거쳐 여성적 삶의 연속으로 살아가는 자기 얼굴을 새롭게 발견한다.

이와 같이 서미애의 미스터리 소설은 초기의 미스터리 스릴러에서 출발해서 꾸준히 다양한 장르적 확장과 갱신을 병행하고 있다. 언뜻 서미애 소설의 강점이 주로 통속성에 기반한 대중성이라고 생각하기 쉽지만 사실 그것은 서미애 소설에 대한 부분적 이해에 지나지 않는다. 특히 「까마귀 장례식」은 거의 리얼리즘 소설의 범주에서 사회파 미스터리에 근접하는 넓은 장르적 범주를 보여준다. 무엇보다도 이러한 소설적 변주와 갱신의 작업이 단순히 서미애 소설의 외연만을 확장해온 것은 아니다. 여기에는 미스터리가 견지할 수 있는 오늘날의 삶과 우리 현실에 대한 예리한 통찰과 근본적인 물음이 병행하고 있다. '서미애 컬렉션'은 서미애의 소설적 시그니처를 유지하면서도, 미스터리라는 장르가 보여줄 수 있는 다양한 여성 미스터리에 대한 선명하고도 확실한 응답이다.

서미애 작가의 모든 작품에는 통제되지 않는 충동적 에너지가 있다. 그것은 현실의 층위에서든 미스터리의 층위에서든 여성에게 제한되어 있었던 모든 규범과 한계를 돌파하면서 날카로운 송곳처럼 일상의 안온함을 꿰뚫어버리고 싶은 형태의 충동이다. 도덕적 올바름과 사회적 규범보다도 자기 자신의 욕망과 충동에 충실하며 무엇도 양보하지 않으려는 여성들은 아름답다기보다 숭고하다. 이러한 여성들이 원하는 것은 정확한 사물이나 인물, 한정된 삶의나 질투가 아니라 한계를 모르는 모든 것이다. 이 길들여지지 않고 길들일 수도 없는 충동이야말로 서미애 소설의 삼십 년 역사를 이끌어온 근본적인 동력이다. 이 충동이 약해지지 않고 지금도 유지되고 있기에, 지난 삼십 년 동안 한국 미스터리의 계보를 유지해온 서미애 작가의 앞으로의 작업을 계속해서 주목해야 하는 이유는 충분하다. 서미애는 한국 미스터리의 역사가 아니라 한국 미스터리의 현재이기 때문이다.

수록 작품 발표 지면

서미애 컬렉션 3

까마귀 장례식

초판 발행 2024년 9월 30일

지은이 서미애

책임편집 한나래 | **편집** 김유진 박을진 김혜정
디자인 이혜진 최미영
저작권 박지영 형소진 최은진 오서영
마케팅 정민호 서지화 한민아 이민경 왕지경 정경주 김수인 김혜원 김하연 김예진
브랜딩 함유지 함근아 박민재 김희숙 이송이 박다솔 조다현 정승민 배진성
제작 강신은 김동욱 이순호 | **제작처** 천광인쇄사

펴낸곳 (주)문학동네 | **펴낸이** 김소영
출판등록 1993년 10월 22일 제2003-000045호

주소 10881 경기도 파주시 회동길 210
문의 031-955-8892(편집) 031-955-2696(마케팅) 031-955-8855(팩스)
전자우편 elixir@munhak.com | **홈페이지** www.elmys.co.kr
인스타그램 @elixir_mystery | **X(트위터)** @elixir_mystery

ISBN 979-11-416-0728-9 04810
      979-11-416-0725-8 (세트)

엘릭시르는 출판그룹 문학동네의 장르문학 브랜드입니다.
이 책의 판권은 지은이와 엘릭시르에 있습니다.
이 책 내용의 전부 또는 일부를 재사용하려면 반드시 양측의 서면 동의를 받아야 합니다.

연락이 닿지 않아 부득이하게 허가를 받지 못한 작품은
추후 확인하는 대로 절차를 밟아 그에 따른 사용료를 지불하겠습니다.

잘못된 책은 구입하신 서점에서 교환해드립니다.
기타 교환 문의 031)955-2661, 3580